海外中国研究丛书

——

到中国之外发现中国

《莲舟仙渡图》
南宋,佚名,绢本设色,故宫博物院藏

异史氏

蒲松龄与中国文言小说

Historian of the Strange

Pu Songling and the Chinese Classical Tale

[美] 蔡九迪 著

任增强 译

陈嘉艺 审校

江苏人民出版社

图书在版编目(CIP)数据

异史氏：蒲松龄与中国文言小说 / (美) 蔡九迪著；
任增强译. — 南京：江苏人民出版社，2023.5(2023.11 重印)
(海外中国研究丛书 / 刘东主编)
书名原文：Historian of the Strange：Pu Songling
and the Chinese Classical Tale
ISBN 978 - 7 - 214 - 27728 - 2

Ⅰ. ①异… Ⅱ. ①蔡… ②任… Ⅲ. ①蒲松龄
(1640—1715)－小说研究 Ⅳ. ①I207.419

中国版本图书馆 CIP 数据核字(2022)第 251247 号

江苏省版权局著作权合同登记号：图字 10 - 2020 - 557 号

书　　　名　异史氏：蒲松龄与中国文言小说
著　　　者　[美]蔡九迪
译　　　者　任增强
审　　　校　陈嘉艺
责 任 编 辑　汤丹磊
封 面 设 计　陈　婕
责 任 监 制　王　娟
出 版 发 行　江苏人民出版社
地　　　址　南京市湖南路 1 号 A 楼，邮编：210009
照　　　排　江苏凤凰制版有限公司
印　　　刷　南京新洲印刷有限公司
开　　　本　652 毫米×960 毫米　1/16
印　　　张　19　插页 4
字　　　数　216 千字
版　　　次　2023 年 5 月第 1 版
印　　　次　2023 年 11 月第 2 次印刷
标 准 书 号　ISBN 978 - 7 - 214 - 27728 - 2
定　　　价　68.00 元

(江苏人民出版社图书凡印装错误可向承印厂调换)

"海外中国研究丛书"总序

　　中国曾经遗忘过世界，但世界却并未因此而遗忘中国。令人嗟讶的是，20世纪60年代以后，就在中国越来越闭锁的同时，世界各国的中国研究却得到了越来越富于成果的发展。而到了中国门户重开的今天，这种发展就把国内学界逼到了如此的窘境：我们不仅必须放眼海外去认识世界，还必须放眼海外来重新认识中国；不仅必须向国内读者迻译海外的西学，还必须向他们系统地介绍海外的中学。

　　这个系列不可避免地会加深我们150年以来一直怀有的危机感和失落感，因为单是它的学术水准也足以提醒我们，中国文明在现时代所面对的绝不再是某个粗蛮不文的、很快就将被自己同化的、马背上的战胜者，而是一个高度发展了的、必将对自己的根本价值取向大大触动的文明。可正因为这样，借别人的眼光去获得自知之明，又正是摆在我们面前的紧迫历史使命，因为只要不跳出自家的文化圈子去透过强烈的反差反观自身,中华文明就找不到进入其现代形态的入口。

当然,既是本着这样的目的,我们就不能只从各家学说中筛选那些我们可以或者乐于接受的东西,否则我们的"筛子"本身就可能使读者失去选择、挑剔和批判的广阔天地。我们的译介毕竟还只是初步的尝试,而我们所努力去做的,毕竟也只是和读者一起去反复思索这些奉献给大家的东西。

刘　东

目　录

中译本序　用一盏灯点亮另一盏灯

　　这部书的英文版于 1993 年付梓，那时我还是哈佛大学一名年轻的助理教授。时间快得有些令人难以置信，转瞬已是三十年。

　　为撰写这篇序文，我又从书架上取出张友鹤先生四卷本的《聊斋志异会校会注会评本》（"三会本"）——作为《聊斋》流传史上不可或缺的版本，在我多年的翻阅下，它已是残破不堪。尽管书架上还摆放着诸多其他版本的《聊斋志异》，但是"三会本"的每一页上都存留着我初读《聊斋》以及写作《异史氏：蒲松龄与中国文言小说》时所做的读书笔记。这些翻旧的、朱墨圈点的书页，令我不胜唏嘘！随手翻开，当从头再读其中的一篇故事时，竟然再次体验到了《聊斋志异》最初带给我的惊异与欣喜——那是 20 世纪 80 年代中期，当时我正在哈佛大学攻读博士学位。这些《聊斋》故事，今日读来仿佛故人重逢，依旧充满新鲜感，保留着当年令我痴迷的文学魔力。当然，多年来致力于中国明清文学的研究，我现在能够轻而易举地看到《异史氏》一书的不完满之处，包括当时所忽略的一些事实或意义。但再次浏览拙著英文原版,我依然禁不住为当时写作的青春活力所打动。如果说这部书尚有令人满意之处,那就是它传达出了我在发掘《聊斋》故事以及这些故事中隐含的大千世界时,所深深感受到的兴奋与激动。

并非所有的《聊斋》故事都是短小精悍的杰作,但相当多的篇章可以称得上是如此。比如其中的《巩仙》篇,即可视为蒲松龄艺术创作的一篇自我寓言。蒲公在这则故事中运用了创构幻想世界的一种惯常手法,将一个比喻性的说法转化为实际发生的事件。小说使用的比喻是"袖里乾坤",即所谓"微观世界中的宏观世界"。在此,一段隐秘的恋情在道士的袖中展开了⋯⋯当尚秀才与王府曲妓惠哥被无情地分开,巩道人的衣袖成为二人再续情缘的神奇秘府。当惠哥因身怀六甲而灾祸将至之时,道人再次施以援手——先是以风驰电掣之速将惠哥带入和带出,助惠哥在其袖中诞下男婴,而后又迅疾地将婴儿送至秀才家中。道人探袖之际,婴儿仍是"酣然若寐,脐梗犹未断也"。蒲公这种令人无法仿效的神来之笔,也从这一精心安排的细节中浮现出来:一段幽情在短短几段文字中展开,以婴儿的降临而达至高潮,而这一切都内含于作为叙事对象的宽敞衣袖的微型空间之中。

最初写作《异史氏:蒲松龄与中国文言小说》时,我凭借直觉将选取的几个核心故事视为一个需要探寻线索和揭示秘密的哑谜。我的目标并不在于将这些故事看作"现实世界"的反映,尽管这些年来我也逐渐意识到蒲松龄对待"异史氏"这一名号的态度比我最初想象的要严肃得多:如果我们核查故事提及的官职、地名、年代、事件等辅助性的事实细节,通常都能找到确切的出处。相反,通过一以贯之的文本细读法,我对每一则故事既入乎其内,又出乎其外,离心式地剥离出故事产生与回归的文化语境。借此,我让《聊斋》故事和外在的文学世界互相阐明。

当我着手研究《聊斋志异》时,学界关于中国文言小说的研究著述依然寥若晨星。我承袭了业师韩南(Patrick Hanan)教授所使用的"classical tale"一语,以对应于中文的"文言小说",将之区别于白话小说或话本。韩南教授于1973年发表了《〈蒋兴哥重会珍珠衫〉与〈杜十娘怒沉百宝箱〉撰述考》一文,从叙事手法和本体论架构两个层面,对这两篇鲜为人知的明代文言小说和其广为流传的白话故事改编版,开展了对比研究,这给我的启发颇深。尽管《聊斋志异》在明清文言小说集中独一无二,并且是公认的文学杰作,但当时尚不曾有一本以英文——假如我的记忆不错的话——或以任何一种欧洲语言撰写的研究专著。我有幸得以参考白亚仁(Allan Barr)于1984年在牛津大学完成的博士论文和早期发表的关于蒲松龄的研究文章——这些奠基之作确立了西方《聊斋》研究中考据学的标尺,亦为我减轻了不少这方面的学术负担。不过,总体而言,中外明清文学研究中对白话小说的兴趣远远超过文言小说。究其原因,一方面是推广"白话文"为旨的文化运动的驱动;另一方面则是来自西方现实主义小说道德和艺术建树的遗产。而我之所以被中国文言小说所吸引,一方面恰恰是因为它动摇了我作为当代美国学者对小说所抱有的成见,另一方面则是由于文言小说形式的精练和浓缩——它的简约和跳跃在表达上更接近于诗歌。

此时此刻,记忆犹如开闸的潮水一般,涌回我在北京和山东的第一次研究之旅。那是1987年的夏日,我刚与巫鸿完婚——他于当年6月获得哈佛大学艺术史和人类学博士学位。我们原定一起前往北京拜见公婆,巫鸿已有数年没有见到家人,但他的父母最终还是不同意他回国——他们担心巫鸿难以返回哈佛接受刚刚获得的教职,结果是我独自一人前往北京。巫家满门无白丁:婆婆孙家琇是莎士比亚研究专家,公公巫宝三是经济学家,大姑姐巫允明则是少数民族舞蹈研究专家。我的心情自然有些紧张,但他们极为热情,让我顿生归家之感。我在北京的一部分时间在红庙一带度过,婆婆刚刚搬入文化部在那里新建的一个小区。当时那里的改造工程尚在进行中,让人感到非常偏远,虽然现在它已经成为三环和四环之间的中心地段。我在北京的其他时间,主要住在后海边的巫家老宅。在这两个地方的邻里中,我都是唯一的外国人。在北京做研究的那些日子,我至今印象深刻的还有王府井大街上紧挨着考古研究所的中国科学院图书馆。老旧的藏书室,让人意想不到地存放着大量的古籍善本。我也有幸在我的学姐魏爱莲(Ellen Widmer)教授的指引下,熟悉了不同图书馆的珍稀古籍库存,这段经历为我们此后的友谊和学术合作奠定了基础。

那个夏天,另外值得一提的是我的济南之行——我前往山东省图书馆查阅资料,拜访了山东大学的两位资深蒲学研究专家:袁世硕教授和马瑞芳教授。马教授热情地带我前往乡间,参观了蒲松龄的老家蒲家庄。蒲松龄的后人当时仍居住在那里,当地也还不曾有一座体面的纪念馆。由于蒲松龄曾写过一篇《煎饼赋》,马教授特意安排我吃上了热气腾腾的山东大煎饼。她觉得我这个分不清驴鸣和猪叫的美国姑娘十分有趣。

刚开始研究蒲松龄并决定以"异"作为探讨《聊斋志异》的中心议题时,我曾与人笑谈道,三百多年后一个洋人女学者会写一本关于《聊斋》的著作,如果蒲公地下有知,一定会觉得这比他故事中的鬼狐精怪还要奇异得多。

我在此处回忆的是《异史氏:蒲松龄与中国文言小说》一书的

写作缘起，以及它如何与我的婚姻、我对中国文学的热爱以及由此发展出的学术事业之间的联系。而当追溯《异史氏》成书以来的历程，我意识到《聊斋志异》一直是我学术生涯中取之不尽的灵感之源，也是让我不断受益的素材宝库。当我构思《异史氏》一书时，我力图把视野扩展至当时《聊斋》研究所侧重的"鬼狐精怪"等主题之外，刻意不以"怪力乱神"作为讨论中心。但是正如经常发生的那样，越是意欲摆脱的东西，便越会缠着你不放：我的下一部书——2007年出版的《芳魂：明末清初中国文学中的女鬼与性别》(*The Phantom Heroine：Ghosts and Gender in Seventeenth-Century Chinese Literature*)，那是我转入芝加哥大学任教后写的——则完全以女性鬼魂为中心。虽然该书溢出了《聊斋志异》乃至文言小说的畛域，但对几篇重要《聊斋》故事的文本细读和分析仍然占据着内容的核心位置。

《聊斋志异》也为我打开了通往艺术创作领域的一条通道，由此得以与中国当代的艺术家开展合作。比如《公孙九娘》是我所钟爱的一则《聊斋》故事，我在《芳魂》一书中对其进行了详细探讨。这篇感人至深的故事，其背景设置为清初对山东地方起义的一次残酷镇压。故事中人鬼相恋，却无果而终。这种悲剧式结尾的爱情故事在《聊斋志异》中实属罕见。于是，我和才华横溢的作曲家朋友、现任中央音乐学院副教授的姚晨决定合作，由我作词、他谱曲，推出一部名为《乡村幽灵》(*Ghost Village*)的歌剧，以《公孙九娘》作为歌剧的故事原型。此外，我有幸在2019年参观了画家彭薇的个人画展和她在北京的画室。她的作品延续着国画的文化脉络而富于当代艺术的实验精神，充满着丰富的想象力和女性的体验与视点。我们二人之间生出一种自然的默契，几次交流之后，她决定以我建议的几篇《聊斋》故事为题，创作一组有关女鬼的绘画。这一题为《梦中人》的系列作品,成为 2020 年夏她在广东美术馆举办的"彭薇——女性空间"展的一部分。

最后,我很幸运地遇到任增强教授,这样一位理想的译者,他真正称得上是我的"知音"。现任山东大学儒学高等研究院副教授的任增强博士也是一位聊斋学研究专家,其研究长于海外聊斋学。他是一位双面手:不仅谙熟《聊斋》原典,而且熟知与《异史氏》成书有关的海外学术语境。不仅如此,作为一位优秀的译者,他还将一部美国式的学术专著成功转化为生动可读的中文学术话语。我万分感激任教授为翻译此书而慷慨付出的精力与心血。我也要谢谢我在芝加哥大学的两名明清文学研究方向的博士生:特别是陈嘉艺,作为一名得力助手帮助任教授核查了译文、脚注和插图等涉及终稿细节方面的工作;郑怡人则协助处理了中文参考文献。她们的努力使得整部中译本更为完整,尽可能地呈现出英文版的原貌。

蔡九迪

致　谢

本书英文版的写作得到了众多师友、同事以及研究机构的慷慨襄助，谨在此致以最诚挚的谢忱！首先感谢我的授业恩师韩南先生。在先生的精心指导下，我完成了与本书同题的博士学位论文。感谢宇文所安（Stephen Owen）教授在书稿写作过程中不吝赐教；感谢山东大学中文系袁世硕和马瑞芳两位教授，交流关于聊斋学的见解并惠赐研究资料，还有陆凡，对我在山东大学访学期间悉心关照；感谢在我博士后期间修订书稿时，史景迁（Jonathan Spence）教授和耶鲁大学人文学会所提供的帮助和支持。这里特别要感谢白亚仁教授在本书写作前期提出的宝贵建议，以及后期对书稿的精细审读；魏爱莲教授帮助我在珍本古籍中寻书并与我分享其所藏的珍稀文献和未刊写本。在本书写作的各个阶段，诸如韩森（Valerie Hansen）、韩书瑞（Susan Naquin）、韩德林（Joanna Handlin Smith）、桂思卓（Sarah Queen）、辛西娅（Cynthia Zarin）、白玲安（Nancy Berliner）、安敏成（Marston Anderson）、爱丽尔·蔡特林（Ariel Zeitlin）、弗罗马·蔡特林(Froma Zeitlin)等阅读了部分书稿,给予了宝贵建议。在此一并致谢!

此外,感谢美国学术团体协会、吉尔斯·怀廷夫人基金会以及美国国家资源委员会提供的经费支持。还要感谢哈佛燕京图书馆吴文津馆长和所有工作人员,特别是戴廉;美国国会图书馆亚洲部主任居蜜(Mi-chu Wiens)先生和所有中文部的工作人员;山东省图书馆、北京图书馆(现中国国家图书馆)和中国社会科学院图书馆珍本图书室的所有工作人员。还要感谢邓津华,在书稿杀青阶段给予重要帮助并编制全书索引。最后,要感谢拙著的两位编者,斯坦福大学出版社海伦·塔塔尔(Helen Tartar)、约翰·齐默(John R. Ziemer)的大力支持,在编辑过程中提出了宝贵的修改意见。

最为感谢的是外子巫鸿,他与我同样痴迷于蒲松龄的小说,历久弥深,为本项研究的开展倾注了大量的心血。没有他的支持,本书的写作是无法想象的。

蔡九迪

引　言

　　与诸多同侪一样，蒲松龄（1640—1715）也有颇多的字号雅称，其中的两个与《聊斋志异》有着密切的关系。按照当时惯常的做法，蒲松龄以"聊斋"（闲暇的书斋或闲聊的书斋）这一书斋名指称其杰作《聊斋志异》（*Liaozhai's Records of the Strange*），亦简称《聊斋》。这是蒲松龄穷其一生所创作的一部短篇小说集，有近五百篇故事。更值得注意的是，蒲松龄还有一个源自古代传统、令人浮想联翩的称谓，即其自称的"异史氏"（the Historian of the Strange）。很多学者曾指出，蒲松龄效仿了公元前2世纪的太史公司马迁。两人的自称不仅措辞类似，而且用法相近：司马迁在评论历史叙事时，自称"太史公"；而蒲松龄也仅仅是在故事所附的阐释和评价性批语中，自称为"异史氏"。

　　然而，"异史氏"与"太史公"之间的有意回响，激起了读者的好奇心，因为蒲松龄所评论的主题并非国之大事抑或显赫的政治人物，而是鬼狐和非正常的人类经验，即其所谓的"异"。蒲松龄"史氏"的称谓主要是修辞性的[①]：一方面，传递出传统历史书写包罗万象之义；另一方面，在倾注个人极大热情的领域，肯定自身

[①] 关于蒲松龄对史家风格的修辞性运用，详见李惠仪（Wai-Yee Li）的一流研究之作《奇幻修辞与反讽修辞》（"The Rhetoric of Fantasy and of Irony"）第一章。

的权威性。这种对"史"与"史氏"的特殊理解根植于私修历史的传统,这在蒲松龄之前的时代已然大量存在(再一次,我们可以将这一传统追溯至司马迁的《史记》,这部史书最初是私人化的,而后才被视为官修正史)。通常认为,这种私修历史的传统刺激了中国小说的创生。① 的确,小说有两种主要的称谓,即"外史"(unofficial history)和"逸史"(leftover history),因为这些著作的内容一般不见于官方的历史记载中。

这些外史的作者通常自称为"外史氏"(Historian of an Unofficial History)。然而,在16、17世纪时,越来越多的作者会取一些笔名,以更为明确地表达自己特别的志趣。我们发现有作者自称"情史氏""畸史氏""幻史氏"②,所辑内容则冠以《情史类略》《癖颠小史》《绿窗女史》等。③ 如同《聊斋志异》,这些故事和轶事集,并非以时间为序编排而成,书中事实与虚构杂糅;这些作品中的历史观念似乎更接近于百科全书式的,即将古今所发生的故事,围绕某一主题加以辑纂。然而,我们也会发现诸如袁宏道(1568—1610)的《瓶史》,甚至并非叙事性的。上述书名中"史"这一术语,似乎仅仅表明这些作品是据某一专门主题编纂而成。④ 这些例子意味着"历史"作为一种观念或一个范畴的随意性与松散性,这种自由度必然会传导至明末清初的小说实验中,而《聊斋志异》在其中便发挥了重要作用。在某种意义上,中国彼时的

---

① DeWoskin,"Six Dynasties *chih-kuai* and the Brith of Fiction"; Plaks,"Toward a Critical Theory."

② Barr,"Pu Songling and *Liaozhai*,"p. 217. 冯梦龙使用的是"情史氏";黄周星,"畸史氏";徐瑶,"幻史氏"。后两个笔名出现于17世纪末张潮的《虞初新志》中。

③ 在此语境中,有趣的是《聊斋志异》初名《狐鬼史》,而20世纪60年代所发现的一部雍正年间抄本,书名为《异史》,曾于1991年出版过影印本。

④ 比照一下"经"的命运:不晚于宋代,"经"已被用于指称任何一部指南、手册、入门书,比如《鸽经》《促织经》等。

"史"至少在特定语境中,接近于古希腊语中"历史"(historia)一词最初的含义——一种"询问"或"调查"。

本书以为,正是在询问与调查的意义上,我们方可理解蒲松龄的巨制。《聊斋志异》的创作前后历经三十余年,从描写东海中蛤与蟹共生关系的简短条目,以展现自然界之异,至情节复杂而具有自我意识的元小说(metafiction),故事中的女主人公狐仙请作者"烦作小传"——无论在规模还是跨度上,均堪称百科全书式的作品。此外,《聊斋志异》不仅是一部故事集,还包含作者的序言与评论。尽管这些评论通常是教化式的,但绝不会俯就其读者。与故事本身相比,这些评论辞藻更华丽,更艰涩难懂,不论是充满激情、不着边际的,抑或是诙谐滑稽的,往往都使得读者对故事的阐释变得更加复杂。

然而,不同于博尔赫斯(Borges)笔下充满传奇色彩的"中国百科全书",《聊斋志异》的广博并不意味着其排斥所有明晰的逻辑范畴。在蒲松龄的自称"异史氏"以及书名"志异"中,"异"这一术语显示出各种故事、评论以及序文之间如何互相协调一致。"异"这一主题,加之蒲松龄强大的声音与洞悉力,使得《聊斋志异》作为一部故事集,绝非一种随机的组合。事实上,我们可以说"异"是蒲松龄提供给读者的一把管钥,用以进入他的文学世界;相应地,这一概念是本书阐释蒲松龄作品的聚焦点。

本书对"异"的关注之所以颇有必要,还在于之前大多数《聊斋》评论者往往忽略甚至否认"异"的重要性,而这种否定本身,在中国阅读传统中,便是一种很有意思的、根深蒂固的冲动(详见第一章)。20世纪50年代以降,志怪文学进一步与封建迷信扯上了联系。《聊斋》研究的杰出学者袁世硕回忆道,直到"文革"结束,"言鬼必有害"的禁令烟消冰释之后,其方敢转向对蒲松龄作品的研究。^① 20 世纪 80 年代,围绕《聊斋志异》涌现出大量著述,表明海内外学界重新恢复了对这部作品的研究兴趣,但因为"异"的问题令人有些不适,而往往倾向于避而不谈。^②

若我们考虑到"异"长期以来成为作家与读者的一种强烈爱好,而且志异的欲求在中国小说发展历程中扮演着重要的角色,那么在当今的《聊斋》研究中,在"异"这一问题上的相对沉寂,则变得更为令人瞩目。不可否认的是,中国历史上对"异"的记载可谓是汗牛充栋。肇始于六朝时期的志怪,将"异"创构为一种文化范畴。而后其文学潜质,在篇幅更长、更具艺术价值的唐传奇中得到了充分的发展。特别是在蒲松龄的时代,先前大量的志怪和传奇故事集得以再次辑校和重刊,而一些新的志怪集也得以编纂和刊行。^③ 有关"异"的兴趣影响之深远,以至于其渗透入明清时期其他的知识领域,包括史学、星象学以及医学。比如伟大的医药学家李时珍(1518—1593),著有关于药物自然史的权威百科全书《本草纲目》,在"人部"部末撰有《人傀》篇,专门探讨胞门子脏外其他各生人通道,以及男化女与女化男者,人化为动物或石头者,人产虫兽鬼神、怪形异物者,人生于卵、生于马者。其于此处所关注的,诸如人妖、畸形、怪胎、变形等,长久以来便是志怪故事的主题。而事实上,李时珍的文本证据也主要辑自相关的志怪记载。李时珍在其巨著的结尾,满怀激情地辩解道:"肤学之士,岂可恃一隅之见,而概指古今六合无穷变

---

① 袁世硕,《蒲松龄事迹著述新考》,第 1 页。
② 也有例外者,比如户仓英美《聊斋志异》和前野直彬《中国小说史考》。
③ 迄今,绝大多数学者接受了鲁迅的意见,即《聊斋志异》代表了六朝志怪和唐传奇的一次突然复兴。白亚仁(Barr,"Pu Songling and *Liaozhai*,"pp. 196 - 215)曾令人信服地指出,早期志怪集的重刊以及新故事集的刊行,在 1500—1700 年间尤为盛行。

化之事物为迂怪耶！"①*

　　《聊斋》故事兼有志怪和传奇二体，这也是中国志异传统中的两种主要文类。在现代，志怪与传奇被称作"文言小说"（classical tale），是以文言文创作的故事，以区别于如今占统治地位的"通俗小说"（vernacular fiction**）。《聊斋志异》不仅在风格、范围以及复杂性方面，堪称达及中国文言小说的顶峰，而且毫不夸张地说，这部故事集已经定义了我们对文言小说的认知。

　　现代以来对白话小说的推崇，使得文言小说与西方小说间的区别渐趋模糊。《聊斋》故事并非只是碰巧以另一种语言写就的白话小说。白话小说，按理说，是在被清晰界定的某一虚构空间中展开的。而《聊斋志异》与之不同，其有意跨越小说话语与历史话语的边界，在某种程度上也的确是以继而产生的模糊性为依据的。而当蒲松龄以一位尽职的历史学家的方式提供信息来源时，这种模糊性表现得尤为明显——对于蒲松龄的此种声称，我们应该如何解释？在传统评论者眼中，《聊斋志异》是一部"劣史"（bad history），因为蒲松龄不可能亲闻亲见其所描述的一切（参见第一章）。而对另一些评论者而言，蒲松龄称得上是历史学家，因为其故事中具体的历史事件和真实历史人物的官职几乎都是准确的。

---

① 李时珍，《本草纲目》，6：5.112—116。据《明代名人传》（*Dictionary of Ming Biography*）第 861 页显示，《本草纲目》初版于 1539 年，在 17 世纪至少历经八次重刊。我们知道，蒲松龄熟悉李时珍这部作品：蒲松龄曾编过一部简明的药典《药祟书》，其中的方剂改编自《本草纲目》。参见蒲松龄 1707 年所作《药祟书序》，载《蒲松龄集》，1：61；《药祟书》全文见蒲松龄，《聊斋佚文辑注》，第 160—190 页。

＊ 原书在引用中文文献时进行了英译，或作者自译，或使用已有英译，均有相应的出处注。本书在翻译时，依据通行中文版本做了回译，出于行文简洁，不再逐一标注出处。在著录格式上，按原书"冒号用于分隔册次与页码，实心圆点用于分隔卷次与页码"执行；对于原书中著录卷次而省略页码，或著录页码而无卷次的情况，本书均依从原例，不擅自更改。——译者注

＊＊即白话小说。——译者注

我们或许可以将上述两类评论者斥为天真的读者,但是因为蒲松龄至少在名义上声称具有历史权威性,从未完全匿身于纯粹的虚构之中,其所描述事件的可信性与准确性,对于读者而言总会是一个潜在的争论焦点。对蒲松龄作品的阅读,事实与虚构层面间的张力与蒲松龄对"异"的创构息息相关。

笔者使用"Strange"这一术语,以对应三个关键性的汉字,"异""怪"与"奇",它最为恰当,但诚然并非完美契合。此三字是常见的同义或近义字,通常用于相互界定。当三字组合为"奇怪""怪异""奇异"等词语时,彼此间的区别则更为模糊。一部唐代辞书中有关"怪"的循环定义,完美地阐明了这些术语之间的可替换性:"凡奇异非常皆曰怪。"①还有一个例子,明代一则滑稽的鬼故事为追求喜剧效果,而有意强调了这些术语之间可替换的本质,不信鬼神的故事主人公冯大异,名奇。②

然而,这三个汉字的语义域和隐含义并非完全相同。其中,蒲松龄用于小说名的"异"字,涉及范围最广,用法最为灵活。③其基本义即"不同"或"有所区别",相应地有着"不平常的""突出的""非固有的""异端的""古怪的"等含义——总之是异乎寻常。而"怪"的意义跨度最窄,指的是"怪异的""奇怪的""畸形的""异常的""莫测高深的",最具有贬抑的意味。正如晚明作家冯梦龙(1574—1646)所谓:"然究竟怪非美事。"④与其邪恶的隐含义相一致,"怪"又指动植物或无生命体所幻化成的妖怪。"奇"作为审

① 释玄应,《一切经音义》,卷6,转引自李剑国《唐前志怪小说史》,第12页。
② 瞿佑,《太虚司法传》,载《剪灯新话》,第91页。
③ 在对六朝时期志怪故事集的标题进行调查后,康儒博(Robert Ford Campany)注意到"异"这一术语出现的频次最高,"出现于不少于十七种著作的标题中"。
④ 参见冯梦龙《古今谭概·怪诞部》前言。这部笔记小说的《荒唐部》《妖异部》以及《灵迹部》等部分中也包含有"异"的一些面向。

美性评价术语,有着一以贯之的历史,覆盖了"稀有""原创""奇幻""惊奇""怪异"等畛域。尽管"奇"通常是一个较高的评价指标,却也具有反面的意思,指"对正常的偏离"。正如一位明代作家在历史通俗演义中为英烈辩护,而疾声力陈道:"夫所谓奇者,非奇邪、奇怪、奇诡、奇僻之奇……非若惊世骇俗,吹指而不可方物者。"①其笔下的"奇",意义十分模糊,又诉诸常见的论点,即"奇"与其反面"正",两极可以相生。将这三个术语与其最常见的、完全相反的对立面联系起来加以思考,确实有所助益,比如"异/同"(different/same),"怪/常"(aberrant/normative),"奇/正"(exceptional/canonical)。

很难精准地对"异"做出一个明晰而充分的定义,由此引出的问题是:"异"可界定吗? 抑或说,具有充分的弹性、不可把捉、变化无常,是"异"重要的特征吗? 在中国,人们很早便认识到,物之"异"并不在物自身,而在于观看者或阐释者的主观理解(参见第一章)。故而,"异"是文化所创生之物,并在写作与阅读中得以不断更新;而且,它是借助于文学与艺术手段而产生的心理效果。②在此意义上,"异"的观念不同于我们所认为的超自然、奇幻或者奇妙之类的说法。在某种程度上,这些说法所依据的无不是所叙事件在文本之外的现实世界中的不可能性。而可能与不可能之间的对立,一直以来是西方奇幻理论的基础,最为有名的即茨维坦·托多罗夫(Tzvetan Todorov)颇有影响力的研究。托多罗夫

---

① 参见徐如翰,《云合奇踪序》,载黄霖、韩同文《中国历代小说论著选》,1:212。这部小说又名《英烈传》,描述了明朝政权的建立。
② 在最后这一点上,笔者对"异"的阐述方式与弗洛伊德"怪怖者"(unheimlich)的观念有些类似,但有非常重要的一点需要说明,即《聊斋志异》中的"异"未必,也的确极少包括惧怕、恐怖抑或恐惧等情感。

在三种基础文类间做出了区分:神异(the marvelous)、奇幻(the fantastic)与怪诞(the uncanny)。如果所叙事件与后启蒙时代的科学常识相吻合,则我们处于"怪诞"的畛域中;若与上述规律相矛盾,则我们进入了"神异"的领域。只有当读者在上述两端犹豫不决时,我们才会处于"奇幻"的场域之中。① 正如克里斯廷·布鲁克-罗丝(Christine Brooke-Rose)所归结的,"故而奇幻文学的基础是模糊性,即奇异事件是否是超自然的"②。

将托多罗夫的学说应用于一般的中国志怪文学,具体至《聊斋志异》,那么问题便立即凸显了出来:我们无法假定常识现实中的同样"规律"在其他文化中,或者在其他历史时期总能奏效。李时珍的《人傀》篇及其关于自然界无穷变化的观点,揭示出一种标准,这既不同于现代科学所可能认同的规范,亦不同于19 世纪某部欧洲小说所展示出来的"超自然"特征。即便如此,尽管大部分《聊斋》故事涉及鬼魂、狐狸精、神祇和仙人,但大多与超自然因素毫无干涉。正如李惠仪所指出的,超自然因素的存在并不能最终决定《聊斋志异》中的故事是虚构,抑或史实。③

---

① Todorov,*The Fantastic*,p. 25. 高辛勇(K. Kao)在《中国古典超自然与奇幻小说》(*Classical Chinese Tales of the Supernatural and the Fantastic*)一书的引言中曾尝试将"超自然"与"奇幻"等范畴应用于对六朝志怪小说和唐传奇的研究:"有些故事似乎可以归入超自然的范畴,因为其中出现的一些现象不存在于可见的世界中,或者发生的事件明显超出了自然界的规律;而另一些故事则属奇幻一类,因为故事本身是超常的或极为不寻常的,故而变得不自然,尽管未必是超自然的。"(参见该书第 2—3 页)高辛勇的"超自然"对应于托多罗夫的"神异",其"奇幻"对应于托多罗夫的"怪诞";至于托多罗夫充满模糊性的"奇幻",高辛勇并未给出任何对应的说法。高辛勇的划分未能充分阐明材料,于是他很快转向更为有用的分类法,基于"表现美学"(esthetic of presentation)的出场(参见该书第 22 页)与"文学演进"(literary processing)的程度(参见该书第 26 页)。
② Brooke-Rose,*A Rhetoric of the Unreal*,p. 63.
③ Li,"Rhetoric of Fantasy,"p. 9.

或许更为重要的是,托多罗夫所选择的故事,依然是可以借助于现实主义与奇幻文学间明确的文类划分而加以审视的。在他所举《螺丝在拧紧》(*The Turn of the Screw*)这一最为典型的个例中,读者被引导着,在两种互相抵牾的阐释间犹豫不决——小说中的女家庭教师精神失常而产生了幻觉,抑或说其真实地看到了鬼魂。正如托多罗夫所断言,读者必定会在故事结尾"选择这一种,或另一种解决方案"①。但是在《聊斋志异》中,规律是不同的。鬼魂既被视为心理所诱发的,同时又具有物质存在性,正如一组镜头(a sequence),既是一场梦,同时又是真实的事件。恰如我们将要看到的,当事物悖论性地被证实,又同时被否认时,其结果往往便是"异"。换言之,"异"与"常"之间的边界从来不是固定的;相反,是不断更易、模糊、擦抹、增殖抑或重新定义的。事实上,"异"之所以能够持续发挥作用,正在于这些界限可以无休止地被加以操控。

《聊斋志异》中的一则故事或许有助于阐明对"真"与"幻"之间界限的有意模糊,这一点也是本书就蒲松龄笔下之"异"开展研究的核心内容。《褚生》篇,开场便叙及陈生与家贫的同窗褚生之间的友谊。陈生出身殷实的商贾之家,窃父金代褚生遗师束金,其父发现后,遂使陈生废学。后陈父故去,陈生复求受业,拜褚生为师。不忘陈生高谊,褚生捉刀代笔,代陈应试。至期,褚生让陈生从表兄刘天若外出。陈正要出门,褚生自后曳之,差点扑地,而刘天若迅速挽之而去。

在刘家留宿多日,忽然中秋将至。刘天若邀请陈生登画桡,赴皇亲园游玩。登舟后,刘请新来的勾栏歌姬李遏云唱曲助兴。刘命之歌,李遏云面带忧容,竟唱古时挽歌《蒿里》。陈生不悦,

---

① Todorov, *The Fantastic*, p. 41.

曰:"主客即不当卿意,何至对生人歌死曲?"姬致歉,强颜欢笑。陈生稍息怒,命其歌自作之艳曲《浣溪沙》。姬奉命吟唱。已而泊舟,过长廊,见壁上题咏其多。为留念,陈生即将李遏云所作《浣溪沙》题于壁上。

日已薄暮,刘若天遂送陈归,因闱中人将出。

> 陈见室暗无人,俄延间褚已入门,细审之却非褚生。方疑,客遽近身而仆。家人曰:"公子惫矣!"共扶拽之。转觉仆者非他,即己也。既起,见褚生在旁,惚惚若梦。屏人而研究之。褚曰:"告之勿惊:我实鬼也。"

翌日清晨,访李姬,则得知其已死数日。故地重游,故事这样继续道:

> 又至皇亲园,见题句犹存,而淡墨依稀,若将磨灭。始悟题者为魂,作者为鬼。

陈生最终的醒悟,自然源于对自身经历的清醒思索,但同样也引导我们从另一不同的维度重新研读整个故事。可以看出,褚生在故事中自始至终是鬼,在陈生不知情的情况下,褚生与好友变换身份,以报其高谊;刘若天与唱曲助兴的李姬,同样也是鬼,而中秋节时的陈生,则是其与肉体相分离后的魂魄。

我们也正如陈生一般,被故事中误导性的因素带入歧途:令人不解的时间提示、句子中显性主语的频繁省略以及空间的分隔。① 即便当陈生面对一个作为他者的自我(himself as other)时,其依然无法理解所发生的一切。出于惊异与无法完全相信,

---

① 在笔者对该故事的重述中,时间的模糊性以及主语的明显省略,变得不是很清晰。这是因为英文若要表达清楚,相比于文言文,需要更多具体的指示词。

陈生进一步探寻外部证据。

　　然而，这进一步的证据，来自陈生本人。探查的最后，陈生发现其本人竟然不经意间成为自身生活之"异"的记载者。正是其在壁上的题句，言之凿凿地记下了其在故事中对生与死，以及自我与他者之间界限的跨越。颇有意味的是，此壁并非普通建筑或房屋的墙壁，而是廊壁；表面来看，是连接两个地方的过渡区域，但似乎又导向乌有之乡。正如泊于湖面上的画桡，廊壁亦将陈生所历悬置了起来。壁上的墨迹，惊人地显现出其作者的身份——不知其人、难以捕捉，处于完全消逝的进程中。幽灵般的痕迹于在场与缺席间短暂悬置，这无疑是魂魄所作，由陈生本人与另一个陈生所题。① 尽管故事谨慎地将陈生所历深深植于其主观理解中，但并不至于令我们自忖，此是否为其主观想象所生出的。此处的关键在于，陈生幻觉的主观性并未消除其所历的奇异性；相反，正是借此而获得了可被认同的形式。但那一形式，本质上是不稳定的，记录本身便处于变化的过程之中。

　　稍显简短，但是笔者对这一故事的解读，揭示出一种与托多罗夫截然不同的角度。不可否认，《褚生》篇包含了托多罗夫在奇幻文学中所析离出的因素，诸如分身、犹豫、模糊语言。但是其中有一点是完全缺席的，即读者必须义无反顾地在超自然动因或理性解决方案间做出择选。故事自觉地承认，有必要向故事中的人物以及读者提供进一步的证据，但是那些证据被有意模糊掉了。最终，壁上的题句既在又非在（both there and not there），生动而详致地解释了本篇以及其他诸多《聊斋》故事中的一种处理方式，

---

① 此处笔者受到玛乔丽·加伯（Marjorie Garber）《莎士比亚的幽灵作家》（*Shakespeare's Ghostwriters*）一书的影响，该书探讨了鬼魂与书写之间的关系。

即擦抹掉真实与虚幻之间，以及历史与小说之间的界限。由此，似乎可以得出一种教训，即过度僵化的分类会造成各种错误的二元对立。这些范畴之间是互补的，而不是对立的。18世纪小说《红楼梦》中的一副对联，对这一认识做出了最好的归纳："假作真时真亦假，无为有处有还无。"①另一教训或许是，如果"异"是可以界定的，那么必须要在历史与小说、真实与虚幻之间的变动区域中加以界认。

康儒博提出，六朝时期似乎凡"与作者或读者的期待不相协调"②而令人惊叹者，则被视为"异"。尽管康儒博的研究基于这一论点，即"异"自觉被认知为一种文化的而非自然的范畴，然而在早期对"异"的探索中，作者与读者的期待很大程度上仍取决于其关于世界的经验和知识。而本书的研究，则试图展示在后世蒲松龄如何重新建构"异"。至蒲松龄所处的时代，已然累积了过量的作品，彼时更多的是对其他文学作品的熟悉程度，而非外部世界，影响到了作者和读者的期待。就此而言，《褚生》篇提供了一个视觉隐喻（visual metaphor）。当陈生初过园中走廊时，壁上已非空白，历代文人的题咏甚多。壁面已然成为一系列叠加的文本。当陈生紧接着题词于壁上时，其举动，并无任何特立独行之处；而其题句，与其他题词并无任何区别。陈生，也不过是另一位将自身所历记于壁上的题咏者而已。但当陈生又至皇亲园时，发现其他的题咏作为固定的标尺，从未发生变化，唯独其题句颇为怪异，"淡墨依稀，若将磨灭"。

其他这些题咏的在场，隐喻式地强调了在研治《聊斋志异》时

---

① 英译见 Hawkes, *Story of the Stone*，1：55。在英文世界中，这部小说以"Dream of the Red Chamber"之名而更为人所知。

② Campany, "Chinese Accounts of the Strange," p. 335.

所必需的一种或多种文本语境。我们需要将蒲松龄的故事置于悠久的志怪传统中,这一传统赋予其写作素材来源,并迫使蒲松龄进一步化腐朽为神奇。我们需要将蒲松龄笔下的故事安置于明末清初的士人文化语境中,借以复原其故事的全部意义,更好地理解其故事所产生的文化背景。同样,我们也需要去重新审视《聊斋》评点的传统,这一学术传统形成了独立的话语系统,有助于我们追溯历代对这部伟大作品的不同理解。

为结合这些语境而对《聊斋志异》加以阐释,本书的研究分为两编。第一编梳理17—19世纪的《聊斋》阐释史,以确定读者是如何理解或解释"异"的。而后,细致审读蒲松龄在引人瞩目的《聊斋·自志》中如何呈现自我,以及蒲松龄本人与"异"之间的关系。第二编则转向故事本身,这是本书的核心内容。该编并不着眼于鬼狐等已成为《聊斋志异》标签性的内容,转而探讨16—17世纪中国士人文化颇为关注的三个重要主题,而普通读者或学界一般不曾将这些主题与《聊斋志异》联系在一起。这三个主题,均涉及对人生经验中根本性界限(fundamental boundaries)的跨越,即"癖好"(主/客)、"性别错位"(男/女)、"梦境"(幻/真)。通过对这些主题的关注,本书能够规避"超自然"的问题,转而探讨蒲松龄如何更新了"异"这一文学范畴。

结语部分,则以《聊斋》故事《画壁》为例,着重分析"异"的创构与越界之间的关系,进一步回应《褚生》篇。再一次,故事主人公在游历的最后,发现墙壁已然发生了变化——画壁上所绘的拈花人,螺髻翘然,不复少女的垂髫。然而,此次的主人公不但是变化的记录者,也成为变化的动因:他进入画壁之中,并与女子结为夫妇。当其返回人世间时,此岸的世界,以及隔离此岸与彼岸的界限,无不发生了改变。

第一编

话　语

第一章　关于《聊斋志异》"异"之话语

子不语怪、力、乱、神。

——《论语》

"此即在世不信鬼神,凌辱吾徒之狂士也。"鬼王怒责之
曰:"汝具五体而有知识。岂不闻鬼神之德其盛矣乎? 孔子
圣人也,犹曰敬而远之。……汝为何人,独言其无?"

——瞿佑《剪灯新话》

"一部文学作品并不是独立存在的,亦不是向每一时代的每
位读者都呈现同样图景的客体。"①姚斯(Hans Robert Jauss)这
一现在看来有些老生常谈的宣言在张友鹤所辑校的《聊斋》通行
本中显然获得了新生。张友鹤《聊斋志异会校会注会评本》(以下
简称"三会本")搜集整理 20 世纪之前各版本并辑录各本序、跋、
题辞、夹注、评语,冠以"新序"和附录。②*　三会本尽管并不完备,

---

① Jauss, "Literary History as a Challenge to Literary Theory," in *Toward an
Aesthetic of Reception*, p. 21.

② 在三会本中,张友鹤对所辑录各版本的版式进行了调整。例如,他将长篇序注移至
故事末,在文本中添加夹批,并删除了传统评点中用于标注精彩段落的圈点。详见
其"后记",载《聊斋》,4:1728。

＊ 本书所涉及的的聊斋志异原文内容,引自三会本。出于行文简洁,标注出处时书
名项记作《聊斋》。——译者注

但事实上已包含了一部《聊斋》诠释史。①

三会本的这一版式直接源自中国传统的批评话语模式。这种话语模式不仅是简单阐释型的，也是互动式的。这如同一种滚雪球效应：刻本或者写本在流传过程中，读者会在书页上，乃至行与行之间记下阅读后的反应；而新的阅读者会将先前的评点视为书的一部分而加以评论。② 如此，该文本不但成为作者与读者之间，而且是历代读者间永不休止的对话场。因此，对后代读者而言，很难无视这一有机诠释过程，或者难以在阅读中将评语从文本中甄别出来。

尽管自古至今，版本校勘是中国主要的学术活动，由是也出现了一些评注文字数量远远超过原文的版本，但对一部文言小说集而言，三会本所辑录的内容体量是空前的：汇集了三家完整评语，两家详尽注解，以及大量的序、跋和题辞。数量甚夥的评点无疑得益于《聊斋》的天下风行以及新版本的不断刊刻，亦反映出一种强烈的阐释《聊斋》的潜在欲求。

阐释《聊斋》的欲求与《聊斋》故事所涉及的"异"这一问题密不可分。故而对诸如《聊斋》中"异"之表征、重要性及价值的理解与《聊斋》诠释史也是紧密联系的。而《聊斋》诠释史甚至是始于

---

① 这部"诠释史"之所以不完备，不仅是因为张友鹤忽略了一些材料，也由于各版本的编者自然会选择性地辑录某些文本，而这些文本只能是抬升而非无视或贬低编者所依倚的这部作品。

② 例如，在故事《连琐》（《聊斋》，3.337）文末，冯镇峦回应了一条由 17 世纪著名作家王士禛所作的评语，他甚至推测王士禛可能删减了故事的结尾。当然，任何整理本均无法全面辑录一个文本经年累积的所有评语。

《聊斋》尚未成书之时。[①]　在《聊斋》手稿于 18 世纪早期成型之前，蒲松龄的文友便为之制序、题诗与发表零散的评论。[②]　蒲松龄于 1715 年辞世后，随着手稿历经近半个世纪的流传，更多的序跋涌现出来。1766 年，第一部刻本青柯亭本问世，附有影响力颇大的《弁言》与《刻〈聊斋志异〉例言》。而 19 世纪上半叶全本评点的出现更是重要的分水岭。

在传统批评话语方面，《聊斋》与白话小说及艳情小说相类似，对其的评点总体上是辩解与辩护式的，往往针对某一或隐或显的发难者证明作品所具有的价值。即便我们承认出于修辞之目的，作品的辩护者可能篡改或者夸大了论敌的论点，但细读之下，我们仍可以觉察到关于《聊斋》的一些负面接受（negative reception）。

对《聊斋》传统评点话语进行盘点，我们可以揭橥三个主要的阐释策略：(1) 将记叙"异"的做法合法化；(2) 将《聊斋》作为严肃的自我表达的寓言；(3) 将《聊斋》视为文风优美的伟大小说。另有一种阐释方法即传统的道德伦理批评，微弱地贯穿于《聊斋》批评话语中，除在关于蒲松龄的悼文中有一二处例外，这一论点似乎被理所当然地视为一条最为明显的防线，很少被着力加以解

---

① 学界对于《聊斋志异》至 1679 年究竟完成了多少这一问题意见不一，蒲松龄在这一年为《聊斋志异》作了自序。传统观点认为在自序完成时，《聊斋志异》几近成书。然而，目前学者认定《聊斋志异》在约三十年的漫长时间内才创作完成。关于《聊斋志异》成书问题的具体讨论，见 Barr, "Textual Transmission"。关于传统观点的代表性陈述，见 Průšek, "*Liao-chai chih-i* by P'u Sung-ling: An Inquiry into the Circumstances Under Which the Collection Arose," in *Chinese History and Literature*, pp. 92 - 108。关于《聊斋志异》各版本及评论研究著述的目录学研究，见藤田祐贤、八木章好《聊斋研究文献要览》和笹仓一广《文献目录》。

② 关于《聊斋》手稿具体完成时间的讨论，见 Barr, "Textual Transmission," pp. 542 - 543。

释。所有这些出现于 20 世纪之前的论点对《聊斋》的现代解读产生了深远影响。

在有所选择地勾勒这一诠释史的过程中,笔者需要将诸多矛盾性的与概要式的观点加以简化并排序。先前的观点通常草草地出现在后出的评点中,笔者重点追溯其中的变化而非仅仅指出原有内容。最后需要说明的是,笔者的研究重点为序跋而非题诗,因为前者必然包含阐述与论题;相反,题诗倾向于采用较为轻松与戏谑的口吻,着意于语词的巧妙变化而非论证的展开。

第一阶段 "异"的合法化

1679 年,高珩(1612—1697)为《聊斋》撰制第一篇序文。高珩,致仕返家的淄川名士,出身名门望族,有文士风流,又好佛老。① 紧接着,在三年之后的 1682 年,罢职归里的唐梦赉为《聊斋》撰写了第二篇序文,唐梦赉为当时淄川地区的文人领袖,颇有文名。② 此二人不但在当时的淄川有着显赫的社会与文学声望,

---

① 袁世硕,《蒲松龄事迹著述新考》,第 100—120 页。书中对这一有趣的人物曾有讨论。高珩,明崇祯十六年(1643)进士,曾在明清两朝为官,官至秘书院检讨。此人与蒲松龄一样,痴迷于通俗小说与戏曲,曾作俚曲。如果署名无误,高珩还为蒲松龄所作的艳情俚曲《琴瑟乐》作长篇跋文,该曲抄本连同高珩跋文现藏于日本庆应义塾大学。《琴瑟乐》讲述少女婚后的床第之事,跋文对此加以辩护,视之堪与《金瓶梅》相比肩。这首俚曲的以《闺艳琴声》为题的删节版本可见于蒲松龄,《聊斋佚文辑注》,第 57—67 页。另见袁世硕,《蒲松龄事迹著述新考》,第 115—118 页,书中完整录入了高珩的这一重要跋文,该跋文并未收录于高氏文集《栖云阁集》中。
② 袁世硕,《蒲松龄事迹著述新考》,第 121—147 页,书中简要介绍了唐梦赉的生平。唐梦赉,清顺治六年(1649)进士,亦曾任秘书院检讨,与高珩关系密切。唐梦赉对"异"事本身颇感兴趣,在其文集《志壑堂集》"杂记"一部(卷 12)中,载有志怪轶事,这些记载多经其解释并说明;而"传"部(卷 6)中,还有"旧史氏"的作者批语。

而且在山东文人圈之外也颇有影响力。① 作为蒲松龄的私交,二人为《聊斋》创作提供素材,甚至成为几则《聊斋》故事的主人公②,其序言为我们理解《聊斋》的直接读者群以及《聊斋》创作的社会思想大气候提供了颇有价值的观点。

高、唐二人的序文有着类似的取向:通过援引儒家经典,将"异"重新定义为道德与思想上可被接纳的概念。高、唐二人努力的一个必然结果是拓展了主流文学与哲学传统的边界,以容纳边缘化的志怪传统。为此,他们复述了一些观点,而这些观点常见于17世纪之前的志怪小说序言中。

唐梦赉开篇便细察"异"这一概念。他认为我们不可单凭感性经验来理解"异",因为经验是非常有限的,而且个体的感知能力是存在较大差异的。通常所视为"异"者往往是基于传统,而非"异"本身所具有的可辨性特点;相反,习惯蒙蔽了置于我们眼前的潜在之"异"。

> 夫人以目所见者为有,所不见者为无。曰,此其常也,倏有而倏无则怪之。至于草木之荣落,昆虫之变化,倏有倏无,又不之怪,而独于神龙则怪之。彼万窍之刁刁,百川之活活,无所持之而动,无所激之而鸣,岂非怪乎? 又习而安焉。独

---

① 高、唐二人均为1687年版《淄川县志》的主要编纂者,他们的作品均被收录于该县志及1743年版的县志中。同时,二人亦在18世纪中叶卢见曾所辑《国朝山左诗钞》一书中被频繁提及。唐梦赉的两部作品收录于张潮的《昭代丛书》中(成书于约1700年);关于高珩的记载也出现在王晫的《今世说》中,该书载录了17世纪的文人轶事。

② 高珩作为故事素材提供者,出现在《侯静山》的故事中(《聊斋》,5.693)。同时《上仙》(《聊斋》,5.691)也提到了他的名字,这个故事讲述了高氏侄旅途染病、求医狐仙之事。另见袁世硕,《蒲松龄事迹著述新考》,第112页。而唐梦赉作为故事主角,出现在题为《泥鬼》(《聊斋》,3.403)和《雹神》(《聊斋》,1.51)的两则神鬼轶事中。

至于鬼狐则怪之,至于人则又不怪。①

唐梦赉争辩说,"异"是一个主观而非客观的范畴,这回应了3世纪末期对"异"的一次探寻。魏晋玄学家郭璞在为《山海经》所撰的颇有影响力的序文中争辩道:"世之所谓异,未知其所以异;世之所谓不异,未知其所以不异。何者?物不自异,待我而后异,异果在我,非物异也。"②

将"异"作为一个认识论问题,而对其怀疑论者加以批驳,根源于《庄子》关于大小之辩的道家寓言。事实上,郭璞声称其立论的出发点是基于《庄子》中的名言"人之所知,莫若其所不知"。③以北海与河伯间一段著名对话,庄子对之加以解说。兹部分移录于下:

> 井蛙不可以语于海者,拘于虚也;夏虫不可以语于冰者,笃于时也;曲士不可以语于道者,束于教也。今尔出于崖涘,观于大海,乃知尔丑,尔将可与语大理矣。④

尽管在《庄子》中,亦有他处引"异"以阐述认识论问题,但郭璞似乎是追问何为"异"并思索何使之为"异"的第一位中国思想家。通过一系列精心设计的双重否定句式,郭璞得出了激进的结论:"异"只存于知觉者心中,而非存在于客观现实之中,故"理无不然矣"。⑤

---

① 翟理斯在其英译本《聊斋》中完整翻译了唐序(该版本翻译存在一定的错误),见 Giles, *Strange Stories*, pp. xvii - xix。

② 袁珂,《山海经校注》,第478页。郭璞序的完整翻译,详见 Chen et al., *Shanhai ching*, pp. 387 - 390。

③ 郭璞在其序中引用该句(袁珂,《山海经校注》,第478页)。该句出自《庄子·秋水》篇。

④ 英译见 Watson, *Complete Works of Chuang Tzu*, pp. 176 - 177。

⑤ 郭璞序,见袁珂,《山海经校注》,第478页。

郭璞与唐梦赉的观点对于熟悉蒙田(Montaigne)随笔的读者来说似乎并不陌生,在题为《论习惯与不轻易改变已被接受的法律》("Of Custom, and Not Easily Changing an Accepted Law")的随笔中,蒙田写道:"倘若我们思考一下日常所经历的:习惯是何等地蒙蔽我们的理智,这些他乡的习俗便也不足为奇了。"①蒙田在处理美洲大陆民族志叙事时发展出这一立场,与之类似,郭璞亦是在回应对异域的描述。唐梦赉有所不同,在其为《聊斋》所制序文中,表征传统"异"之意象的不是蛮夷之人,而是与我们共存的超现实异类:"独至于鬼狐则怪之,至于人则又不怪。"

唐梦赉的序文代表了对"异"理解的又一转向。尽管唐梦赉借鉴了郭璞的玄学观点,但二者间的差异颇大。郭璞最终是要证明《山海经》所记地名与怪兽的真实性,以及其作为预兆之书与知识百科全书的实用性。② 而唐梦赉对《聊斋志异》一书既未证实,亦未证伪。相反,其争辩说,若不容探讨实践经验与日常话语之外的事物,"原始要终之道"将面临"不明于天下"之危;若好奇心完全被压抑,那么无知便会肆虐,于是"所见者愈少,所怪者愈多"。

唐梦赉的序文与16、17世纪志怪、白话小说的序言有着某些共同的关注点。比如,江盈科(1553—1605)在充满诙谐意味的《耳谈引》中亦曾规劝读者重新思考何为"异",其调侃式地拈出题目中的"耳",认为其平淡无奇,因为人人皆有此物,"夫耳横一寸,

---

① Montaigne, *Complete Essays*, p. 78. 在题为《凭个人浅见去判断真伪,那是狂妄》("It is Folly to Measure the True and False by Our Own Capacity")的随笔中,蒙田通过引用古罗马哲学家西塞罗(Cicero)来支持其认识论的观点:"眼睛看惯的东西,思想也会习以为常;思想也不再对常见的东西表示惊奇,寻找原因。"见同书第133页。
② 关于《山海经》一书的早期使用,见 Wu, *Wu Liang Shrine*, p. 83。

竖倍之,入窍三寸,才数寸耳,其中所受,自单词只语,至亿万言,不可穷诘,岂不大奇? 而人不谓奇"。①

类似地,凌濛初(1580—1644)为其第一部白话短篇小说集《初刻拍案惊奇》所撰之序与唐梦赉的序文极为相似。二者以同一谚语的两个不同部分开篇("见橐驼谓马肿背"——唐梦赉;"少所见,多所怪"——凌濛初②),表明日常经验更为谲诡而非常理可测。③ 然而,二人得出了不同的结论,唐梦赉认为记载超现实异类("鬼狐妖")是合理的,而凌濛初则提倡描写"耳目前怪怪奇奇",由此其似是指日常生活中发现的奇闻逸事。④

唐梦赉认为,志"异"不应被斥为虚假或具颠覆性。志怪是有价值的,因其如道家寓言一般,可以"破小儒拘墟之见"。唐梦赉为一部无名的、出版遥遥无期的手稿撰写序文,想来是针对一小撮假想的持有异议的理学家。然而,凌濛初认为日用起居之事,在趣味与新颖性方面不亚于谲诡奇幻之事。这显然指向的是一个已然存在的公共阅读群,而凌濛初正竭力使其放弃对鬼怪故事的强烈嗜好。凌濛初由此在"异"所具有的"趣味性、新颖性"

---

① 《耳谈引》,见王同轨,《耳谈》。此后,王同轨《耳谈》增辑本《耳谈类增》刊行。作为袁宏道好友兼蒲桃社成员,江盈科亦出版了多部笑话及轶事集。关于江盈科生平与著作的简要介绍,见 Barr, "Pu Songling and *Liaozhai*," pp. 210 - 213。

② 凌濛初的序(以即空观主人为笔名)详见黄霖、韩同文,《中国历代小说论著选》,1:256。

③ 在题为《娇娜》的故事中,狐精正以该谚语的后半部分打趣其友:"君诚'少所见而多所怪'者矣!"(《聊斋》,1.59)

④ 黄霖、韩同文,《中国历代小说论著选》,1:256。值得注意的是,凌濛初对白话小说的这一新认识与英国 17 世纪文学家威廉·康格里夫(William Congreve)对小说的定义十分接近。在为短篇小说《隐姓埋名》(*Incognita*,1691)所作的序言中,康格里夫写道:"小说从本质上让人觉得更加亲切;它们向我们靠近,为我们展现现实中的迷人之处,通过各种奇闻逸事来取悦我们。然而,这些事物并非完全超乎寻常,正是那些接近我们日常信仰的事物方为我们带来愉悦。"(Congreve, *Shorter Novels: Jacobean and Restoration*, p. 241) (intriguing and novel sense)与"鬼怪、异域色彩"(supernatural and exotic sense)之间做出区分,前者正是其在小说中意欲展示的,而后者则是其至少在原则上强烈拒斥的。①

《罗刹海市》作为《聊斋》中少有的远游异域的故事,形象地展现了这一观点,即"异"与"常"存在于观察者的眼中。年少的中国商贾马骥为飓风吹至一个奇异的岛上,其人皆奇丑,却惧怕马骥,以为妖。其中有相貌稍肖人样者最后壮着胆子道出了本地人的观点:"尝闻祖父言:西去二万六千里,有中国,其人民形象率诡异。但耳食之,今始信。"蒲松龄在此揶揄那些众所周知的目光狭隘的学者,因为他们拒绝相信非亲眼所见之物。在此偏僻的岛上,相貌平常的中国商人却成了奇异之人。然而,马骥很快便习惯了这些怪物般的当地人的眼光,不再惧怕他们;反而很快学会了如何通过惊吓他们来获益。在《聊斋》的世界中,奇异的好似平常的,而平常的也好似是奇异的。

在序文的前半部分,唐梦赉指出所谓"异"是一个主观和相对的概念。在后半部分中,他笔锋突转,攻击通常将"异"视为怪以及将"异"与妖害对等的做法。在唐梦赉笔下,"异"唯以伦理术语重加界定。

> 余谓事无论常怪,但以有害于人者为妖。故日食星陨,鹢飞鸲巢,石言龙斗,不可谓异;惟土木甲兵之不时,与乱臣贼子,乃为妖异耳。②

---

① 与其所言相悖的是,凌濛初的故事并非毫无"鬼怪"元素。详见凌濛初,《初刻拍案惊奇》,卷14。

② 唐梦赉的论点与俞文龙为其《史异编》所作自序中的观点十分类似。《史异编》收集了诸史所载神怪异事,从而成为一部正统志怪集。18世纪《四库全书》的编纂者批评该书既非占验之书,又无学问之事,"徒见其好怪而已"。详见《四库全书总目》,第582页。

经由将"异"重置于人类世界,将边缘移至中心,唐梦赉缓解了异常(anomaly)对道德秩序所构成的任何潜在威胁。对唐梦赉而言,有害意义上的"异"只存在于社会事件中,特别是在政治领域。对《聊斋》本身之"异"做出具有讽刺意味的去神秘化解释,在这方面,唐梦赉开了先河。① 比如《郭安》故事的结尾宣称此案不奇于僮仆见鬼,而奇于邑宰愚蠢至极与审判不公。

在 17 世纪其他的《聊斋》序文中,高珩也认为"异"主要是一个道德范畴,根源于儒家经典。他开篇便界定"异"这一术语,并解释其在《聊斋志异》书名中的含义,"志而曰异,明其不同于常也"。这一定义被视为对"异"的常见性理解,倘参照其他例子,确也似乎如此。② 然而,高珩如唐梦赉一样试图表明这一简单界定之不足,乃至不当之处。通过篡改《易经》中的一句话和一个大胆的双关语,他将"异"释为儒家"五常"之一的"义"。③ 高珩宣称这是可能的,因为"三才之理、六经之文、诸圣之义",是可以"一以贯之"的。④ 因此"异"并非在天地正道与道德关怀之外,而是内在于其中的。非常规性给秩序所带来的潜在威胁,诸如偏离与异端,便被中和掉了。"异"便不再深不可测,而是连贯一致、明白易懂的。

高珩与唐梦赉的探讨显然是在费侠莉(Charlotte Furth)所描述的这一框架中展开的,即在"中国久已存在的关于宇宙模式

---

① 李惠仪(Li,"Rhetoric of Fantasy," pp. 53 – 54)认为在《聊斋志异》中,将鬼怪去神秘化亦常常是对"何为异"这一问题的玩味。

② 敕修《康熙字典》成书于 1716 年,其中关于"异"的释名与高珩的释义在本质上完全一致:"异者,异于常也。"(《校正康熙字典》,1:1728)有趣的是,《康熙字典》并未收录"异"通常的政治含义,即指反叛或异端。

③ 高珩这种抽离原文的文字游戏主要围绕着"异"(差异)及其反义词"同"(相同)展开。

④ "一以贯之"引自《论语》,15.3(详见 Lau, The Analects, p. 132)。

的观念中,人们试图容纳异象而非斥之为自然模式的不和谐之音"①。在这一关联性思维(correlative thinking)传统中,异象被视为一种征兆,可以显示天意,特别是在汉代的政治话语中扮演了重要的角色。如果我们认同这一观点,即晚明时期人们"开始质疑关联性思维传统,这一传统假定,基于一种潜隐的相似模式,自然、道德与宇宙之象变得可以理解"②,面对时代日益增长的对关联性思维的不满,高珩与唐梦赉试图重申异象古老的道德与政治意味,由此我们或许可以理解高、唐二人的诡辩与桀骜。

意识到"异"与"义"之间的修辞糅合并不牢固,高珩继续斥责那些自诩的批评家们狭隘地建构大文化传统的做法。为此,他驳斥对"异"最为顽固的攻击,这便是常被征引的《论语》中"子不语怪、力、乱、神"一语。③ 如同其他为志异辩护的人一样,高珩争辩说,孔子同时也是另一部经典《春秋》的编者,而《春秋》恰恰汇聚了"子不语"的话题:

> 后世拘墟之士,双瞳如豆,一叶迷山,目所不见,率以仲

---

① Furth,"Androgynous Males and Deficient Females,"p. 7.

② Furth,"Androgynous Males and Deficient Females,"p. 8. 费侠莉总结了韩德森(John Henderson)《中国古代宇宙观的演变与式微》(*The Development and Decline of Chinese Cosmology*)一书的主要观点。关于裴德生(Willard Peterson)对此观点的修正,详见其为该书所撰书评,*HJAS* 46.2 (1986.12),pp. 657−673.

③ "子不语怪、力、乱、神"在后世志怪文集的序言中常被提及,并往往成为被反驳的焦点。钱锺书(《管锥编》,4:1252—1255)还原了晋朝的相关探讨,这一时期志怪作为一种文体出现,而对"异"的探讨也开始崭露头角。钱锺书表示对该句存在着多种阐释,以迎合不同信仰。其中一种观点即是孔子不语鬼神,并不意味着鬼神不存在,而只是孔子选择不去讨论它们。这一观点甚至被用来进一步强化有灵论的看法,因为该句中的其他类别"力""乱"确实存在。钱锺书指出同一时期存在着不同信仰,一个人可以既排斥又接受神鬼的不同面向。例如,汉代思想家王充(27—97)就驳斥了鬼的存在,却相信动物有灵。

尼"不语"为辞,不知鹢飞石陨,是何人载笔尔尔也? 倘概以左氏之诬蔽之,无异掩耳者高语无雷矣。①

《聊斋》中体现出的地狱、业力、因果报应等观念,深受佛教影响,而高珩则利用《论语》中矛盾言论所造成的漏洞来证明"异"的合理性。现代批评者或许会解释说文本中的矛盾来源于手稿在流传过程中杂出多手,但对高珩、唐梦赉这样的儒生而言,儒家经典是一个统一整体;任何明显的矛盾源自未能充分理解语句,而非文本内在的问题。这一对待《论语》的态度依然盛行于17世纪,虽然当时考证之风正炽,考据学将儒家经典纳入日益勃兴的学术范式中。②

而高、唐则倾向于诉诸听众或者读者以解决经典中的这些矛盾。高珩特别强调阐释行为能够激活书写文本中潜在的道德意义:

> 然而天下有解人,则虽孔子之所不语者,皆足辅功令教化之所不及。而《诺皋》《夷坚》,亦可与六经同功。苟非其人,则虽日述孔子之所常言,而皆足以佐慝。③

故而,善读者可以从任何文本中获得启示;而不善读者即便在经典文本中也能读出邪恶的味道。这一构想的显著之处不在于难解或具颠覆性的文本需要有眼力、有见识的读者——寻求知音是一种传

---

① "鹢飞石陨"是《春秋·僖公十六年》中所载的奇异天象。《左传》对此解释道,这些天象表明宋襄公将败。《左传》是阐释《春秋》的长篇编年体史书,它对《春秋》中原本简短的记载补充了相应历史细节,并阐明其中暗含的道德寓意。

② 关于考据之风的讨论,详见 Elman, *From Philosophy to Philology*。

③ 《酉阳杂俎》和《夷坚志》是两部著名的志怪文集。唐代段式(约800—863)曾任秘书省校书郎,官至太常少卿,是《酉阳杂俎》的编纂者。高珩在序言中将此书称作《诺皋》,实为该书中专记怪力乱神之事的篇名。《夷坚志》是宋朝洪迈(1123—1202)所编辑的大型志怪小说集。韩森在其《变迁之神》(Hansen, *The Changing Gods of Medieval China*)中将该书译作 *Records of the Listener*。"夷坚"是《列子》中所载的上古博物贤者。

统的做法——而在于不善读者会歪曲神圣的文本。① 虽然高珩的立论有历史先例②，其却是在消解儒家经典凌驾于其他文本之上的权威：道德权威并非取决于一流文本而是取决于一流读者。

在此，我们看到两种貌似无关甚至是相互抵牾的观点间的融合：既然"异"是一种主观观念，志怪故事的道德性最终依赖于读者及其对文本的阐释。将非经典的文本与传统加以经典化，此不失为特别有效之法。但所谓对知音的关注也显示出一种焦虑的症候，即《聊斋》有可能会被误读。对于一本可能遭人误读之书，则其内容必须与其深层内涵着清晰的分离，因为后者是不善读者所无法领悟的。

尽管唐、高二人的论述有些类似，但是高珩最后对"异"与虚构性想象间关系的探讨是非常独特的。在高珩所对话的一系列怀疑者中，或有疑者勉强认为，异事乃世间固有之，或亦不妨抵掌而谈；高珩却无法容忍对之的想象。"而竟驰想天外，幻迹人区，无乃为《齐谐》滥觞乎？"③高珩的首轮辩护不难预料：子长列传，

---

① 《艳异编》是明代流传最广的传奇小说集，其序言中也论述了相同的观点。该序明确表示，尽管孔子将《诗经》一言蔽之为"思无邪"（《论语》，2.2；Lau, *The Analects*, p. 63），但"假令不善读《诗》者，而徒侈淫哇之词，顿忘惩创之旨"（《艳异编序》）。一般认为该序为汤显祖（1550—1616）所作，但其真实性存疑。不过汤显祖的传奇《牡丹亭》中，女主角杜丽娘的确因习《诗》而怀春。高珩在一封写给蒲松龄的书信中（袁世硕判断该信写于 1692 年），赞扬《聊斋》"卓然新出《艳异编》也"。高珩在 1679 年为《聊斋》作序时很可能已熟知《艳异编序》。高珩的信附于一部题为《聊斋诗文集》的手稿中，该手稿现藏于广州中山大学。关于该信及其断代的讨论，详见袁世硕，《蒲松龄事迹著述新考》，第 110—111 页。

② 例如，王莽借《周礼》为其篡汉而正名。

③ 在《庄子》一书中，"齐谐"既可指代志怪集的作者名，又可指代志怪集的书名。学者对此看法不一；在后世文本中，"齐谐"可同时作书名和作者名使用。李剑国（《唐前志怪小说史》，第 10 页）指出将寓言性质的人物齐谐当作历史上的真实人物，或认为此文集确实存在，这些都是错误的看法。与"异"有关的话语常常把"齐谐"作为一个比喻复合辞，暗含胡言乱语或荒诞不经的故事之意。一系列志怪均视自身为《齐谐》的续作或衍生，其中最有名的便是清代袁枚（1716—1798）的《新齐谐》，即其文言小说集《子不语》的别名。

不厌滑稽;厄言寓言,蒙庄嗤矣。但其进一步的辩解令人惊讶,高珩公开质疑正史的真实性:"且二十一史果皆实录乎?"①一旦亮出这一点,高珩便可颇有逻辑地指出,既然我们容忍史书中的虚构,同样也应该认可其他作品中的虚构。

高珩认为应认同作者的灵感与创造,"而况勃窣文心,笔补造化,不止生花,且同炼石"。这一典故出自女娲炼五色石补天的神话故事。在此,"补"意指"填补漏洞"——在已存在的结构中置入新的材料,在历史中植入些许的虚构。在这一隐喻中,文学创新支撑并强化秩序,而非歪曲与颠覆现有秩序。这并非西方所谓的作者自由模仿造物主,而是作者可以辅助自然造化,补造化之不足。作为"补天之石"的小说想象在 18 世纪小说《红楼梦》开篇中达及顶峰:故事起源于女娲补天弃在青埂峰下的一块顽石,顽石是故事的主人公,而石身镌写着这一故事。

但是对高珩来说,来之不易的对文学创新的认同不应被无端浪费,而应很好地用以教化人心。这便引出了弥漫于《聊斋》"异"之话语上的两极:奇(exceptional and non-canonical)与正(orthodox and canonical)。文学创新是"奇",教化人心是"正";如同一枚硬币的两面,而非水火难容的两个极端。

第二阶段　自我表达与寓言

最初关于《聊斋》的话语主要是为志怪传统辩护:《聊斋志异》被奉为中国志怪小说的一流与典范之作。为此,作序者重新界定

---

① 明代文献学家胡应麟(1551—1602)在一个世纪前提出了近乎相同的观点:"然信史所载岂皆实乎?"早在北宋,理学家程颢(1032—1085)、程颐(1033—1107)(《二程集》,1:20.266)也提出,《左传》中所载之事并非完全可信。

"异"这一观念并拓宽了主流文学的边界。而接下来所要提及的作者,特别是在蒲松龄逝世后半个世纪里编校刻印其手稿者,却提出了极为不同的阐释方法。《聊斋》的这些新捍卫者试图使之远离甚至脱离志怪传统,宣称该书实际上与"异"无关。

这一倾向体现在第一部《聊斋》刻本中。在浙江严州做知府的赵起杲,作为刻本的赞助者,在《例言》中指出其在编辑时删除了卷中四十八条单章只句、意味平浅之作。尽管赵起杲对所谓的反清故事的审查引起了学界普遍关注,但是这一类篇目数量有限。其他篇目在风格与内容上均是标准的志怪之作:未加雕饰的、对怪异事件的真实记录,如《瓜异》《蛇癖》《蛤》。① 而且,赵起杲亦告知读者,"初但选其尤雅者",但"刊既竣",又"续刻之"。在白亚仁看来,"这些后来收录的故事,绝非毫无趣味,但与其他17、18世纪作者所记录之志怪故事多有相仿之处,如此便显得相当平淡无奇"②。换言之,这些后续刻的故事进一步突显了《聊斋》与传统志怪故事的相似性,被置于刻本中最不起眼的地方,归入计划选目外的加添之列。③

尽管赵起杲指出了《聊斋》与志怪传统间的联系,但其删补篇目的动机似是将《聊斋》与程式化的志怪小说区分开来。曾经协助赵起杲整理刊行《聊斋》的画家兼诗人余集(1739—1823)在其序中明显表明了这一思想:"使第以媲美《齐谐》,希踪《述异》相诧娓,此井蠡之见,固大戾于作者。"

---

① 白亚仁指出,"只有少数篇目会单纯因为政治问题而遭到审查"(Barr,"Textual Transmission," p. 533)。

② Barr,"Textual Transmission," p. 533.

③《聊斋》的殿篇实则扮演了结语的重要角色,赵起杲将蒲松龄的个人叙梦之作《绛妃》置于此。笔者将在第五章详细讨论这一故事。

蒲松龄的长孙蒲立德(1683—1751),热衷于《聊斋志异》的刊行,其曾在草拟的《书〈聊斋志异〉朱刻卷后》中更有力地指出这一点,虽然该刻本并未付梓。

> 夫"志"以"异"名,不知者谓是虞初、干宝之撰著也,否则黄州说鬼,拉杂而漫及之,以资谈噱而已①,不然则谓不平之鸣也;即知者,亦谓假神怪以示劝惩焉,皆非知书者。②

在蒲立德看来,知书者不应拿《聊斋》以资谈噱,亦不应将其作为教化之用,而应意识到该书是作者严肃的自我表达。③

---

① 蒲立德的这段文字提及"虞初、干宝之撰著""黄州说鬼",分别与虞初、干宝和苏轼有关。虞初为西汉方士,被认为是《小说》一书的作者,该书已佚,而"小说"后来则用来泛指一种文学体裁。《虞初志》作为明代一部广为流传的传奇小说集,其标题强调了虞初与小说之间的关联。干宝(活跃于约 320 年)为晋代史家,他编纂了著名志怪小说集《搜神记》。身兼诗人、官员、学者与画家多重身份的苏轼(1037—1101)可以算是宋代最为著名的人物,他晚年热衷鬼怪故事,亦编纂了一部志怪小说集,后世称为《东坡志林》,详见《四库全书总目》,第 1037 页。
② 《书〈聊斋志异〉朱刻卷后》。朱刻本《聊斋》从未付梓,稿本亦不复存在(见 Barr, "Textual Transmissions," pp. 521 – 524)。该跋文收录于蒲立德《东谷文集》,卷2。袁世硕曾将该文集复印件借与笔者,在此表示感谢。另见袁世硕,《蒲松龄事迹著述新考》,第 232 页,书中援引部分跋文,并对之做了探讨。蒲立德于 1741 年另作一跋,收录于第一部《聊斋》刻本中(详见《聊斋》,1:32)。该跋文的主旨与朱氏跋文相近,但语气更加诚恳温和。
③ 蒲立德认为其祖父之友人朱缃(1670—1707)就是这样一位理想读者,朱氏在逝世前一年曾为《聊斋》撰写题辞。朱缃于 1690—1700 年前后与蒲松龄结交。袁世硕(详见《蒲松龄事迹著述新考》)通过其书札与诗文往来,考证了朱蒲二人的交游。朱缃确实是《聊斋志异》的狂热读者,曾竭尽全力以获得最新的完整稿本。但是我们只能从蒲立德的文中了解到朱缃将《聊斋》视作自我表达之作。事实上,朱缃本人对各类神异之事均十分热衷。《聊斋》曾两次援引朱氏编辑的《耳录》,该书现已佚,而朱氏亦是两则《聊斋》故事的信息提供者(详见 Barr, "Textual Transmission," p. 522)。
　　在将《聊斋》手稿付梓时,蒲立德缺乏相应的人力物力,他曾在跋文中提及朱缃之子在刊刻过程中予以援助。凭这一事实来看,蒲立德称赞朱氏为《聊斋》的理想读者或许并不意外。然而,蒲立德也可能假托朱缃之名表达自身对《聊斋》的看法,因为这些都与他在另一篇跋文中的论调十分相近,而后者并未提及朱缃(详见《聊斋》,1:32)。笔者以为我们不能对蒲立德所表述的朱缃对《聊斋》的看法完全信以为真。

早期,如高珩曾就《聊斋》的表层内容与深层内涵做出二分,希冀善读者可以辨识其意,但高珩感兴趣的依然是故事题材和"异"之内涵。相比之下,第二阶段的《聊斋》评论却断然否定了其内容的重要性。故事奇幻的题材被斥为一种烟幕,其遮蔽的不但是具体的意义,更是作者的在场与意图。

论者循此,几乎将"异"独视为作者自我表达的媒介。《聊斋志异》被提升至文学传统的最上游,而这并不是通过挑战传统的边界,而是通过将志怪故事融入对主要文类,特别是诗歌的传记式解读传统。"诗言志"这一古老的界定长久以来被延伸至其他文类和艺术①;降及明末清初,这一自我表达的理论几乎被用于人类活动的任何领域,无论如何琐细或牵强。

在这一阐释模式中,"志异"仅仅是蒲松龄言说其"志"的工具;奇异的取材使得读者转向作品背后的个人悲愤。对于《聊斋》的知音而言,首要的问题不再是"何为'异'"或者"从'异'中可获得什么",而是"为何作者倾其才华于一部文体暧昧的作品"。由蒲松龄平生失意而意识到其政治社会抱负后,对《聊斋》之"异"自然就见怪不怪了。正如余集所哀叹道:"平生奇气,无所宣溲,悉寄之于书。故所载多涉诙诡荒忽不经之事,至于惊世骇俗,而卒不顾。"②(这一关于"气"的机械论观点,在此似乎指的是一种创造性能量,对于 20 世纪的读者来说有些类似于弗洛伊德的"力比多":若无适当的宣泄渠道,则不由自主地通过其他途径得以释放。)

---

① 引自著名的《毛诗序》。该序的英译详见 Owen, *Traditional Chinese Poetry*, p. 63。

② 另外一则 18 世纪的跋文将《聊斋》的创作过程描述为一种生理需求:"以自写其胸中磊块诙奇哉。"(详见"南村题跋",作于约 1723 年,见《聊斋》,1:31)

　　将《聊斋》提升为作者的自我表达可能在蒲松龄晚年便已成型。彼时,蒲松龄无法取得世俗功名已成定局,而《聊斋》积数年之功已然颇具规模,自然是其毕生的事业。关于这一认识,第一条有案可稽的证据是蒲松龄后人嘱张元所作墓表:因蕴结未尽,则又"搜抉奇怪,著有《志异》一书。虽事涉荒幻,而断制谨严,要归于警发薄俗,而扶树道教"①。在此,悼念之人与所悼之人同病相怜。与蒲松龄一样,张元也曾考中秀才,但屡踬场屋,对于艰难度日的文人,这唯一的康庄大道行不通了;同样地,满腹才华的张元为谋生计,也被迫别离家人,在一有钱人家坐馆。② 蒲松龄与张元成为那些心系天下,却在政治、社会、文学领域屡屡受挫而不得志的文人的缩影。这一相似性与其说展现了二人间出奇的相像,不如说更体现了蒲松龄生平在清代的典型性。③ 袁世硕先生在对蒲松龄交游与家人进行细致考证后发现,这一模式大致而言非但适用于蒲松龄儿时相知、其弟子,亦适用于其子及爱孙蒲立德。④ 失意文人的创作,特别是有独创性或者不得体时,总是加

---

① 《柳泉蒲先生墓表》,载《蒲松龄集》,2:1814。

② 关于张元生平及其写作墓表的缘由,详见袁世硕,《蒲松龄事迹著述新考》,第267—274页。与蒲松龄不同的是,张元最终通过乡试并考取举人,但此时(1725年)他已年逾五十了。在此十多年前,张元就为蒲松龄撰写了墓表,当时他仍未通过乡试。

③ 蒲松龄于1640年出生在山东济南府淄川县的小乡村,此时距清军入关、明朝灭亡仅四年之隔。蒲松龄父亲家道中落,放弃出仕希望,转而经商。蒲松龄得以在十八岁时就在济南府的各级考试中拔得头筹,成为秀才。为了谋得一官半职,他必须通过竞争更为激烈的乡试,然而屡困场屋。除1670—1671年间前往江苏,为其友宝应县知县孙蕙做幕宾外,一生基本是在家乡淄川县度过。他在当地乡绅家坐馆,勉强能养家糊口。1679—1709年间,蒲松龄主要在毕际有家设帐,二人交情甚笃。蒲松龄在晚年被补为贡生。1715年,蒲松龄落寞而终。据我们所知,至蒲松龄逝世时,其作品均不曾付梓。关于蒲松龄生平的最新研究,详见 Barr, "Pu Songling and *Liaozhai*," pp. 105 - 191;袁世硕,《蒲松龄事迹著述新考》;马瑞芳,《蒲松龄评传》。

④ 参见袁世硕,《蒲松龄事迹著述新考》,特别是第3—25页和第244—262页。

以阐释为一种古代的范式,即君子无端受挫,故作文泄其忧愤与不满。① 张元的墓表引出了自我表达这一理论,这不但是因为张元对蒲松龄的同情与敬重,更是由于当时事实上有必要将文学价值赋予一部不同寻常的作品,并说明其蕴含的情感力量。

这一解读传统的普遍性使得蒲松龄的小传被收入《聊斋》初刻本中,并出现于后来的诸多再版本中。② 读者在读《聊斋》伊始,便对作者的坎坷际遇有了深刻的印象。比如后世读者中,晚清学者方濬颐便对之表示不解:蒲松龄以如此异才作怪诞之故事,却不着力于诗文? 但其提问中也已然包含了答案:选择鬼狐题材,托稗官小说家言,是一种绝望的行为。正如方濬颐所归结的:"此固大丈夫不得于时者之所为也。吾为留仙痛已。"③由此,我们看到一个正在展开的双向过程:由其作品中汲取出的作者生平又因其自传而得以强化,而对于其生平的认知又转而影响了对其作品的解读。

那么这一阐释模式的转换是如何发生的呢? 我们很难把它解释成是 17 世纪与 18 世纪思想领域的历史差异所致。17 世纪读者与 18 世纪读者均倾向于将问题作品(problematic works)解读为一种自我表达行为。比如 17 世纪对李贺(791—817)死亡与幻想主题的诗歌的解读,恰也是出于类似冲动,指出一首难解诗歌背后某些程式化的政治动机(尽管就李贺诗歌而言这些解释有

---

① 这一范式源于屈原(前 340—前 278)。相传他曾辅佐楚怀王,官至三闾大夫。然而,楚怀王听信他人谗言,屈原被流放至南部荒野。他通过创作《离骚》《天问》等表达悲愤之情,最终投江自尽。一些读者常将《聊斋》与屈原《楚辞》作比,意在揭示其自我表达的本质。

②《聊斋》,1:4。蒲松龄小传抄录自《淄川县志》,或为 1743 年版。在其 1825 年刊刻的注解本中,吕湛恩甚至认为小传本身就是《聊斋》的一部分。

③《梦园丛说》,载朱一玄《〈聊斋志异〉资料汇编》,第 365 页。方濬颐并不知道蒲松龄实际上留下了相当数量的诗文,但它们鲜为流传,在很久之后才付梓刊行。

些牵强）。① 不同的是,18 世纪著名的志怪作者,多产而有文名的袁枚(1716—1798),则专门预先阻止了对其作品的这一阐释,告知读者其所记纯粹为自娱,"非有所惑也"②。

对这一转换的更好解释似是源于《聊斋》的陈化(aging)。通常看来,阐释过程遵循其自身的模式,而与某特定历史时期关联不大,更多则是随着时间流逝,而更易了后来对一部作品的认知。由此,将《聊斋》重释为自我表达的途径,即传达了对科场失意的悲叹和对黑暗现实的抨击,这是很可能出现的阐释方式。之所以出现,不仅因为这是古老的收编异端文学的办法,更由于作品本身犹如一件青铜器,历久而生出了一层岁月的铜绿。在较年长的同代人高珩与唐梦赉眼中,蒲松龄虽是才子,却是无足轻重的人物,况且,当二人为《聊斋》撰制序文时,蒲松龄依然有望考取功名,《聊斋》创作尚不具规模。而对于后出的论者(也包括对蒲松龄苦境感同身受的当代论者)而言,作者当时令人怜悯的不幸遭遇却为《聊斋》带来了悲剧性的魅影与深度。毕竟人们对待已故作家与健在作家的作品的态度还是有差别的。

随着强调重点由《聊斋》的内容转至作者的意图,对于《聊斋》故事的一种普遍性的寓言式解读似乎已是不可避免。在这一解读范式中,故事中的妖魔鬼怪成为人类邪恶性的透明符号,而官僚化的阴曹地府则是对腐败官场的讽刺。蒲松龄定然察知到"异"作为隐喻的可能性,在志怪小说出现之前这一传统便已存

---

① 例如,著名思想家王思任(1576—1646)解释道,李贺诗歌的晦涩与其怀才不遇有关:"贺既孤愤不遇,而所为呕心之语,日益高渺。"(李贺,《李贺诗集》,第365页)
② 《子不语序》,载袁枚《小仓山房文集》,28.1767。袁枚很可能是在对 18 世纪将《聊斋》视为自我表达之作的普遍观点进行刻意反驳。袁枚这句声明几乎是紧接着其对《聊斋》的批评:"《聊斋志异》殊佳,惜太敷衍。"

在，最早可追溯至《庄子》和《列子》，而这些作品又是蒲松龄尤喜读的。① 在一些故事结尾评论性的"异史氏曰"中，蒲松龄促使读者注意这一寓言式的解读。比如《画皮》，一书生艳遇美人，隔窗窥之，却见一狞鬼将人皮铺于床榻，执彩笔而绘之。画毕丢笔，举起人皮，"如振衣状"，披于身上，又化作了女子。而当书生欲以道士的蝇拂驱鬼，女鬼竟暴跳如雷，挖去了他的心。异史氏在对该故事的评论中强调了其中明显的道德寓意："愚哉世人！明明妖也，而以为美。"美丽的外表背后隐藏着比妖魔更为邪恶的灵魂，而这一点实际上也正是余集在序言中所指出的解读《聊斋》中"异"的一种方法。②

　　17世纪率先为《聊斋》作序的高珩已然隐约指出，奇幻的题材应作"寓言"来解。"寓言"字面意思即"富有含蓄意义之词"（loaded words），这一常见而用法多样的汉语词汇在英语中可译作"寓言"（allegory）、"隐喻"（metaphor）与"寓言故事"（parable）等。③ 在最宽泛的意义上，寓言指的是与实事（fact）相对的小说。17世纪小说《肉蒲团》的一则评语中曾有这种非常明确的用法：

---

① 我们知道蒲松龄是《庄子》和《列子》的忠实读者，在其为《庄列选略》（该文集目前已佚）所作自序中，曾言及："千古之奇文，至《庄》《列》止矣。……余素嗜其书。"详见《蒲松龄集》，1：54。

② 余序中写道："嗟夫！世固有服声被色，俨然人类；叩其所藏，有鬼蜮之不足比，而豺虎之难与方者。"（《聊斋》，1：6）异史氏在对故事《念秧》的评语中也用了"鬼蜮"这个语出《诗经》的典故，"人情鬼蜮，所在皆然"。

③ 英语中常将"寓言"一词译作"lodged words"，这种译法可见于倪豪士（Nienhauser）《印第安纳中国古典文学手册》（*The Indiana Companion to Traditional Chinese Literature*）中的"寓言"条。"寓言"一词语出《庄子》，指代一种专门的修辞手法："寓言……藉外论之。"关于此句的英文翻译，见 Watson, *Complete Works of Chuang Tzu*, p. 303. 华兹生（Watson）解释道，"寓言"指一些特定文词，通过借助历史人物或虚构人物之口，而更具说服力。关于将"寓言"理解为"讽喻"（allegory），详见 Plaks, "Allegory," pp. 163 - 168；关于将"寓言"理解为"隐喻"（metaphor），详见 Owen, *Traditional Chinese Poetry*, p. 61。

"小说,寓言也。言既曰'寓'则非实事。"①鉴于"寓言"一词在这
一时期的宽泛用法,不如干脆将之视为"比喻性语言"(figurative
language)——不作字面解,而是指向背后的真实。

　　尽管高珩引入了这一《聊斋》解读模式,但其依然倾向于认同
多层意义的并存,并乐于把玩"异"所引致的思想悖论。其《聊斋》
序文中的逻辑疏忽与跳跃摆脱了教条主义的束缚,给人耳目一新
之感。而如余集、蒲立德等第二代读者则是完全主张寓言式解
读:否定所有的字面意思,唯存留比喻性的道德意义。将故事的
意义规约为唯一可能的一种,他们借此根除了《聊斋》之"异",力
图让整部故事集同质化,不仅就其自身而言(所有的故事皆相
同),也就与其他作品相比而言(所有伟大的文学作品皆相同)。②

　　关于《聊斋》阐释问题,最具创见的一种观点出现于近来方为
人所知的一篇《聊斋》序言中。该序言为清代文献学家、官员孔继
涵(1739—1789)所作,收录于孔继涵《杂体文稿》中。孔继涵出身
显赫的孔氏家族,是圣人后裔。③ 这篇序言在某种程度上可视为
第一阐释阶段与第二阐释阶段之津梁,抑或二者的调和。

　　对孔继涵而言,《聊斋》所引发的中心问题依然是一个"异"
字。孔继涵借助于"差异"(difference)这一义项加以发挥,从对

---

① 《肉蒲团》第八回结尾评语。这则评语警示读者,小说中所述割狗肾以补主人公未
央生之"人肾"一事应当作寓言而非从字面解。韩南将此评语译为"Fiction is
parable and as such, its content is obviously not factual." (Hanan, *The Carnal
Prayer Mat*, p. 131)。此处笔者译为"Fiction is 'loaded words.' To say that
words are loaded means they're not fact."。

② 蒲立德认为《聊斋》可与屈原《楚辞》、庄子《寓言》、司马迁《货殖列传》《游侠列传》以
及韩愈《毛颖传》等作比,因其"所托者如是,而其所以托者,则固别有在也"。详见
蒲立德,《书〈聊斋志异〉朱刻卷后》,载《东谷文集》,卷 2。

③ 该序全文和孔继涵的生平介绍,详见李昕,《介绍孔继涵的〈蒲松龄《聊斋志异》
序〉》。李昕援引了一种学术观点,认为孔继涵正是《红楼梦》第一回中所提到的"孔
梅溪"。

"异"的通常理解着手:"人于反常反物之事,则从而异之。"①旋即发问:如此众多的关于"异"之故事一并读来,又当如何?"今条比事栉,累累沓沓,如渔涸泽之鱼头,然则异而不异矣。"②当如此多的故事汇聚一处,"异"的印象便消失了,这是因为这些故事彼此间相肖而非不同。

这一点,重复了早先对 12 世纪《夷坚志》这部卷帙浩繁的志怪小说的批评:"且天壤间反常反物之事,惟其罕也,是以谓之怪。苟其多至于不胜载,则不得为异矣。"③但孔继涵并未就此断定《聊斋志异》超出了"异"的范畴,或者"异"仅仅是相对的。他进而指出:"胡仍名以异?是可异也。"④

孔继涵以"鱼头"作比,显示出一个悖论,即罕见之物若数量众多,便也无奇特之处了。这又使其引出另一个相反的悖论:寻常之物若变得罕见,便立刻显得异乎寻常了。孔继涵以《后汉书》中的"独行列传"为例加以说明。"史之传独行者,自范塽⑤始,别立名目,以别于列传者,以其异也。塽之传独行,皆忠孝节廉,人心同有之事,胡以异之?"⑥围绕这一对《聊斋》而言同样意味深长的矛盾,孔继涵指出,"盖塽之灭弃伦理,悖逆君父,诚不足数,宜其以独行之为异,而别出之也"。但孔继涵独不解"后之作史者仍

---

① 李昕,《介绍孔继涵的〈蒲松龄《聊斋志异》序〉》,第 349 页。

② 李昕,《介绍孔继涵的〈蒲松龄《聊斋志异》序〉》,第 349—350 页。

③ 陈振孙(活跃于约 1211—1249 年),《直斋书录解题》。引文亦收录于洪迈,《夷坚志》,4:1821—1822。

④ 李昕,《介绍孔继涵的〈蒲松龄《聊斋志异》序〉》,第 350 页。

⑤ 孔继涵称范晔为"范塽"。笔者未能在其他资料中找到类似的用法,但通过上下文可以断言"范塽"所指正是史家范晔,即《后汉书》作者。

⑥ 李昕,《介绍孔继涵的〈蒲松龄《聊斋志异》序〉》,第 350 页。

之,凡孝友、忠义、廉退者之胥为目别类列而异之也"。①

孔继涵利用了某事同时既"异"又"常"的可能性。对其而言,这一悖论是理解《聊斋》双重意义结构的管钥:"今《志异》之所载,皆罕所闻见,而谓人能不异之乎?然寓言十九,即其寓而通之,又皆人之所不异也。"②

孔继涵指出了"寓言"一词本身的结构,即"寓"为比喻义,而"言"为字面义。《聊斋》所叙之事因不同寻常而"异",但其所传达的道德伦理则是"常"。不同于同时代的蒲立德与余集,孔继涵并未完全倾向于搁置《聊斋》的字面内容,否认其与怪异无涉;亦不同于先前的唐梦赉,将"异"斥为纯粹主观看法。孔继涵坦言读者(包括其本人)读"异"之乐,这种阅读的愉悦未必会因领悟其背后的道德意义而被冲淡。"不异于寓言之所寓,而独异于所寓之言,是则人之好异也。苟穷好异之心,而倒行逆施之,吾不知其异更何如也。"③

孔继涵假设存在两种阅读层面和三类聊斋读者:浮薄的读者只耽于"异"明显的魅惑中;教条主义的读者满眼只是隐含的道德与讽刺意义;而混合型的读者看到了表层与深层的意义,并受到二者的影响。在孔继涵看来,第三类读者自然是最佳的。由此,孔继涵效仿其他《聊斋》评点者,指定了理想读者。然而,其又以另一个悖论作结:

---

① 另一位 18 世纪《聊斋志异》刻本的编者王金范认为,收入如《胡四娘》这样直白的道德说教故事有所不当,故事不过讲述了仁爱与才华战胜势利与残暴。托名"梓园",王金范颇具讽刺意味地评论道:"是书志异也。若四娘之事,举世皆然,何足异乎?岂聊斋执笔时,世风犹稍厚欤?"(《聊斋》,7.967)

② 李昕,《介绍孔继涵的〈蒲松龄《聊斋志异》序〉》,第 350 页。句中"通"被译作"generalize"(取"总结"之意),但它亦可译作"comprehend"(取"理解"之意)。

③ 李昕,《介绍孔继涵的〈蒲松龄《聊斋志异》序〉》,第 350 页。

后之读《志异》者,骇其异而悦之未可知,忌其寓而怒之愤之未可知,或通其寓言之异而慨叹流连歌泣从之亦未可知,亦视人之异其所异而不异其所不异而已矣。至于不因《志异》异,而因读《志异》而异,而谓不异者,能若是乎?①

对孔继涵而言,"异"是一个不可捉摸的概念,时常有滑入相对性、主观性抑或寓言之中的危险。而对于"异"是一独立存在的抽象概念,抑或是基于具体的读者和阅读过程,孔继涵显得有些摇摆不定。最终,他似乎提出了一个双层的阅读方法:"异"被视为既是主观的又是客观的现象,"异"之表面魅惑与内在道德诉求间是相互平衡的。

与孔继涵同时代的王金范,曾于 1767 年刊出一篡改本《聊斋》,也探讨了"异"之悖论性内涵。② 与孔继涵的做法相同,王金范在故事内容及其潜在的道德意义间加以区分,前者诚然是"异",而后者无疑是"常":"然天下固有事异而理常,言异而志正。"③然而,相较于孔继涵,王金范对《聊斋》潜在的教化功能更感兴趣,故而王金范并未提及能够理解作者真实意图的所谓理想读者,而是假设存在两类由作者操控的不善读者:庸夫俗子与英敏之儒。前者因故事的道德意味而情不能自已,而后者则觉伦常之平实可喜。诉诸"天下之大"这一陈旧的说法,以支撑其所谓的何所不有,王金范转向了与"异"之话语相关的另一个重要话题:虚构。王金范宣称,只要事后之理为真,其事发生与否则是无关

---

① 李昕,《介绍孔继涵的〈蒲松龄《聊斋志异》序〉》,第 350 页。

② 王金范的《聊斋》刻本对原作进行了妄改与删减,并按主题重新分类。该版本并未如青柯亭刻本般广为传阅,目前也仅存数本。张友鹤认为王氏妄改,缺乏校勘价值,故未将其版本收录,仅留王氏评语于会评之内。袁世硕也强调了此版本的拙劣,详见《蒲松龄事迹著述新考》,第 409—432 页。

③ 王金范,《聊斋志异摘抄序》,载朱一玄《〈聊斋志异〉资料汇编》,第 384 页。

紧要的。最终通过诉诸物极必反这一古老的原则,王金范试图消弭故事(story)与讯息(message)间的分立:"无一事非寓言,亦无一事非实境也。"①

第三阶段　风格及与通俗小说的类比

以上所述《聊斋》研究理路在关于"异"之内涵与重要性方面或不尽相同,但基本都认为故事内容具有潜在的威胁性。然而在第三阶段,一些针对《聊斋》刻本周衍而长篇大论的评点者几乎完全绕开了这一争议。对其而言,"异"不再是备受争议的问题。《聊斋》的价值不在于其所蕴含的对宇宙大道的洞悉、所提出的思想悖论,抑或是隐含的寓言式自我表达。相反,19世纪的阐释者对《聊斋》的辩护很大程度上是基于其文学风格与叙事技巧,而相应的关注也构成了其完整的评点内容。②

总之,由于对"异"主观性和相对性的理解,《聊斋》先前的辩护者在某种程度上将"异"置于读者一方。对其而言,"异"并不具有绝对价值或者独立品格,而仅在阅读过程中方能实现,因其离不开阐释与思考。在19世纪的《聊斋》话语中,对"异"本身的关注蒸发了;而余下的,从本质上来看是对阅读过程本身的兴趣。而对《聊斋》的辩护则基于其精湛的语言与典故可以教会读者阅读其他重要文本,比如儒家经典和史书。《聊斋》评点者但明伦(1795—1853)作于1842年的序文便集中体现了这一新的阐释方法。

---

① 王金范,《聊斋志异摘抄序》,载朱一玄《〈聊斋志异〉资料汇编》,第384页。
② 关于中国传统小说批评的历史、源流与方法,详见 Rolston, *How to Read the Chinese Novel*。

忆髫龄时，自塾归，得《聊斋志异》读之，不忍释手。先大
夫责之曰："童子知识未定，即好鬼狐怪诞之说耶？"时父执某
公在坐，询余曷好是书。余应之曰："不知其他，惟喜某篇某
处典奥若《尚书》，名贵若《周礼》，精峭若《檀弓》，叙次渊古若
《左传》《国语》《国策》，为文之法，得此益悟耳。"先大夫闻之，
转怒为笑。①

幼年但明伦颇为早慧，将《聊斋》问题化的内容与精湛的文风
相析离，较于其父，是一位"更好"的读者。对"异"之愉悦感已然
偏转至另一更为微妙的阅读层面。借用形式主义的术语，我们似
可以说幼年评点者但明伦在"话语"（作者-读者的世界）与"故事"
（人物的世界）间做出了区分。② 话语优于故事之说是颇具影响
力的金圣叹（1610—1661）阅读与评点小说及戏曲的一大特点。③
金圣叹评点与删改的《水浒传》《西厢记》如此之成功，直至 20 世
纪之前，实际上一直在阅读市场中凌驾于这两部通俗名作的其他
版本之上。众多的读者、作家和评点者深受金圣叹文学分析方法
的影响，这一方法认为整部作品结构中的每一个词、每一句话都
经过深思熟虑，从而是意味深长的。④

---

① 关于但明伦的生平介绍及对其《聊斋》评点的讨论，见孙一珍，《评但明伦对〈聊斋志
异〉评点》。
② 此为魏爱莲对文学理论家托多罗夫编《俄国形式主义文论选》的总结，见 Widmer,
Margins of Utopia，p. 90。
③ Widmer, *Margins of Utopia*，p. 90.
④ "凡作文，必须一篇之中，并无一字一句是杂凑入来。"英译见 Wang, *Chin Sheng-
t'an*，p. 40。关于金圣叹评点方法的其他讨论，见 Irwin, *Evolution of a Chinese
Novel*；Widmer, *Margins of Utopia*；Rolston, *How to Read the Chinese Novel*。
一般认为，金圣叹的评点方法不仅直接借鉴了八股文的分析方式，也融合了多种形
式的评点与批评方法。

但明伦本人的评点清楚表明其深受金圣叹阅读方法之熏
染。① 我们甚至开始怀疑，幼年但明伦并非如其所标榜的那般早
慧，一个蒙童的雄辩直接受益于金圣叹"读第五才子书法"（即《水
浒传》）。金圣叹《水浒传》评点本专门为其子弟而作。

> 旧时《水浒传》，子弟读了，便晓得许多闲事。此本虽是
> 点阅得粗略，子弟读了，便晓得许多文法；不惟晓得《水浒传》
> 中有许多文法，他便将《国策》《史记》等书，中间但有若干文
> 法，也都看得出来。旧时子弟读《国策》《史记》等书，都只看
> 了闲事，煞是好笑。……人家子弟只是胸中有了这些文法，
> 他便《国策》《史记》等书都肯不释手看，《水浒传》有功于子弟
> 不少。②

事实上，但明伦所忆其儿时对《聊斋》之爱也效仿了金圣叹所
述儿时对《水浒传》的执着，"其无晨无夜不在怀抱者"③。

当然绝不只有但、金两位小说痴迷者幼时便钟情于某部作
品。被认为是奇幻小说《西游记》作者的吴承恩在其志怪故事集
序文中也曾写道，年少时对此类书乐此不疲。

> 余幼年即好奇闻。在童子社学时，每偷市野言稗史，惧
> 为父师诃夺，私求隐处读之。比长，好益甚，闻益奇。迨于既
> 壮，旁求曲致，几贮满胸中矣。④

---

① 例如，但明伦将《聊斋》视为一部完整统一的作品，并试图找出首末篇目如此安排的
意图。在但明伦主要参考的青柯亭刻本中，《考城隍》为首篇，《绛妃》为殿篇。但明
伦的评论，详见《聊斋》，1.3, 2.746。关于但明伦如何受金圣叹影响，对具体故事进
行分析，可见其对《王桂庵》的评论。
② 陈曦钟等，《水浒传会评本》，1：22。
③ 该句英译可见 Wang, *Chin Sheng-t'an*, p. 26。
④ 吴承恩《禹鼎志序》，载黄霖、韩同文《中国历代小说论著选》，1：122。黄、韩指出，《禹
鼎志》一书已佚，这篇序言收录于后人为吴承恩所编的文集中，从而得以留存。

上述几位著者似受了李贽哲学思想的影响。在著名的《童心说》一文中,李贽宣称所有伟大的文学无不源自作者的"童心",即未失却的"绝假纯真,最初一念之本心"①。

从本质上看,金圣叹对 19 世纪《聊斋》评点者有三方面的影响。首先,《聊斋》序文整体上借鉴自金圣叹对通俗文学的辩护——若适当来读,可以教会年幼甚至是成年读者某些文法,而借此可以读懂经典特别是史书字面背后的意义。② 其次,《聊斋》评点采用金圣叹及其追随者所用评通俗文学之文法与标准。最后,金圣叹的做法表明,评点与著书同等重要且劳神费力。③

冯镇峦,一位 19 世纪重要的《聊斋》评点者,便明显效法金圣叹,将通俗文学经典的存留归功于金圣叹高妙的评点。④ 如其在作于 1819 年的《读聊斋杂说》中写道:"金人瑞批《水浒》《西厢》,灵心妙舌,开后人无限眼界,无限文心。故虽小说、院本,至今不废。"

金圣叹话语优于故事的观点成为冯镇峦阐释《聊斋》的理论基石。在《读聊斋杂说》开篇,冯镇峦便强调《聊斋》有意"作文",非徒"纪事",警示说:"读《聊斋》,不作文章看,但作故事看,便是呆汉!"18 世纪关于《聊斋》字面式阅读与比喻性阅读之间的区分

---

① 李贽,《焚书》,第 98—99 页。

② 何彤文在 1837 年《注聊斋志异序》中提及《聊斋》铸语典赡,比通俗小说更适合在学习经史时用作参考。该序收录于黄霖、韩同文,《中国历代小说论著选》,1:565—568。

③ 在金圣叹的例子中,评点即是著书,这是因为他常对其所评点的原文随意调整。在《水浒传》中,他直接删去最后约五十回内容,并附以新的小说结局。幸而《聊斋》评点者并未像金圣叹一样对《聊斋》原文进行删改。

④ 冯镇峦有时直接在评点中引用金圣叹原话。《小猎犬》中,在一段关于猎犬将蚊蚤绝杀殆尽的精彩描述后,冯镇峦感叹道:"金圣叹见之,当浮大白曰:'不亦快哉!'"(《聊斋》,4.529)而在《王桂庵》中,冯则点评道:"圣叹曰:'文字不险不快,险绝快绝。'"(《聊斋》,12.1635)

已让位于字面式阅读与文学性阅读间的区别。这一新的文学性阅读并不等同于纯粹的形式阅读;相反,对形式特征的关注提醒读者注意文本中道德意义的细微差别。尽管这一方法最终源自传统,即于《春秋》简约的文本中探寻"微志"的做法,但冯镇峦关注的并非道德意义之微妙变化本身,而是揭橥这些微妙变化的风格手段。在冯镇峦严厉批评《聊斋》仿作潮时,这一关注点表现得更为明显:"无《聊斋》本领,而但说鬼说狐,侈陈怪异,笔墨既无可观,命意不解所谓。"

冯镇峦漫不经心地为《聊斋》"异"之内容辩护,援用 17 世纪的古老说法:史书中多记叙鬼怪;《聊斋》亦如此,无可厚非。但是冯镇峦的方案更为大胆:建议读者取其文可也。[①] 但只是好文,故事中的怪异事件真假与否则无关紧要。由此,冯镇峦将《聊斋志异》视为一部创造性小说(creative fiction),并进行了全面的辩护。

在冯镇峦《读聊斋杂说》中,我们首次得见明显将《聊斋》与通俗小说和戏曲名作加以比较的做法。冯镇峦将《聊斋》与《水浒》《西厢》相提并论,因为三者"体大思精、文奇义正"。不同于 18 世纪评点者以自我传记式阅读传统观照《聊斋》,19 世纪评点者对《聊斋》文学价值的肯定来自通俗小说与历史叙事间的类比。这是一个重要变化,也证实了通俗文学地位的提升。在这一新的环境中,《聊斋》被视为真正虚构传统的产儿。

降及 19 世纪初叶,《聊斋》被完全视为一部小说,以至于冯镇峦又不得不指出书中其实也记录了颇多历史事件与人物。《聊

---

① 甚至这一论断也并不新颖。梅鼎祚(1549—1618)所编诗集《才鬼记》中收录的均为已逝诗人的作品,他在为其诗集辩护时便采用了相同论调:"政犹苏长公要人说鬼。岂必窍实。且此特以文词而已。"

斋》初刻者赵起杲曾告诫说,《聊斋》中所载事迹有不尽无征者,但传闻异辞,难成"信史"。但与之相比,此时的关注点显然已发生了转移。在一个多世纪之后,《聊斋》读者群体逐步扩大,超出了蒲松龄所在的山东一带,很多事件与人物的历史本质也不可避免地消逝,被遗忘;而关于故事虚构性的印象却相应地逐步加强。实际上,19世纪的《聊斋》注释者有一项重要任务,即指出哪些人物和事件有一定的历史基础,并为普通读者提供与之相关的必要史实。随着现代读者与蒲松龄所处世界间距离的进一步拉大,对《聊斋》虚构性的印象与日俱增。

冯镇峦将《聊斋》读作文学,认为文章优于事件,这迫使其一方面支持小说写作,另一方面又为《聊斋》被指控为劣史进行辩护。对虚构性想象的不屑在中国传统中根深蒂固。即便是小说的重要辩护者金圣叹也认为作小说易而写史难,因为作小说可以自由展开想象,而写史则受制于史实。① 金圣叹的洞见让人想起古代哲学家韩非论绘画再现性时的著名言论:画犬马最难,而画鬼魅最易。由于无人得知鬼魅何样,所以画家不必如画常见之物那样,担心画得不像。② 尽管这一关于绘画的模仿再现说在中国早期不过是昙花一现,但是一些通俗小说作者经常援用韩非的言论来攻击流行文学中鬼怪虚诞的倾向,为其作品事类多近人情日用一辩。③ 针对这一对驰骋想象力的指责,冯镇峦进行了反驳,

①《第五才子书读法》,载陈曦钟等《水浒传会评本》,第16页。金圣叹视历史为"以文运史",而小说则是"以文生史"。

②《韩非子》所载轶事原文如下:客有为齐王画者,齐王问曰:"画孰最难者?"曰:"犬马最难。""孰最易者?"曰:"鬼魅最易。夫犬马,人所知也,且暮罄于前,不可类之,故难。鬼魅,无形者,不罄于前,故易之也。"此文的英文翻译见 Bush and Shih, *Early Chinese Texts on Painting*, p. 24。

③ 关于两个17世纪的例子,可见凌濛初在《初刻拍案惊奇》中的"凡例"和李渔《戒荒唐》一篇(李渔,《闲情偶寄》,7:18)。

他指出蒲松龄即便是写鬼狐，也是"以人事之伦次，百物之性情说之。说得极圆，不出情理之外；说来极巧，恰在人人意愿之中"①。

正是蒲松龄对虚构细节和对话的运用，招致了纪昀（1724—1805）的批评。作为一位重要的文人士大夫，纪昀著有18世纪后期最优秀的志怪故事集《阅微草堂笔记》，他反对《聊斋》一书兼"小说"与"传记"二体。由纪昀的微辞及其故事集的简短风格可见，其对《聊斋》的反对明显属于基本的认识论问题。在纪昀看来，各种历史叙事，不论小说抑或传记必须基于合理的来源——自传式阅历或者目击证据——不比"戏场关目"，随意装点。② 故事无须真，但至少应让读者相信其是生活中所见所闻之事。故而，纪昀表示不满："今燕昵之词，媒狎之态，细微曲折，摹绘如生。使出自言，似无此理；使出作者代言，则何从而闻见之？"③

对纪昀而言，蒲松龄笔下的故事难以接受，因其过于详尽、生动与渲染。在其看来，故事应基于作者本人的所闻所历。过于逼真反而会削弱叙述的真实性，因为纪昀理解的真实性为"对历史性的宣称"，即叙述中所涉事件是真实发生的。④ 令纪昀不安的并非《聊斋》之"异"，相反，蒲松龄的叙事技巧过于明显地暴露了

---

① 冯镇峦将此指责形容为"莫易于说鬼，莫难于说虎"（《聊斋》，1∶13）。在写此段时，冯很有可能联想起金圣叹对《水浒传》中武松打虎一节写实性的褒扬。

② 详见盛时彦1793年为《阅微草堂笔记·姑妄听之》所作跋文，载纪昀《阅微草堂笔记》，18.18，亦载朱一玄《〈聊斋志异〉资料汇编》，第604—606页。纪昀对体例的二分法与我们现在常说的志怪、传奇相对应。关于纪昀观点本身失实的讨论，见Barr, "Pu Songling and *Liaozhai*," pp. 192－193。18世纪时，人们可能才开始认为将两种体例混合的做法有失体。在笔者看来，《聊斋》初刻本中将长篇与短篇叙事区分开来，而所有的志怪均列于集末，或许反映了这种18世纪的认识论倾向。

③ 鲁迅，《中国小说史略》，第262页。

④ 英国文学史上也出现过类似的认识论争议，详见McKeon, *Origins of the English Novel*, p. 53。麦基恩（McKeon）指出，"17世纪叙事文学中，逼真性与历史性是不可调和的，它们之间的相互牵扯反映了一种认识论的革命"。

作者的臆创(authorial fabrication)。

冯镇峦将这些古板的认识论标准用于史书,借此为《聊斋》辩护。史书是对历史的真实记录吗? 其资料来源是无可挑剔的吗? 其叙事技巧是否也暴露了某些明显臆创的痕迹? 作为史书虚构化的一个例子,冯镇峦拈出《左传》中晋国大力士鉏麑触槐时一段著名的话。"且鉏麑槐下之言,谁人闻之? 左氏从何知之?"对这一问题,以及对相同事件的不同历史叙事差异的处理,冯镇峦再次诉诸话语与故事间的区别:在不伤害故事本质的前提下,讲故事的样式可以有多种。《左传》中的这一例子反过来也佐证了冯镇峦所宣称的以《左传》作小说看,而以《聊斋》作《左传》看。

对叙事之虚构的认同并非源于冯镇峦。约两个世纪前,在17世纪某尺牍集中的一封信函里,《左传》中同一事件曾被援引以表达同一目的:"鉏麑自叹,此外更无第三人。不知此数语,左氏从何处听得?"①信中给出了一个大胆的结论,"左氏实为千古文章之谎祖"②。冯镇峦接受了小说即文学谎言这一定义,但是认为"说谎亦须说得圆",即应有足够的技巧和逻辑使之圆融以让听者信服。冯镇峦对谎言的辩解在本质上与其对画鬼的辩护是一致的。但何为谎言? 谎言,即说谎者明知是假的言说。在将《聊斋》故事理解为文学谎言的过程中,冯镇峦再现了19世纪的另一观点,即《聊斋》中的鬼怪狐精只不过是一场游戏而已,是作

---

① 对该信函的英文翻译,可见 Widmer,"*Hsi-yu cheng-tao shu* in the Context of Wang Ch'i's Publishing Enterprise," p. 45。该信函的作者为汪淇,其第一部个人尺牍集《尺牍新语》于1663年付梓刊行,信函收入其中。

② 这种对经、史真实性的质疑可能与17世纪的考据之风有关。考据学家们以更严苛的史学标准审视经典文本,而在此过程中,他们亦有可能发展出对虚构技巧益发复杂的看法。是否可以认为,17世纪考据之风的盛行也与知识界迅速增长的小说拥护者之间有所联系呢?

者跟天真的读者玩的恶作剧。① 由是,两个层面的意义再次被提出;呼吁一流的读者注意内容与意图间的差异,而不要让自己被作者的文学谎言所迷惑。在最后一种模式中,《聊斋》中的"异"最终成为纯粹的虚构和反讽结构,而这则基于作者与读者对怀疑的相互悬置。

总之,我们也可以由方法背后的情势及其写作的语境等方面,来理解这三种阐释方法的演进。在手稿尚未杀青之时,蒲松龄的友人便为之写下了最初的序文与题诗。他们的努力本质上是社会性的,辅助蒲松龄的作品进入社会,即进入一个由志趣相投的读者构成的小圈子。这些有声望的文人与官员为一部无名而存疑的手稿附加了权威的声音,赋予其纯正的血统和道德认同。② 为此,他们努力在主流文学与思想传统中为志怪辟出容身的一隅。

《聊斋》刻本的拥护者基本构成了第二个阐释阶段的主力。他们面对的是新的读者阶层,需要向普通的大众读者阐明为何应该阅读这一无名作者的作品。为此,他们努力将《聊斋》与市场上充斥的大量志怪故事集区分开来,试图说服公众该书与众不同,值得购买与细读。通过将之重新划归为一部自我表现的寓言式作品,具有同类作品通常不具有的文学价值,他们努力提升这部志怪故事集的品位。与此同时,社会网络也形塑了第二代阐释

---

① 这种将蒲松龄所写鬼狐视作游戏之笔的看法可见于刘玉书(青园)的笔记《常谈》:"或言蒲松龄胸中应具有无数鬼狐,余谓惟蒲松龄胸中无一鬼狐,莫被留仙瞒过。"转引自朱一玄,《〈聊斋志异〉资料汇编》,第614—615页,其中所载基于1900年代的版本。关于此评论如何反映对《聊斋》虚构性的理解,详见前野直彬,《中国小说史考》,第348—349页。前野指出,《常谈》作于"蒲松龄逝世后的一百年左右"。
② 在此,笔者认为王士禛亦当属此列。虽然王士禛婉拒了蒲松龄让他作序的请求,但仍为《聊斋》作七言题诗和诸多评价性的批语。

者。在一篇跋中,蒲立德指出曾得其祖父友人朱绁之子襄助,后者曾表示有兴趣资助蒲立德出版《聊斋》。① 负责《聊斋》初刻本校雠的余集,受友人兼雇主、刻者严州知府赵起杲之命为《聊斋》制序。余集为刻本所作题诗实质上是为赵起杲所作的悼亡诗,刻本尚未付梓,赵起杲染疾辞世。

19世纪的评点者将自己与这部早已成名的小说联系在一起,形成了第三个阐释阶段。通过阐释《聊斋》的文法,或如冯镇峦所谓"抓着作者痛痒处"②,他们希冀为自己赢得文名(在某种程度上,他们确实成功了。今日我们记得他们,完全是因为其作为《聊斋》评点者)。由于在这一阶段小说传统已然牢固确立,所以在第三阐释阶段能够超越对《聊斋》一书志怪内容的关注,而"取其文可也"。

---

① 详见本章第32页,脚注③。
② 同样的表述亦可见于何彤文1837年为《聊斋》所作序,参见黄霖、韩同文,《中国历代小说论著选》,1:566。笔者怀疑这是一种常见于评点的隐喻式表达。

第二章　异史氏自介

写作行为如同戏法，通过它，往昔的死亡之手可以伸至我们生活的边界。

——玛乔丽·加伯《莎士比亚的幽灵作家》

论《聊斋·自志》

《聊斋志异》以蒲松龄的自报家门而开篇。目前学界认为，《聊斋·自志》这篇序文作于《聊斋》成书之前的1679年。① 序文堪称是骈体文的经典篇章，是运用修辞与典故的典范之作，蒲松龄在此展现了非凡的文学才华，在清代无病呻吟的骈体文中注入了个人的声音。然而，这篇带有个人化与情感印记的序文，在取得成功的同时，其中大量的修辞也令读者目眩。比如说，即使是现代评论者也倾向于将这篇复杂的序文看作蒲公纯粹的自传，或是视为其写作手法和观念的可靠宣言。②

---

① 详见第一章，第19页，脚注①。在三会本中，《聊斋·自志》紧随目录之后，单独设置页码，见《聊斋》，1：1—3。笔者的英译从文体形式上借鉴了翟理斯的译本，该《自志》译文参见 Giles, *Strange Stories*, pp. xii-xiii。
② 具有代表性的解读参见黄霖、韩同文对《聊斋·自志》的分析，《中国历代小说论著选》，1：360—365。

以往学界对《聊斋·自志》往往断章取义,择取某段某行以观全文。① 然而将序文作为一个整体加以观照,我们可以发现有一条完整轨迹可循,该轨迹由三部分组成:开篇的话语致力于建立作者书写"异史"之信誉和权威;其后简括作者的身世和命运,以解释其与"异"之间的密切关系;文末如同一幅插图,描绘的是作者"志异行为"的自画像。

> 披萝带荔,三闾氏感而为骚;②牛鬼蛇神,长爪郎吟而成癖。自鸣天籁,不择好音,有由然矣。③

> 松落落秋萤之火,魑魅争光;逐逐野马之尘,罔两见笑。④ 才非干宝,雅爱搜神;情类黄州,喜人谈鬼。

> 闻则命笔,遂以成编。久之,四方同人,又以邮筒相寄,

---

① 现代评论者尤多摘选《自志》中"浮白载笔,仅成孤愤之书。寄托如此,亦足悲矣"一句,并将其与《感愤》一诗中"新闻总入《夷坚志》,斗酒难消垒块愁"句进行比较。蒲松龄于 1671 年写下《感愤》一诗,现可见《蒲松龄集》,1:476。

② 这些奇花异草并非真实存在,而是蒲松龄所处时代一些常见的文学典故。在《红楼梦》第十七回中,贾宝玉巧妙地表明了这一点:"想来《离骚》《文选》等书上所有的那些异草……如今年深岁改,人不能识,故皆象形夺名。"该选文的英译,见 Hawkes, *Story of the Stone*,1:340。

③ 屈原官至"三闾大夫"。蒲松龄将屈原的《离骚》与《山鬼》中的一句"若有人兮山之阿,被薜荔兮带女萝"(朱熹,《楚辞集注》,第 44 页)合而为一。"长爪郎"指唐代诗人李贺,这是因为李商隐(813—858)在为李贺所写的传记中,称其"长指爪"(李贺,《李贺诗集》,第 358 页)。李贺去世后,后人将其诗收录成集,杜牧(803—852)为诗集作序,他写道:"鲸呿鳌掷,牛鬼蛇神,不足为其虚荒诞幻也。"(李贺,《李贺诗集》,第 356 页)"牛鬼蛇神"后常用于指称虚幻之物。《庄子·齐物论》中将"天籁"与"人籁""地籁"区分开来,前者"夫吹万不同,而使其自己也。咸其自取,怒者其谁邪"(英译见 Watson, *Complete Works of Chuang Tzu*, p. 37)。

④ "魑魅争光"指曹魏时期音乐家嵇康(223—262)的一则轶事。据记载,一夜嵇康如常在灯下弹琴,有一鬼突然出现,嵇康吹熄灯火,道:"耻与魑魅争光。""逐逐野马之尘"出自《庄子·逍遥游》,"野马也,尘埃也,生物之以息相吹也"(英译见 Graham, *Chuang-tzu:The Inner Chapters*, p. 42)。"罔两见笑"则与南朝刘伯龙的一则轶事有关。刘伯龙家贫,一рядом忽至,在旁拊掌大笑,刘伯龙叹气道:"贫穷固有命,乃复为鬼所笑也!"(李延寿,《南史》,2:17.482)

因而物以好聚,所积益夥。

甚者:人非化外,事或奇于断发之乡;睫在眼前,怪有过于飞头之国。①

遄飞逸兴,狂固难辞;永托旷怀,痴且不讳。展如之人,得毋向我胡卢耶?然五父衢头,或涉滥听;而三生石上,颇悟前因。② 放纵之言,有未可概以人废者。

蒲松龄在开篇便建构了一种文学传统,并将本人置于其中。首句引人侧目,提到了两位在语言方面最伟大和最具原创性的诗人,但他们被并称为一部文言小说集的始祖,则实属罕见。当然,他们也可以被如此看待。作为古代诗人与朝臣(三闾大夫)的屈原,开创了德才兼备者的范式,其一生郁郁不得志,以奇异和具有强烈个性化的意象来表达疏离感。《楚辞》中据称为其所创作的讽喻诗歌,特别是《离骚》,成为后世"奇文"的精魂,是《诗经》之外另一文学传统的奠基之作。③

晚唐诗人李贺(长爪郎)则被视为想象之化身,将想象推达极

---

① 司马迁在《史记》中形容偏远部族"文身断发"。段成式的《酉阳杂俎》中则记载有一个神奇的"飞头"之国,在夜间,其人"头忽生翼,脱身而去"。至破晓之时,头又飞还至原身。

② "五父衢"是山东省曲阜一古地名,据《礼记》记载,孔子之父或殡于此地。"五父衢头"与后文的"三生石上"相照应。"三生石"语出唐代袁郊《甘泽谣》中所载的一则传奇故事。故事中,僧人圆观与友人李源相约于其死后十二年在杭州天竺寺外相见。李源如约而至,一牧童前来问候,并称自己为圆观转世,他唱道:"三生石上旧精魂……此身虽异性常存。"后来,"三生石"常常借指前世今生与姻缘宿命。详见汪辟疆,《唐人小说》,第258—259页。

③ 怪奇作为一种可取的文学特征,这一概念的出现可能就是为了证明《楚辞》的原创性,及其与《诗经》等儒家经典的不同。详见刘勰(465—520)《文心雕龙·辨骚》一篇(刘勰,《文心雕龙选注》,第41—49页)。《辨骚》篇中称《离骚》为"奇文"之典范。此篇列出《离骚》与儒家经典之四点异处:"诡异之辞""谲怪之谈""荒淫之意"和"狷狭之志"。亦见 Yu, *The Reading of Imagery in the Chinese Tradition*, p.106。

致的同时,也滑向了危险的边缘:其诗被评为"语奇而入怪"[1]。对怪诞意象的癖好,以及 26 岁便英年早逝,为李贺赢得了"鬼才"的赞誉。"长爪郎"的称谓以及其吟唱"牛鬼蛇神"这一典故,类似一种妖魔附体的形式,蒲松龄如此表述,强化了此句的恐怖效果。尽管在 17 世纪,有学者也曾重新解读李贺生平及其作品,以使之符合屈原的模式,蒲松龄却明显模仿李贺作了两首诗歌,足见其对李贺虚荒诞幻和光怪陆离的诗歌意象的痴迷。[2]

　　蒲松龄接着提到了更为典型的志怪前贤干宝,晋代史学家,编有《搜神记》;此外,还有宋代的大才子苏轼,相传其被流放至黄州后,对鬼怪故事心生热情。而后,在《自志》中蒲松龄称其书"续幽冥之录",《幽明录》是另一部六朝时期的志怪故事集。[3] 经由将屈原、李贺与那些更传统的志怪文学先贤归入一类,蒲松龄超越了普通范畴,构建出更宽广而有影响力的志异传统。在追溯文学传统的路上,尽管蒲松龄自我贬称为"秋萤之火""野马之尘",他将自身也置入了这一显赫的作家群体中。

　　接下来,蒲松龄声称其故事素材取自传闻以及后来志趣相投者邮寄的书面轶事。这一关于《聊斋志异》的发生说,高度契合了宋代学者洪迈在《夷坚乙志序》中的说法:"人以予好奇尚异也,每

---

[1] 周紫芝,《古今诸家乐府序》,载李贺《李贺诗集》,第 362 页。

[2] 这两首诗分别是《秋闺,拟李长吉》(《蒲松龄集》,1:466)和《马嵬坡,拟李长吉》(《蒲松龄集》,1:499)。前者为传统闺怨诗。后者则在诗体(以三言为主的古体诗)和主题(描写美人之墓及其鬼魂)上均接近李贺的诗作《苏小小墓》。《马嵬坡,拟李长吉》中"雾为肌,冰为骨。松花黄,染罗袜。环佩声,随烟没"句最能反映该诗与《苏小小墓》的相似处。

[3] 志怪故事集《幽明录》相传为南朝刘义庆(403—444)所作,刘义庆为刘宋宗室,曾主持编写了《世说新语》。蒲松龄将原标题中的"明"改为同音的"冥",可能是为了强化此句的阴郁之感。

得一说,或千里寄声,于是五年间,又得卷帙多寡与前编等。"①然而与洪迈不同,蒲松龄一生并非位高名重的大人物,《聊斋志异》在蒲松龄生前从未得以刊印。在蒲松龄写作这篇序文之前,其对怪异的兴趣是不可能广为人知的。毋宁说,这种写作与搜集的对等强化了《聊斋志异》与志怪和稗史间的亲嗣关系,后者多基于街谈巷语。宣称《聊斋》故事基于道听途说,或源自书面轶事,尽管略有夸张,但也不容否认。以传闻为托辞,而产生模糊叙事,这对于志怪故事而言极为重要,因为真相被部分悬置:某种意义上,这一宣称在于表明这是在讲故事,而非故事中的事件真实发生过。道听途说的情形下,便允许记录故事具有权威性,得以述诸故事之上和之外的现实秩序。

然而,暗含于这一构设下,对搜集传统与游记文学间的反转倒置则更引人注目。② 深入边陲异域搜寻怪异的并非兼为记录者的作者,而是带其游历的故事本身。如此宣称使得蒲松龄有效地将自身置于中心,与中国历史传统中的正统与权威产生了规范性的联系(canonical associations);其中枢的位置深深镌刻于这些来自"四方"的奇异故事中。③ 一旦蒲松龄重绘边界,其便可以

---

① 《乙志序》,载洪迈《夷坚志》,1:185。关于《夷坚志》在晚明的多次重刊,详见 Barr, "Pu Songling and *Liaozhai*," pp. 197 - 198。

② 在《蒙田〈论食人族〉》一文中,德塞都论述了游记文学的基本前提,见 Certeau, "Montaigne's 'of Cannibals'," in *Heterologies*, p. 69。另见康儒博对志怪与搜集者的讨论:"空间上,搜集者开启了一场关于珍奇的朝圣之旅……他们从稳固的中心地带进入未开化的荒芜地带,而后折返。"(Campany, "Chinese Accounts of the Strange," p. 85)

③ 值得一提的是"史"(历史,史官)的字源,根据《说文解字》这本 1 世纪所编纂的字书所载,"记事者也。从又持中。中,正也"。因而,外史,即非正史,往往也包含虚构小说之义。关于在中国历史写作被认为是"权威性话语"的讨论,见 Li, "Rhetoric of Fantasy," pp. 22 - 25。关于志怪中"中心"这一观念的重要性的探讨,见 Campany, "Chinese Accounts of the Strange," pp. 77 - 94。

象征性地处于中心而非边缘，由此获得某种权威来告知读者，怪奇并非存于文化传统上所指示的怪奇之处。① "甚者：人非化外，事或奇于断发之乡；睫在目前，怪有过于飞头之国。"在此，怪异与熟稔、野蛮与文明等文化范畴失去了稳定性，进而被颠倒了；"想象的地理"被重置于此时此地，转回至中心。② 关键在于，"异"并非"他者"；正在我们中间。"异"与我们须臾难离。③

对蒲松龄而言，"异"在更为个人化的层面上，也是不容忽视的。《自志》第一部分中，蒲松龄暗示了《聊斋》创作的无意识性和强迫性本质。正如李贺痴迷于"牛鬼蛇神"，而成致命性的癖好，蒲松龄的"放纵之言"也是痴癫所致："遄飞逸兴，狂固难辞；永托旷怀，痴且不讳。"针对当时文化所存疑的这一志怪书写，这显然是一种推责的办法。但这一免责声明，并不是发自内心的，因为痴、狂和癖在晚明主情思潮中，被推崇为重要的价值，而这些影响弥散于整部《聊斋》中。正如蒲松龄早时在《自志》中所言"自鸣天籁，不择好音，有由然矣"，可见这些故事最终向其走来，不请自到，却也是其迫切渴求的；正如欧阳修在描述其收集金石文字时所言："物常聚于所好。"④16 世纪的《禹鼎志序》则更为明晰地表述了这一观点："因窃自笑，斯盖怪求余，非余求怪也。"⑤如此，志

---

① 这里笔者受到德塞都关于游记文学讨论的启发："首先是外向之旅，即对怪奇的搜寻。这被认为与文化话语在一开始所指示的怪奇之处不同。"（Certeau, *Heterologies*, p. 69）

②《想象的地理》（*The Geography of the Imagination*）是盖伊·戴文坡（Guy Davenport）于 1981 年所出版论文集的标题。

③ 康儒博将这种对"异"的态度界定为"反方位"（anti-locative），即"对日常与熟识的疏离，甚至在近处亦能显现出一种异域性"（Campany, "Chinese Accounts of the Strange," p. 94）。

④ 欧阳修，《集古录目序》，作于 1063 年，载《欧阳文忠公全集》，41.7a—8a。

⑤ 吴承恩，《禹鼎志序》，载黄霖、韩同文《中国历代小说论著选》，1：122。

怪与收藏癖便联系到了一起,成为 17 世纪引发特殊反响与广受欢迎的一种范式,也成为很多《聊斋》故事的重要主题。①

蒲松龄以"三生石上,颇悟前因"一句结束《自志》的第一部分,开启了下一节对其早年自传的概述,以病瘠瞿昙转世作为开端。

> 松悬弧时,先大人梦一病瘠瞿昙偏袒入室,药膏如钱,圆黏乳际。寤而松生,果符墨志。且也,少羸多病、长命不犹。门庭之凄寂,则冷淡如僧;笔墨之耕耘,则萧条似钵。每搔头自念,勿亦面壁人②果是吾前身耶? 盖有漏根因,未结人天之果;而随风荡堕,竟成藩溷之花。茫茫六道,何可谓无其理哉!

此母题——父亲在儿子出生之时,梦到儿子前身前来探访—— 在《聊斋》故事中曾数次闪现,也是中国民间传说中的常见主题。③ 而且,此处的措辞("及寤,而子已生")也是颇为程式化的,我们大可不必从字面上去理解。相反,在象征层面上,此梦则可以解释作者后来成年的穷困孑立,以及《聊斋志异》这部书的

---

① 笔者将在第三章中详细讨论收藏癖的范式及其对《聊斋》的重要性。

② 菩提达摩于公元 6 世纪左右创立佛教禅宗一派。据传,他在"面壁"冥想九年后开悟。

③ 见《刘亮彩》(《聊斋》,6.798—799)、《饿鬼》(《聊斋》,6.819)和《于去恶》(《聊斋》,9.1166—1172)。冯镇峦在《读聊斋杂说》(《聊斋》,1:10)中讲述了关于少年徐奇童为蒲松龄转世的故事:在他出生前,徐父曾梦见一老儒手执"蒲"叶,立于垂"柳"下、清"泉"边。这些景、物一语双关,合为"蒲柳泉",即蒲松龄的别名之一。

在《儒者的进阶》中,吴百益(Pei-yi Wu)提及两部明代自传,在这些自传中,主人公的母亲均在其子出身之日梦见僧人。见 Wu, *The Confucian's Progress*, pp. 164, 174。据记载,杜文焕的母亲梦见一白衣僧人拄着杖、登堂入室;而毛奇龄的母亲则据传梦见一异域僧人至其闺中,将一凭证挂于床头。这两个例子均可算作蒲松龄父亲预兆之梦的原型。关于亲属出生前预兆之梦的其他例子,见 Fang-tu, "Ming Dreams," p. 53。

特质。证实此梦的"墨志"本身即是一个双关语:"墨"即墨汁;
"志"却非病字旁的"痣",而是"言"字旁＊,"志"常含"记录"之义,
正如《聊斋志异》之"志",甚至《聊斋·自志》之"志"一般。因此,
蒲父预兆之梦的墨志,既给出了蒲松龄作为志异者这一职业的病
因学解释,同时也指出了蒲松龄对怪异有着非凡洞察力的缘由
所在。

蒲松龄并非佛学研究大家,却极力将自己刻画为瞿昙转世,
其到底要表达什么? 我们尚需加以探究。在蒲松龄和高珩二人
为《聊斋志异》撰制序文十三年后的 1692 年,高珩曾致函蒲松龄,
从其同代人对该隐喻的解读中,我们似可发现一些端倪。

> 往年看《志异》书未细心,今方细阅,卓然新出《艳异编》
> 也……至跋语动人之劝惩,乐己之崇修,方知序中前身菩提,
> 非漫语耳。①

高珩晚年时,对蒲松龄序文中瞿昙转世说的意义,给出了自
己的解释:出于菩萨心肠,蒲松龄抄录了这些志怪故事以教化世
人——这是佛教传奇故事序文中时常所标举的创作动机。高珩
所言显示出,高珩起初将蒲松龄序文中不得体的鼓吹斥为"漫
语",但数年后重读故事,转而确信蒲松龄确是"崇修"之人,有着
菩萨般的慈悲心肠。

然而,蒲松龄并未一味地在崇高层面加以自我辩白,而是迅
速返回现实,向读者呈现出了作者在奋笔疾书,生动而又充满诡

＊ "志"的繁体字为"誌"。——译者注

① 袁世硕援引并讨论了这封书函,在信中,高珩亦赞扬了《聊斋》行文不同凡响的文
采,见《蒲松龄事迹著述新考》,第 110—111 页;另见第一章,第 29 页,脚注①。袁
世硕指出高珩对于《聊斋》道德教化意义的高度兴趣可能与其晚年的个人偏好
有关。

异色彩的一幕:

> 独是子夜荧荧,灯昏欲蕊;萧斋瑟瑟,案冷疑冰。集腋为裘,妄续幽冥之录;浮白载笔,仅成孤愤之书。[1] 寄托如此,亦足悲矣!嗟乎! 惊霜寒雀,抱树无温;吊月秋虫,偎栏自热。知我者,其在青林黑塞间乎!

> 康熙己未春日

"集腋为裘,妄续幽冥之录"一句表面上描述《聊斋》故事的创作,实则展现此序文的写作手法,如同所有骈体文的写作,在文字上将一些典故片段式地拼接起来。由此,全序俨然成为一条由非具象性的意象所凑成的百衲被:李贺之长爪与其诗中的牛鬼蛇神、讥笑他人的魑魅、飞头、梦中偏袒入室的病瘵瞿昙。《自志》中的典故,预示了书中反复出现的几个志怪主题:预兆转世重生与因果报应的梦境;梦中与死者相会;他界的精灵嘲弄世间众生。此序文,与其说是阐释或界定何为"异",不如说是制造怪异的效果,营造出一种不祥氛围,如生梦魇。

蒲松龄注明此序作于春季,但字里行间没有任何与春日有关的万物复苏、欣欣向荣的意象。中国农历中,一年的头三个月为春;此时在中国北方的山东,天气依然阴郁寒冷。因此,在《自志》最后一段场景中,隐喻性的关切与自然图景交织在了一起。寒冰与冷风,摇曳的昏灯,《幽冥录》和黑塞等孤寂的意象——似乎都预示着死亡。如同霜后鸟雀瑟缩于寒枝、秋后虫蚁倚着栏杆取暖,作者在其创作的"孤愤"之书中寻到了短暂的解脱。"孤愤"为古代哲学家韩非书中的某篇名;史学家司马迁在《太史公自序》中

---

[1] 笔者借鉴了李惠仪的翻译,将"孤愤"译作 "lonely anguish",见 Li, "Rhetoric of Fantasy," p. 42。

使用该词,将文学解释为对苦痛与愤懑的宣泄。① 然而在 16 世纪末,哲学家李贽敏锐地修正了司马迁影响颇深的"发愤著书"说,指出"愤"是文学创作的唯一来源:"由此观之,古之圣贤,不愤则不作矣。不愤而作,譬如不寒而颤,不病而呻吟也,虽作何观乎?"②更为重要的是,李贽很显然将读者引入到司马迁最初的架构中——"愤"不仅是"作"的唯一合法动机,也是"读"他人作品的唯一可能理由。

蒲松龄以向读者提出开放性的挑战问题而结束全序:"知我者,其在青林黑塞间乎!"此处句法效仿了《论语》中孔子的绝望呐喊:"知我者其天乎?"③这种"知我者,其在……乎"的句式在《孟子》中也曾出现,据该书所载,孔子曾指出,世人对其的毁誉最终会落在其所编纂的一部书上:"知我者,其惟《春秋》乎?"④但以骈体文可伸缩的形式,蒲松龄置换掉了"天"和"《春秋》",代之以另一典故"青林黑塞",出自杜甫有名的诗歌《梦李白二首·其一》"魂来枫叶青,魂返关塞黑"⑤。

在诗中,杜甫思慕已故诗人李白,于梦中见到李白魂魄,由此将自己视作李白的挚友和读者。蒲松龄此处的用典可理解为一种诉求:需要有人能成为我真正的读者,正如杜甫之于李白那样。

---

① 华兹生将"孤愤"译作 "the sorrow of standing along"。他讨论并翻译了司马迁的文学理论,详见 Watson, *Ssu-ma Ch'ien*, pp. 155 - 157。

② 李贽,《忠义水浒传序》,载《焚书》,第 109 页。

③ 孔子可能效仿了《诗经·黍离》中的诗句:"行迈靡靡,中心摇摇。知我者,谓我心忧,不知我者,谓我何求。"见《毛诗》,65,英译见 Waley, *Book of Songs*, p. 306。

④ 英译亦见 D. C. Lau, *Mencius*, p. 144。该句之后,孔子结语道:"罪我者,其惟《春秋》乎。"

⑤ 杜甫,《杜诗详注》,2:556。笔者参考了霍克思的英译,见 Hawkes, *Little Primer of Du Fu*, p. 92。在《白秋练》(《聊斋》, 4. 1488)中,好诗的白鱀精白秋练告知其夫,若在她死后对其尸体吟诵杜甫《梦李白》诗,她即可死而复生。

如此,此句可解读成可怕的预言:唯我身后,方能寻到理解我的真正读者。蒲松龄改变了原诗中的主导性的关系,生者不再是已逝作家的真正读者;反之,蒲松龄的真正读者成了幽灵、鬼魂,栖息于阴暗的死亡与梦寐世界之中,而作家本人则是孤独于世,呼唤着"知我者"。

蒲松龄在许多诗作中都表达了对挚友、真正读者的追寻,期待"知我者"和赏识其才华之人。① 在《聊斋》故事中,作为主人公的凡人往往在幽冥的魂灵中寻到挚友和知音。例如,《叶生》篇讲述了主人公叶生急于报答挚友和恩主,竟魂从知己,参加乡试中举,浑然忘却早已身死。文末,异史氏充满深情的评论在基调和措辞方面与《自志》颇为相仿;一位 19 世纪的评点者甚至将之解读为蒲松龄隐晦的自传。② 文中叶生的不凡经历激起了蒲松龄情感的迸发:"魂从知己,竟忘死耶? 闻者疑之,余深信焉。"

视自我为他者

将《聊斋·自志》与其他众多志怪故事集或笔记小说集的序言区别开来的,正是蒲松龄强烈的情感和狂热的文学抱负,这是持续的自我贬抑所无法掩盖的。后者为了与所载内容的朴素性保持一致,往往采用随意甚至戏谑的语气和风格。如王士禛(1634—1711)著有《池北偶谈》,其中一部分内容为谈"异",有些

---

① 尤见《偶感》(《蒲松龄集》,1:85),该诗末句如下:"此生所恨无知己,纵不成名未足哀。"

② 这位评点者正是冯镇峦:"余谓此篇即聊斋自作小传,故言之痛心。"(《聊斋》,1.85)异史氏对《叶生》的评论与《自志》颇为相似,不仅提及鬼物揶揄与搔头自艾,整体情感强烈、具有感染力,而且使用了骈体文的形式。

素材甚至与《聊斋志异》所载相类似。身为当时颇有名望的诗人和朝臣,王士禛在此书序(作于 1691 年)中为其书斋描绘了一幅迷人的图景,斋中宾客满座,天南海北聚谈。"或酒阑月堕,间举神仙鬼怪之事,以资嗢噱;旁及游艺之末,亦所不遗。"①然而王士禛甚至不曾亲自提笔作书,而是"儿辈从旁记录,日月既多,遂成卷轴"②。这造成了一种既无艺术加工又无自信的错觉:王士禛之书,仿佛就是文字自写而成的。

与此闲适畅快的情景形成鲜明对比的是,蒲松龄所描绘的作者则是孑然一身,于子夜时分惨淡命笔。《自志》通篇都在强调写作这一体力行为。③ 尽管蒲松龄也承认此书是基于所闻或所获故事而自然生成,但正是蒲松龄急于"命笔"——正如其汉语字面意思所谓,自觉"命令其毛笔",将所集故事转化为真正的文学。

整体而观,《自志》大致属于中国自传文学的一种,正如法国汉学家吴德明(Yves Hervouet)所指出的"作者将序言或某章节作为其余内容的插入语,以述其生平"④。1937 年,学者郭登峰率先将"附于著作的自序"列为中国传统自传的八种类型之一。⑤ 美国学者吴百益称"著者自述"是自传文学"最灵活的亚种",源自

---

① 王士禛,《池北偶谈》,第 6 页。蒲松龄虽与王士禛相识,但据我们所知,他从未拜访过王士禛,亦未参加过他的这些聚会。关于蒲松龄与王士禛交游的讨论,见袁世硕,《蒲松龄事迹著述新考》,第 187—219 页。笔者将在第五章详细探讨蒲、王之间的关系。

② 王士禛,《池北偶谈》,第 6 页。

③ 当然,蒲松龄绝非唯一在序言中详述写作行为或是在"孤愤"中著书的 17 世纪作家。

④ Hervouet, "L'autobiographie," p. 111.

⑤ 郭登峰,《历代自叙传文钞》。另一类自传类型为"单篇独立的自序"。并非所有的作者自序均具有自传意图;"自序"一词本身含义模糊,不仅可指作者自己所写的任何序言,亦可指自传性序言。

"著者向公共阅读群体进行自我介绍所用的一类序言"。①

我们可以将这一传统追溯至司马迁《史记》中的《太史公自序》,《聊斋志异》在很多重要方面,着意将其作为范式。② 但司马迁以跋的形式,进行"自我介绍":为记录人类历史的始末,太史公以其一生经历结束全书,示其家族谱系、所受刑辱,以及写作动机和全书架构。③ 然而,如众多后世"自序"一样,《自志》被置于全书开篇,成为通往志怪故事的入口,由此首要的是揭橥作者的意图,即操控和影响读者的阅读。蒲松龄将自身作为一个透镜,《聊斋志异》由此而被折射给读者。这一生平自述在特定语境和特定议程下写成:不仅旨在解释作者为何人,更在于说明其为何要创作这样一部饱受争议之书,或更深层次地,此书如何体现蒲松龄隐秘的志向与抱负。

美国汉学家宇文所安认为,在中国文学传统中,诗歌而非叙事文学是自传式自我呈现的主要媒介。在其看来,文人写诗反映了对传统作家和读者来说最为迫切的问题:"不是任随着时间而如何变化,而是人究竟如何为人所知或者说使自身成名。"④蒲松龄所作自序与自传诗极为相似,迫切渴求声名显达。与此同时,骈体文形式的艺术性赋予其无法从诗中找寻的独创声音,为其自我的想象性投射(an imaginative projection of the self)提供了更为广阔的空间。

与自传诗类似,蒲松龄的《自志》本质上并非以叙事为主;其私人生活中的一些大事,我们可由其对亡妻的追忆及一本家训序

---

① Wu, *The Confucian's Progress*, p. 166.
② 关于《聊斋》在形式上借鉴《史记》的精彩讨论,见 Li, "Rhetoric of Fantasy," Chapter 1。
③ 司马迁因在朝堂上声援败将李陵,被汉武帝施以宫刑。关于《太史公自序》的英译和讨论,详见 Watson, *Ssu-ma Ch'ien*, pp. 42 - 69.
④ Owen, "The Self's Perfect Mirror," p. 74.

言中对其先父的描述，而知之更详。①它也不似某类中国的自传，公开而正式地叙述传主生平，就好像这是恰由传主本人所写的官方传记一样。《自志》与许多隐士对自身理想化的刻画有许多相似之处，如陶渊明（365—427）的《五柳先生传》及其众多拟作，宣称揭示出真实的内在自我。但陶渊明之后的隐士自传，倾向于反拨正式自传的这套规范——它们冷静地展现程式化的私人而非公众化的自我形象。这两类自传趋向于采用始终如一的形象，并自始至终呈现出统一的声音。而与之不同，《自志》充满了近乎狂乱的形象和声音；作者不仅自比为诸如屈原、李贺、苏轼和干宝等先贤，而且以"秋萤之火""野马之尘""藩溷之花""惊霜寒雀"和"吊月秋虫"自况。蒲松龄的自我形象消融于隐喻和典故的旋涡之中。

《自志》中，蒲松龄本人所建构的最为持久的形象，便是病瘠瞿昙转世。但即便这一自介中明显的叙事部分，其真实意图也并非记事：它刻画的不是一个变化过程，而是一种停滞，始于前世，证实于出生之时，且持续到幼年和成年。它旨在表明"理"的存在，担心为茫茫六道所幽蔽。此自传富于神话色彩，它竭力勾勒生平之轮廓，虽未必是实然，但想象其如此。若我们接受宇文所安的观点，即自传需要作者视自我为他者②，则在此自序中，瞿昙便是蒲松龄"视自我为他者"的一个最为持久的例子。转世建构了一个重写本（palimpsest），显露了另一自我的残迹，即"古时的另一个自我"（ancient alter ego）。这一自我异化的本领或许也暗

---

① 见《述刘氏行实》（《蒲松龄集》，1:250—252）与《省身语录序》（《蒲松龄集》，1:60—61）。整体而言，似乎中国作家在撰写他人而非自身的事迹时，会更多地记录私人生活的细节。

② "'认识自我'即是将自我视为他者，将认识者与被认识者区分开来……撰写自传的行为不可撤回地将自我这一整体分割、再分割。"见 Owen, "The Self's Perfect Mirror," p. 74。

含于"志异"这一观念中,因为"异"在于"我"而非在于"物"。

如笔者在本书引言中所提及的,蒲松龄"异史氏"的别名,在字面上呼应了司马迁在《史记》中的自称"太史公"。蒲松龄择此别名,暗含自觉的讽刺意味,由此也削弱了这一称谓所声称建立的权威性,因为字面上平行于"太史公"的"异史氏"唤起人们对于一种深刻差异性以及同一性的关注,而差异性本就体现在"异"作为他者这一原义中。司马迁称司马氏世典周史,并承袭其父司马谈"太史令"的官位。与之不同,蒲松龄虚拟自己为"异史氏"。在《自志》第一部分中,蒲松龄力图为自身创建一个文学谱系①;瞿昙转世的修辞使其突破家族传统约束,创造出另一种前生(尽管正是其父所梦才明证墨痣为实)。但这种过去完全是通过类比、隐喻及用典等灵巧手法而想象出的。瞿昙乳际的膏药和作者胸前的墨痣颇为相似,由此证实了尚在襁褓中的作者的前世。随着作者长大,"门庭之凄寂,则冷淡如僧;笔墨之耕耘,则萧条似钵"。最终,蒲松龄向自身表明,他在不断沉思自己的身份,琢磨其为何人。他坦率地暴露了自我与暂时相认的前世身份的不可调和性:"每搔头自念,勿亦面壁人果是吾前身耶?"但随即用另一隐喻打消了这一疑问:"未结人天之果;而随风荡堕,竟成藩溷之花。"

这篇序文高度程式化,却感人肺腑,将理想化的场景、动机、言说者和为故事而至的读者一并纳入其中。序末的场景作为极具戏剧化的一幕,展现了该书的创作,描绘出作者子夜独坐寒斋写作的情景。"志异"的动机或缘由在序文中占据了大部分篇幅:古有先贤为之;自身钟爱于此;故事素材充沛,乃至最后四方同人

---

① 当然,通过列举一系列早期例证以说明发愤著书的理论,司马迁也为自身创建了一个文学谱系。

邮寄而来；无法自控的癖好，难以抑制的痴迷；其前世命定为此；出于"孤愤"；唯有所记故事中的鬼魂，是其知音。《自志》并非一篇忏悔录，但饱含忏悔录的炽热情感。① 序中大量充斥的写作动机虚构出了一个故事的言说者：渴求功名，但科场蹭蹬，徒为魑魅见笑；前世瞿昙，却未结人天之果；茕茕子立，唯有鬼魂可以倾诉。通过自序，蒲松龄试图为此书构建理想的读者，试图将揶揄讥笑、拒绝接受其"放纵之言"的"展如之人"转变为竭力去理解他、同情他的读者。蒲松龄的自画像并不是自足的，相反，他不断地凝视观者，而最终产生了一个高潮性的质问，直截了当地将其抛向读者："知我者，其在青林黑塞间乎？"

幽灵作家

对《自志》，特别是对序末"知我者"之质问而有所回应的读者，证实了蒲松龄的自画像确实给人留下挥之不去的深刻印象。整理刊行《聊斋志异》第一部刻本的余集曾为之作序，在蒲松龄止笔处起笔，异乎寻常地附和了《自志》的收尾部分。一如蒲松龄将写书时的身心所历全盘托出，余集详述了初读《聊斋志异》时的情形：

> 严陵环郡皆崇山，郡斋又多古木奇石。② 时当秋飙怒号，景物睄霓，狐鼠昼跳，枭獍夜噪，把卷坐斗室中，青灯睒睒，已不待展读，而阴森之气，逼人毛发。

---

① 见 Wu，"Self-Examination"。就大篇幅的写作动机和通篇阴郁论调而言，蒲松龄的《自志》与明遗民张岱为《陶庵梦忆》所作的忏悔性序言颇为相似。关于张岱的这篇序言，见 Owen, *Remembrances*，pp. 135 – 136。

② 严陵为山名，位于今浙江省境内。若取"严峻之陵冢"的字面义，"严陵"着实为余集序言的开篇平添了一丝不祥的意味。

与蒲松龄述其执笔作书所用语词相似,余集在阴冷孤寂的书斋中,伏案于昏灯下,夜读《聊斋志异》,窗外不时伴有阴风怒号。蒲松龄自比为"惊霜寒雀"和"吊月秋虫",而余集则置身于不祥之兽中——狐鼠白日跑跳不停,枭獍夜间嗥叫不止——在此语境下,就此景与此时的心境而言,这似乎并非隐喻或渲染。但余集夸大了《自志》中令人不安的气氛,使之变成了恐怖故事的序曲。在其还未展读书稿时,便有"阴森之气"令毛发倒竖;他暗示其已遇到蒲松龄的幽灵。下文即道:"呜呼!同在光天化日之中,而胡乃沉冥抑塞,托志幽遐,至于此极!余盖卒读之而悄然有以悲先生之志矣。"①

另一读者高凤翰(1683—1748)是山东籍画家,年少时与蒲松龄相识。在蒲松龄辞世后的 1723 年,高凤翰曾为《聊斋志异》题诗,其中也再现了《自志》的结尾。② 如同余集,高凤翰也以一人独自读《聊斋志异》的场景开篇——同样是凄冷、阴晦、不祥的深秋之夜。

> 《聊斋》一卷破岑寂,
>
> 灯光变绿秋窗前。

---

① 尽管此句中没有人称代词,但是突然的转折与激情洋溢的宣言表明这是余集直接面向蒲松龄的慨叹。此处余集的论调甚至像是在模仿蒲松龄《自志》:"妄续幽冥之录……奇托如此,亦足悲矣!"(《聊斋》,1:3)余集的感慨是对蒲松龄自我评价的一种复写与润饰:"胡乃沉冥抑塞,托志幽遐……(余)悄然有以悲先生之志矣。"(《聊斋》,1:6)

② 高凤翰,"扬州八怪"之一,与蒲松龄相识于 1697—1699 年间,彼时高父高曰恭(1675 年间举人)赴淄川出任教谕。高凤翰当时年仅十余岁,便有幸结识了众多淄川文坛名流,其中数人为蒲松龄至交。详见李金新、郭安玉,《高凤翰年谱》,第 280—281 页。高凤翰题诗前另有一篇跋文,作于 1723 年,未被收入三会本中。此跋文可见于李金新、郭安玉,《高凤翰年谱》,第 297 页。根据高凤翰题诗中的时间,《高凤翰年谱》作者将高凤翰与蒲松龄见面的时间推测为 1699 年,即高凤翰之父在淄川为官的最后一年。但遗憾的是,年谱中将蒲松龄的年龄误算为六十九岁,而蒲松龄当时的实际年龄应是五十九岁。

> 《搜神》《洞冥》常惯见，
>
> 胡为对此生辛酸？

灯光变绿，常指幽灵显现；正如余集序中所言，此意象意味着在读者四周游荡的蒲公幽魂的闪现。忆起二十年前与蒲公相识，蒲公生平之郁郁不得志，高凤翰被深深打动，不仅与其鬼魂攀谈，还浇酒于地以慰蒲公在天之灵：

> 须臾月堕风生树，
>
> 一杯酹君如有悟。
>
> 投枕灭烛与君别，
>
> 墨塞青林君何处？

对高凤翰而言，蒲松龄的魂灵已在"墨塞青林"间的某处游荡。蒲松龄既已辞世，他来到了序文中自己所隐喻性归属的那个幽灵世界。书写幽灵的作家本人成为幽灵中的一员；蒲松龄与其故事的完美结合，激起了后世读者的共鸣和想象。高凤翰所构建的次序——首先读《聊斋志异》，而后悲先生之志，继而酹其魂灵，再投枕问询魂灵行踪——这些似乎在暗示，高凤翰企图酝酿一场蒲公魂灵的梦访。高凤翰对典故的二次征引，重新恢复了杜甫原诗的意味：又一次，生者渴望梦遇已逝作家的亡灵。

故此，余集和高凤翰双双证实了《聊斋·自志》中蒲松龄自画像的影响力，宣告其为蒲公后世的"知音"、迟来的"知我者"。

第二编
故　事

第三章　癖好

世上语言无味、面目可憎之人，皆无癖之人耳。

——袁宏道《瓶史》

后世围绕《聊斋志异》和蒲松龄曾杜撰出一则轶事，据说蒲松龄屡困于场屋，正是因为其"好奇成癖"。[1] 故而，每入棘闱，狐鬼便会心生妒忌，群集于周围，阻止其创作除它们以外的任何内容的文章。这个有趣的传说进一步将蒲松龄变为其故事中的一个角色，对此我们在上一章中已有所触及。但这一传说还包含着重要的洞见：蒲松龄创作了近五百篇《聊斋》故事，源于其对志怪奇谈的毕生痴迷。我们在《聊斋·自志》中已然看到，蒲松龄将对志怪的痴狂表现为一种无法控制的激情，并将志怪故事的辑录与收藏癖的范式联系起来，在这一范式中，"物以好聚"。在故事叙事中，有关癖好与收集的观念也成为一个突出的主题，而通过蒲松龄高超的艺术加工，这一主题以小说的形式得以呈现。

---

[1] 汪启淑，《水曹清暇录》，转引自王晓传《元明清三代禁毁小说戏曲史料》，第 314 页。本章部分内容另见发表于《晚期中华帝国》（*Late Imperial China*）的拙文《石化之心：中国文学、医药与艺术中的癖好》（"The Petrified Heart: Obsession in Chinese Literature, Medicine, and Art"），此文的侧重点与本章有所不同。

中国关于“癖”的概念

“癖”作为一个重要的中国文化概念,历经漫长的发展,于明末清初达及顶峰。17 世纪的字书《正字通》提供了明朝时期对这一术语的基本界定:“癖,嗜好之病。”①(见图 1)“癖”的这一病理要素十分显著,的确“癖”有时又称“病”。“癖”之医学用法可追溯至 2 世纪的《本草经》。医史学家文树德(Paul Unschuld)称,此书已将“癖食”视为“大病之主”,一种重症。② 7 世纪初期颇具影响力的医书《诸病源候论》对这一症状给出了最为详致的描述:“三焦痞隔,则肠胃不能行,因饮水浆过多,便令停滞不散,更遇寒气,积聚而成癖。癖者,谓僻侧在于两胁之间,有时而痛是也。”③而据 8 世纪中叶医书《外台秘要》所载,“癖”甚至会坚如石,终成痛疽。④

由病理性阻塞这一意义很可能衍生出“癖”的引申义,即黏附内脏之中,难以排空,故成为惯常。若写作“亻”字旁而非“疒”字

---

① 张自烈,《正字通·戌集》,24a。这本字书以梅膺祚(1570—1615)的《字汇》为基础,《字汇》在 1691 年前后仍大量印刷出版。《明代名人传》称《正字通》为“《字汇》众多通行本中最为成功的一部,它于明末清初广泛流传,直到《康熙字典》出现前,一直都在民间和官方字书中占主导地位”(Dictionary of Ming Biography, pp. 1061-1062)。《康熙字典》引用了《正字通》中对“癖”的界定。感谢居蜜告知笔者梅膺祚《字汇》一书的重要性。

② Unschuld, Medicine in China: Pharmaceutics, p. 20.

③ 巢元方,《诸病源候论》,20.113。该卷(第 20 卷)介绍了十一种“癖”症,包括“癖结”“饮癖”“寒癖”“久癖”等。关于巢元方的生平,见《中医大词典》,第 233 页。

④ 王焘,《外台秘要》,12.329。详见“癖硬如石腹满”条。《外台秘要》收集了唐以前的各类医书,其中就包括《诸病源候论》,后者关于“癖”的论述被一字不漏地收录在内,见王焘,《外台秘要》,12.321。关于此书的相关介绍,见《中医大词典》,第 53 页。

图 1　"石癖"款识

17 世纪画家朱耷(八大山人)性情怪诞,图为其所创作的水墨山石册页。画中最为独特的是,在中空的岩石内写有"石癖"二字。该册页创作于 1659—1666 年前后。图片来源:上海博物馆藏《四高僧画集》,图版 85。

旁,则为"僻"。"僻"的原义即变为"偏向一方"或"偏离中心"。[①]"癖"的字源义在《诸病源候论》中为"癖者,谓僻侧在于两胁之间,有时而痛是也",从中可明显看出在这两个同音字的字义间建立关联的企图。从"偏向"义讲,"癖"也表示人类本性中普遍的个体偏好,如"癖性"或"僻性"所示。这一悖论认为"癖"兼具病理性与规范性,不仅解释了与"癖"相关的一些特定行为,也解释了其被赋予的矛盾释义。

"癖"之内涵不仅是关乎术语的问题:一旦将这些症状编纂归

[①] 写作"亻"字旁的"僻"字有其自身的发展史,它的使用可上溯至《诗经·葛屦》(《毛诗》,254)及《楚辞·九章》。

类,"癖"这一术语便无须用于这些可被即时识别的病症了。① 事实上,"癖"饱含强烈的感情色彩,并且尚有诸多隐含义。尤其是在 16 世纪和 17 世纪,"癖"这一观念渗入当时文人生活的方方面面。作为其含义范围之广的一种标识,"癖"可英译为"成瘾"(addiction)、"冲动"(compulsion)、"酷爱"(passion)、"狂热"(mania)、"偏好"(fondness for)、"偏爱"(weakness for)、"热爱"(love for)、"挚爱"(fanatical devotion)、"渴望"(craving)、"癖好"(idiosyncrasy)、"恋物"(fetishism)和"爱好"(hobby)。在这一层面上,"癖"的观念在袁中郎的一段话中展现得最为淋漓尽致。袁宏道(1568—1610)是当时的文学与知识精英,其于 1599 年在《瓶史》一书中写道:

> 若真有所"癖",将沉湎酣溺,性命死生以之,何暇及钱奴宦贾之事?
>
> 古之负花"癖"者,闻人谈一异花,虽深谷峻岭,不惮蹶躄而从之,至于浓寒盛暑,皮肤皴鳞,汗垢如泥,皆所不知。
>
> 一花将萼,则移枕携襆,睡卧其下,以观花之由微至盛至落至于萎地而后去。……是之谓真爱花,是之谓真好事也。
>
> 若夫石公之养花,聊以破闲居孤寂之苦,非真能好之也。

---

① "癖"之内涵与一系列字词有关,特别是"嗜"和"好"。这些字又可以进一步组合成一些意义相近的复合词,如"癖好""癖嗜""嗜好"等。需要注意的是,笔者所讨论的并非精神病学意义上的"癖",后者更为强调"癖"的负面性与非自主性。请比较以下对"癖"的定义:"(癖)是一种想法、情感或冲动,尽管人在主观上不情愿,但它仍重复不断地强入其意识之中。"(Campell, *Psychiatric Dictionary*, p. 492)

夫使其真好之，已为桃花洞口人矣，尚复为人间尘土之官哉？①

袁宏道将爱花之癖提升至前所未有的高度，赞其为与世俗功利和炫耀性消费无干的一种理想化执着与操守，而非指责那些弄花者不务正业、荒唐可笑或哀叹其玩物丧志。提出这种理想化观点，部分源于其颇为反感当时"癖"的肤浅流行。在袁宏道看来，真正的癖好只是一种边缘化活动，一种疏离与遁世的行为。他的论述旨在使"癖"脱离占据主流的虚假与庸俗；但颇具讽刺意味的是，这反而促进了"癖"的流行。

袁宏道的叙述隐含了"癖"的一些基本原则。首先，"癖"是对特定事物或活动的习惯性依恋，而非对人的痴恋。而且"癖"尤其与收藏和鉴赏相关。其次，"癖"必定是一种过度且执着的行为。最后，"癖"指一种蓄意反传统的怪异姿态。

癖之简史

对癖好行为的识别以及人们对这一行为的态度随着时间的推移而不断演变。"癖"作为一种明确的观念最早出现于讲述一群喜好自由、不受羁绊的癖性之人的轶事中。5世纪的《世说新语》将这些奇闻轶事收录其中，相应地带有一种超然隐逸、不受传统规约的意味。《世说新语》所涉及"癖"的范围颇广：从好令左右作挽歌和听驴鸣，到爱观牛斗，嗜读《左传》，不一而足。其中有一

---

① "十：好事"，见袁宏道，《瓶史》，第846页。"桃花洞口"指陶渊明名篇《桃花源记》中所述的世外桃源。关于《瓶史》完整的法语翻译及讨论，见 Vandermeesch, "L'arrangement de fleurs en Chine"。根据汪德迈（Vandermeesch）的定义，"僻"能"立即指示那些遥远而模糊的，或偏离正常轨道的人和事物"。

则轶事甚至讲述好财者与好屐者如何一较高下。这一好屐者显然表现得更优秀,并非因其所爱之物,而是不管他人如何围观,其均能做到专注于木屐。①

然而步入晚唐时期,"癖"开始与鉴赏及收藏相联系,人们开始对"癖"加以书面记载。9世纪伟大的艺术史家张彦远有一段文字,尤为有趣,列出了几种与痴迷的鉴赏精神相关的基本范式,而这些范式会在后世不断得以重写。

> 余自弱年鸠集遗失,鉴玩装理,昼夜精勤。……可致者,必货敝衣,减粝食。妻子僮仆切切嗤笑,或曰:"终日为无益之事,竟何补哉!"既而叹曰:"若复不为无益之事,则安能悦有涯之生?"是以爱好愈笃,近于成癖……

> 唯书与画,犹未忘情。既颓然以忘言,又怡然以观阅……与夫熬熬汲汲,名利交战于胸中,不亦犹贤乎?②

张彦远这一自传开篇便历数"癖"之诸多症候,如全然沉浸、勤勉不已,甘受穷困之苦,享超然之乐。张彦远将"癖"视为一种个体自我表现的方式。但他的叙述也成为一种辩护,为个体的癖性辩护,由此他证明远离公众生活的合理性。张彦远将"癖"作为世事失意的补偿。与此同时,他也批判了成功背后的功名利禄与徒劳野心。他提出"癖"应该是无用的,无助于仕宦升迁或是谋求金钱财富。这样,"癖"便与中国文化中的隐逸传统相联系起来,

---

① 刘义庆,《世说新语校笺》,6.199。英译见 Mather, *New Tales of the World*, p. 185。《世说新语》并未将"癖"单列一类。"癖"字仅在6世纪前期刘孝标所作的《世说新语注》中提到过一次,而"嗜"亦鲜少提及。《世说新语》中用于描述喜好、依恋的字词最常见的有"好"、"爱"(相对较少);而"病酒"(即嗜酒之意)仅出现过一次。
② 张彦远,《历代名画记》,载俞剑华《中国画论类编》,2:1225—1226。英译见 Bush and Shih, *Early Chinese Texts on Painting*, pp. 73 - 74。

亦与君子相关联。这些君子虽无功名，却不屑于逐权追名的生活，视其为一种低俗的生活方式。

张彦远的叙述预示着宋朝艺术鉴赏趣味的勃兴。人们不仅欣赏古代字画，还鉴赏各种古董，如青铜、玉雕、石刻、陶瓷，乃至自然界中的石头及花草，均成为人们收藏之物。随着印刷术的普及，编撰了解某物的指南及谱录成为一种社会潮流。关于怪异收藏者的一些新范式也孕育而生，将对"癖"的追求深深植根于宋代文人文化中。如中国历史上臭名昭著的"花石纲"，徽宗（1100—1125 年在位）为搜集奇花异石而不惜劳民伤财，展现了人们对于收藏的狂热追求所达到的高峰。徽宗是北宋末代皇帝，同时也是一位鉴赏家。人们指责其腐朽堕落，终致北宋败于金人之手。

由于收藏与艺术鉴赏的热潮在宋代文化中与"癖"这一观念紧密相连，人们也开始担心过度依恋某物会招致灾祸。张彦远在收藏过程中的乐趣是那些自我意识较强的宋代鉴赏家们所无法体会到的。源于 10 世纪中期五代及 12 世纪早期北宋的覆灭而作的三部名篇，对"癖"的危害进行辩论。三篇文章应依次来读，因为后文似是部分地回应了前文。

尽管收藏癖具有潜在的危害，然而 11 世纪欧阳修在《集古录目序》中首次为其进行辩护。他的解决方案是基于收藏品的类型来假定其价值的等级。他区分了一般珍宝与古代遗物的差异，一般宝物如珍珠、黄金、裘皮，无非刺激了日常的贪欲；而古玩并不会造成实质风险，而且它们会增进人们对历史的了解。就一般珍宝而言，最重要的是获得它们的权力；而古代遗物，重要的是收藏家的品味及其对收藏品真挚的热爱。但是即便编撰谱录亦不能完全消除欧阳修对其收藏品前途命运的忧虑。他在《集古录目序》中虚构出一段对话，自我安慰道：

　　　　或讥予曰:"物多则其势难聚,聚久而无不散,何必区区
　　于是哉?"

　　　　予对曰:"足吾所好,玩而老焉可也。"①

　　欧阳修对其收藏品散佚的忧虑部分源于一至两个世纪前一
座唐代庄园的毁灭,其在《菱溪石记》中提到了这一点。② 另一位
鉴赏家叶梦得(1077—1148)曾言:"以吾平原一草一木与人者非
吾子孙也,欧阳永叔尝笑之。"③因为人人皆知,这一庄园早已
荒废。

　　在后世文人中,苏轼采用另一种策略来为收藏行为辩护,欧
阳修曾隐约指出,重要的是人们对癖好之物的行为表现而非收藏
品本身。苏轼同样假定了价值等级,但并非基于收藏品的类型,
而是收藏者的类型。

　　　　君子可以寓意于物,而不可以留意于物。寓意于物,虽
　　微物足以为乐,虽尤物不足以为病;留意于物,虽微物足以为
　　病,虽尤物不足以为乐。④

　　苏轼巧妙地甄别了"寓"与"留"之差异。"寓"是指人对某物
暂时的兴趣,而"留"则是指对某物长久的兴趣。在他看来,"寓"
将物视为得鱼之筌,而非关注物本身的价值。这样可使人们因爱

---

① 欧阳修,《集古录目序》,载《欧阳文忠公全集》,41.7a—b。
② 欧阳修,《欧阳文忠公全集》,40.1。该序言的英译见 Egan, *Literary Works of Ou-
　　yang Hsiu*, pp. 217 - 218。
③ 叶梦得,《平泉草木记跋》。英译见 Hay, *Kernels of Energy*, p. 34。
④ 苏轼,《宝绘堂集》,载俞剑华《中国画论类编》,1:48。笔者的英译在卜寿珊和时学
　　颜的基础上做了相应调整,原英译见 Bush and Shih, *Early Chinese Texts on
　　Painting*, p. 233。苏轼所提出的"寓"的概念可能借鉴了欧阳修的自传性散文《醉
　　翁亭记》:"醉翁之意不在酒,在乎山水之间也。山水之乐,得之心而寓之酒也。"
　　(《欧阳文忠公全集》,39.9—10,英译见 Egan, *Literary World of Ou-yang Hsiu*,
　　p. 16)

物而生的乐趣最大化,同时避免了"尤物"造成的危害。① 然而"留"则暗示了一种对实物的病态性依恋。苏轼用一个明显带有贬义的"病"字,而非较为模糊的术语"癖",来强调因"留"而生的酷爱所具有的危害性本质。他断定,只有达到"留"的状态的收藏才会给个人和国家带来灾难。

然而,词人李清照(1081? —1149)在具有自传性的《金石录后序》中对欧阳修、苏轼巧妙的说理进行了质疑,《金石录》是其夫、金石学家赵明诚(1081—1129)所编的一部金石学著作。国破夫亡,藏书遭毁,李清照经历了欧阳修与苏轼均曾担忧与警惕的灾难。她在开篇对欧阳修称金石收藏着眼于"订史氏之失"的崇高目标表示赞同,紧接着却语气突变,严厉地指责欧阳修认为学者收藏高于一切收藏的观点:"呜呼! 自王播、元载之祸,书画与胡椒无异②;长舆、元凯之病,钱癖与传癖何殊?③ 名虽不同,其惑一也。"④

苏轼称,收藏家的自制可以防止其热情的病态化,从而规避灾祸。对于这一点,李清照亦表示了质疑。在叙述其先夫"癖"性加重的系列事件中,她表明苏轼对于"寓"与"留"的区别仅一线之差。正如宇文所安所指出的,对于这对年轻夫妇

---

① 关于"尤物"一词,最常被引用的当属《左传·昭公二十八年》中"夫有尤物,足以移人。苟非德义,则必有祸"句,句中"尤物"指貌美女性。英译见 Dudbridge, *Tale of Li Wa*, p. 69。

② 王涯和元载为唐代名臣,遭贬谪并被赐死。根据《李清照集》的编纂者所言,"王播"当为王涯(约 760—835)的误写。王涯是著名的书画鉴藏家,失势后其收藏遭毁。元载在稳居高位之时积累了大量财富,于 777 年被赐死。元载被抄家时,从其家中抄出了八百石胡椒。

③《世说新语》中记载了这样一则轶事,学者、军事家杜预曾告诉晋武帝和峤有"钱癖",而自称他有"左传癖"。马瑞志将"癖"译作 "a weakness for"(Mather, *New Tales of the World*, p. 359)。

④ 李清照,《金石录后序》,载《李清照集校注》,第 176—177 页。

而言,收藏书籍最初是两人共同的闲情雅致,之后却演变为一场焦虑的噩梦。① 欧阳修在其自传中言道,案牍劳形,忧患思虑,而收藏却令其佚而无患。② 李清照孑身一人以十五船满载亡夫所遗书籍,身处金兵进犯之境,这一弱女子形象让欧阳修、苏轼所谓的"超然姿态"显得荒诞至极。

晚明"癖"潮

然而,降至 16 世纪,人们对于"癖"之危害所心存的顾虑似乎完全消失了。与以往不同的是,这一时期大量作品中展现出对"癖"的赞美,特别是以一种夸张的方式进行。"癖"成为晚明文化的重要组成,而与"情"(sentiment)、"狂"(madness)、"痴"(folly)、"癫"(lunacy)这些新的美德相关联。痴迷者不必再为己辩解或致歉。尽管或如士大夫谢肇淛(1567—1624)可能告诫同代人,任何一种偏好,无论是片面的还是极端的,都应视为一种病③,但是大多人还是乐意感染这一令人愉悦的"病毒"。"癖"与君子的生活变得须臾难离。

正如 16 世纪《癖史小引》所言:"凡人有所偏好,斯谓之癖。

---

① 关于《金石录后序》的部分英译和详细分析,见 Owen, *Remembrances*, pp. 80 - 98。

② 欧阳修,《六一居士传》,载《欧阳文忠公全集》,44.7a—b。关于该自传的英译,见 Egan, *Literary Works of Ouyang Hsiu*, pp. 217 - 218。

③ 谢肇淛,《五杂组》,7.299。在同卷临近的一段中(7.296),谢肇淛认为人的嗜好迥异,他借助历史实例为不同嗜好作了等级划分。其中,属于第一等级的包括"好游涉山水""喜未闻见之书"等,"此自天性,不足为病"。第二等级包括一些颇具争议的爱好,"好斗牛,好作驴鸣,好石",在谢氏看来,这些爱好"近于僻矣,而未害也"。第三等级中则包括了一些更加怪异的爱好,如"好洁,好忌讳,好鬼"。谢肇淛对此提出了切实的反对,"以之处世,大觉妨碍"。而于第四等级,他则表示了明确拒绝,"至于海上之逐臭,之嗜足纵,甚矣"。

癖之象若痴若狂……士患无癖耳。"①袁宏道亦言："余观世上语言无味，面目可憎之人，皆无癖之人耳。"②明遗老张岱（1599—1684?）也赞同道："人无癖不可与交，以其无深情也；人无疵不可与交，以其无真气也。"③17 世纪时期的张潮（活跃于 1676—1700 年）更是从美学角度确定了"癖"之不可或缺："花不可以无蝶，山不可以无泉，石不可以无苔，水不可以无藻，乔木不可以无藤萝，人不可以无癖。"④

11 世纪的知识分子已将"癖"视为一种重要的自我实现方式。到了 16 世纪，"癖"成为一种占据主导地位的自我表现方式。中国古人将诗歌功能理解为"诗言志"。这一说法也推及其他艺术形式，如绘画、音乐和书法。如今，这一观念不断延伸，几乎涵盖了所有的活动，不管它们有多荒谬可笑。此外，自我表现也不再是一种不情愿的行为，而成为一种必需，最重要的是，癖之美德并不在于挚爱之物，甚至挚爱行为本身，而在于癖所能达到的自我实现，如袁宏道所言："陶之菊，林之梅，公之石，人皆相传其癖爱为美谈，遂亦栩栩然，执一物癖爱以自喜。嗟哉，缪矣。""陶之

---

① 汤宾尹（1568—约 1627；1595 年进士），《癖史小引》，载华淑《癖颠小史》。关于华淑出版的作品，见王重民，《中国善本书提要》，第 421、425—426 页。汤宾尹似与华淑结友，这是因为在汤宾尹的文集《睡庵稿》（卷 5）中发现了他为华淑另一部文集所作之序《华闻修清睡阁集序》。《癖颠小史》中署名"袁宏道"的序文，实为华淑引自袁中郎的《瓶史》，后者是其围绕鉴赏所作的著名小品文。虽然《癖史小引》并未见于《睡庵稿》，但是笔者并不怀疑此篇序言为汤宾尹所作；当然，华淑节录汤宾尹已有文章为此序的可能性亦存在。

② 袁宏道，《袁宏道集笺校》，第 846 页。

③ 张岱，《陶庵梦忆·祁止祥癖》，第 39 页。张岱对这句话情有独钟，在其《五异人传》中曾再次提及，该文载张岱《琅嬛文集》，卷 4。

④ 张潮，《幽梦影》，164.6。在本书完成后，笔者注意到了八木章好的文章《聊斋志异の痴について》（《论〈聊斋志异〉中的"痴"》）。八木援引一系列相同的例子，探讨了明清思想中痴与癖的紧密联系，以及这种联系对蒲松龄及其《聊斋志异》的影响，相关讨论详见此文第 91—96 页。

菊,林之梅,米之石,非爱菊、梅与石也,吾爱吾也。"①

在这种最极端的等式中,主客之间的界限完全消弭。人们不再视"癖"为一种他异性状态,而是一种自我指涉的行为:不是他恋,而是自恋。

但是在 16 世纪,"癖"的理想化状态亦源于对"情"的新的考量,即人们对于特定物的狂恋是"理想的、专注的爱"(idealistic, single-minded love)②,"轻率而浪漫的激情"(headlong, romantic passion)③,这便是"情"。一旦将某人与其所痴爱之物间的关系定义为"情",那么也不难理解物何以被其所好者的挚爱所动,进而与之共鸣。人所痴迷的对象并非人,这就意味着将物拟人化,认为万物皆有情。我们将会看到,这一关于"癖"的重大理论发展对《聊斋志异》影响颇深。推动这一观念的不仅是中国古人万物有灵的宇宙观,也是这一时期"情"更为宽泛的内涵,它不仅是一种普遍的力量,甚至也是生命本身。④ 例如,17 世纪的《情史类略》睹记凭臆而成书,它记载道,情之力远胜宇宙万物,无论风雷石木,抑或兽禽鬼神。情史氏评论道:"万物生于情,死于情。"⑤

---

① 这些知名鉴赏家均以其癖好闻名。袁宏道的评语位于华淑《癖颠小史》中"石癖"条后。在《古今谭概》(9.426)中,冯梦龙收录了缩略后的袁氏评语。为了避免冗长,此处所引的末句使用了冯梦龙的缩略版。

② Barr, "Pu Songling and *Liaozhai*," p. 217.

③ Hanan, *Chinese Vernacular Story*, p. 79.

④ 关于"情"这一新概念的演变,学界至今仍理解得不够充分,但一般归因于王阳明(1472—1529)思想的影响。明代哲学思想对文学中"情"潜在影响的相关研究,李惠仪《引幻与警幻》(*Enchantment and Disenchantment*)当为上乘之作。

⑤ 詹詹外史、冯梦龙,《情史类略》,23.17a。情史氏的评语很可能为冯梦龙所写,他被认为托"詹詹外史"之名出版了《情史类略》。关于此书作者及内容的讨论,见Hanan, *Chinese Vernacular Story*, pp. 95–97;Mowry, *Chinese Love Stories*。白亚仁(Barr, "Pu Songling and *Liaozhai*," pp. 216–217)指出情史氏这一假名与异史氏相照应,说明蒲松龄很可能熟知《情史》。蒲松龄与冯梦龙评语之间的相似性不仅在于假名本身,两者有时会发表类似观点,甚至在遣词造句上亦有相似之处。

在这一框架中,人不过是受制于情的又一部类而已。

早期,记载"癖"的一条重要但非强制性的准则即离奇古怪、令人费解。正如《癖史小引》所言:"看牛斗、听驴鸣试之,人人不解意味,所以皆癖也。"[1]拥有怪异的癖好可以使人在稗史中享有声誉。例如,南朝时期的刘邕嗜食疮痂,以味似鳆鱼,或是唐代权长孺嗜好食爪。[2] 但是随着"癖"的热潮在明代逐步上涨,另一种变化开始发生:"癖"的对象不断变得标准化,成为衡量特定品质与品性的指标。降及16世纪,"癖"变得明显不再多元。尽管还有一些不同寻常的癖好为人所提及,例如,喜欢蹴鞠或是鬼戏,特别令人作呕的饮食习惯仍为人所津津乐道。[3] 彼时大多数的记载往往关注传统的癖好,最常见的是古书、绘画、金石、书法或是石头,一件不同寻常的乐器,一种植物、动物或是游戏,茶、酒、洁癖乃至断袖之癖。[4] 但是即使在这些癖好范围内,对于何种花、何种游戏的实际选择也开始被加以限定与模式化。

---

[1] 汤宾尹,《癖史小引》,载华淑《癖颠小史》。

[2] 顾文荐,《负暄杂录·性嗜》,载《说郛》,2.1319—1320。"嗜"常与"癖"联系起来,而其"口"字旁则说明了它与食物的密切关联。唐宋时期编纂的类书《白孔六帖》将"癖"置于饮食一目、"嗜好"一门中,主要列举了一系列怪异的饮食习惯。宋代类书《太平御览》沿用了"嗜好"这一条目,但其中也列举了一些与饮食无关的癖好。

[3] 关于此类列举癖好的两个例子,见谢肇淛,《五杂组》,7.296;冯梦龙,《古今谭概》,9.8b—10a。《聊斋》中有两则志怪故事叙述了关于嗜食自然界中异物的癖好,即《蛇癖》(《聊斋》,1.130)和《龁石》(《聊斋》,2.137)。中国文学中,常将食秽与洁癖联系起来,或接近于精神分析理论中常见的强迫症现象,将此与收藏癖联系起来思考应当是一个有趣的议题。

[4] 同性恋在此是一个特殊的例子,因其涉及人而非物,但即便如此,笔者仍倾向于认为重点在于一类人或一种行为,而非具体的某一个人。尽管在文学作品中有时也会出现耽于情欲或对自家妻室的痴迷,但是对某一特殊个人的痴迷,无论何种性别,通常不被视为"癖"而是"情"。此类文学作品可见《弁而钗》(成书于约1640年),这是一部关于男男之恋的短篇小说集,或《情史类略·情外》。与此同时,只有极端彻底的同性恋才能算是癖好,随意或偶发的同性关系则不是。张岱记叙其友有断袖之癖,明亡之际,抛下妻子与其男宠私奔,见《陶庵梦忆》,第39页。

及至 17 世纪,丰富的知识传统以及供鉴赏家们使用的手册或谱录发展到几乎涵盖了每一种标准的癖好。蒲松龄似乎对手册里各种收藏品的研究进行整合,从而形成他自己关于"癖"的故事的核心。《聊斋》的评论者经常会引用专门手册中的一些内容,解释并称赞蒲松龄精准的鉴赏力。白亚仁也表明蒲松龄从《帝京景物略》所述与蟋蟀有关的知识中取材,创作了著名的《促织》。蒲松龄对《帝京景物略》的内容进行删节,并为其制序。① 据白亚仁所言,蒲松龄援用了该手册中的大量细节——种类各异的蟋蟀,蟋蟀的饮食,甚至直接照搬其中的用语。②

《鸽异》开篇不同于其他《聊斋》故事,明显看出谱录及手册风格对其的影响。《鸽异》摒弃了《聊斋》以及大部分文言小说典型的传记或自传模式。实际上人们无法将故事开篇与谱录区分开来:故事开端枚举了不同种类的鸽子及其生活场所,还提供了一些如何喂养鸽子的建议。"鸽类甚繁,晋有坤星,鲁有鹤秀,黔有腋蝶,梁有翻跳,越有诸尖,皆异种也。又有靴头、点子、大白、黑石、夫妇雀、花狗眼之类,名不可屈以指,惟好事者能辨之也。"③ 蒲松龄也坦言其受惠于这样一部谱录,在故事中说道:富有的爱

---

① 蒲松龄为《帝景物略》所作小引,见《蒲松龄集》,1:53。
② Barr,"Pu Songling and *Liaozhai*," pp. 278 - 279。袁宏道的小品文《畜促织》(载《袁宏道集笺校》,第 728—729 页)援引贾秋壑(贾似道)的《促织经》,以之作为记录不同蟋蟀品种及饲养方法的权威之作。关于袁宏道一文的英译,见 Chaves, *Pilgrims of the Clouds*, pp. 83 - 88。
③ 笔者对鸽种的英译,借鉴了 Yang and Yang, *Selected Tales of Liaozhai*, p. 96。

鸽者"按经而求",务尽其种。① 事实上,蒲松龄自己也编有两部谱录,一部石谱,一部诸花谱,均现存完好。②

这些手册或谱录中有时也讲述了与其主题相关的个人经历。这些叙述可能是蒲松龄创作鉴赏题材故事最为重要的灵感来源。例如,宋代爱石者叶梦得在《平原草木记跋》中讲述所获一奇石如何神奇地医好他的病。③ "癖"的这一疗救特性在《聊斋》故事《白

---

① 蒲松龄可能参考了张万钟《鸽经》的某个版本。一方面,《鸽异》在遣词和内容上均与之有相似之处。故事中按地区列举鸽种的做法与《鸽经》十分接近,后者亦根据产地对鸽子进行分类。故事中地名的顺序亦与《鸽经》中一致,每一地名下所列举的鸽名也都与书中对应。两者之间另一个明显的相似之处,体现在如何叙述治疗病鸽。故事中提到,爱鸽者张幼量"冷则疗以甘草,热则投以盐颗"(《聊斋》,6.839)。而《鸽经·疗治》则写道:"热疗以盐,冷疗以甘草。"(张万钟,《鸽经》,50.5a)另一方面,故事中仍有多处与《鸽经》不同,如"夜游"鸽的得名由来和其他病症的治疗方式等。

　　蒲松龄熟知《鸽经》的另一原因或在于该书作者张万钟(字扣之)是山东邹平人,邹平县下辖于蒲松龄所属的济南府。张万钟为明末重臣张延登之子,官居高位,明亡后以身殉国。见 1696 年编《邹平县志》,5.8b;1837 年编《邹平县志》,15.47b—49a。

　　蒲松龄故事中富有的爱鸽者张幼量姓张,亦来自邹平。事实上,无论是故事的主人公张幼量还是张万钟均来自邹平县最富有、最具权势的乡绅家庭,坐拥名园。见成晋征,《邹平县景物志·名园》,3.11a, 3.15a。蒲松龄可能本想冠以其《鸽异》主人公《鸽经》作者之名,却错记了名字。

　　有趣的是,张幼量的名字虽然并未出现在方志中的进士名列,但他以对玩石而非鸽子的癖好闻名。钱塘诸九鼎在其《惕庵石谱》的序言中(与《鸽经》均收录于《檀几丛书》中,卷 44)提及友人邹平张幼量爱好玩石,曾以三百头牛将一中意的巨黄石从山中拽置园亭。同样的轶事亦见王晫,《今世说》,8.107;成晋征,《邹平景物县志》。

　　最后要指出的是,蒲松龄之友高珩可能与张幼量结交,高曾作诗《张幼量古剑篇》。见卢见曾,《国朝山左诗抄》,6.12b—13a。

　　蒲松龄的这则故事讽刺了爱鸽者,因其试图巴结父亲的一位身为高官的友人。蒲松龄很可能在讽刺收藏癖、纨绔子弟和谄媚者之余,也从某种讽刺时事的层面直指有钱有势的邹平张氏家族。

② 关于这两部石谱和花谱,分别见蒲松龄,《聊斋佚文辑注》,第 151—158,107—123 页。

③ 叶梦得,《平原草木记跋》。我们从蒲松龄 1707 年所作之诗《读平原记》中得知其熟知《平原草木记》。该诗载《蒲松龄集》,1:613。

秋练》中得到进一步佐证,它讲述了痴迷于诗歌的白鱀精的传奇故事。她的心上人为其诵读其最喜欢的唐诗,不仅医好了她的病,甚至令其死而复生。袁宏道《瓶史》中典型的爱花者在很大程度上预示了《葛巾》中癖好牡丹的主人公形象。常大用适以他事如曹,目注勾萌,作《怀牡丹》诗百绝。未几花渐含苞,而资斧将匮。

因为物与特定品格及历史人物相关联,"癖"的选择也受之影响。通过热爱某特定之物,这些爱好者竭力声称他们会忠于这些品质,或是效仿那些人物。这一理念早已在 12 世纪的《云林石谱序》中得以体现:"圣人尝曰:'仁者乐山。'好石乃乐山之意,盖所谓静而寿者,有得于此。"[①]

因此,如果一个人珍爱与石相关的道德品格如仁、静、寿及忠,或者他想要效仿著名的爱石者米芾(米癫),那么他就可能爱石。一些人可能爱菊,因为菊与纯洁孤傲及隐逸诗人陶渊明相关。尽管从理论上讲,"癖"是一种自发的冲动,但在实际中已成为关于自我修养的刻意行为。一旦某物成为某种特定品质的象征,那么它就很容易被认定为这些品性是其本身所具有的。这又导致对该物的拟人化:其不仅象征某一特定品格,还拥有并相应地展现这些品格。

物的拟人化是一种古老的诗学修辞。例如在 6 世纪的诗歌选集《玉台新咏》中,赋予物以情感属性及感知能力是一种常见的手法。自然之物,如植物,而人工制品,如镜子,均被描绘为一种分享或是回应人类情感的形象。有一描写宫殿台阶布满荒草的

---

① 孔传,《云林石谱序》。"仁者乐山"的典故出自《论语》(6.23):"智者乐水,仁者乐山。智者动,仁者静。智者乐,仁者寿。"英译见 Lau, *The Analects*, p. 84。

诗句,这样写道:"委翠似知节,含芳如有情。"①此后,中国诗学将这一手法定型为:触景生情,又寓情于景。② 但这种人格化,又不同于通过癖好展现的人格化。在《玉台新咏》中,镜子之类的物品可以反映人类世界的自恋情感。这些物本身没有独立的身份或情感,但其以寓言方式代表了言说者。例如,捐弃的扇子象征着班婕妤在皇帝面前失宠。③

然而,在袁宏道的《瓶史》中,花同人一样,也有着不同的心境。例如,他建议同行鉴赏家们如何区分花是喜是忧,是倦是怒,从而相应地加以浇灌。④ 在此,花可以感知自身的情感,而不仅仅反映和充实人类的情感。一旦物有独立的情感,其便能回应特定个人。由此,这一说法得以进一步发展,即物可寻得爱己之知己或挚友。张潮在其名句中亦体现了这一理念:"天下有一人知己,可以不恨。不独人也,物亦有之。如菊以渊明为知己,梅以和靖为知己……石以米颠为知己。"⑤

论《石清虚》

蒲松龄名篇《石清虚》的中心主题即由"癖"衍生而来。故事讲述了狂热的石头收藏者邢云飞和一块名为"石清虚"的石头间

---

① 《玉台新咏》,第 705 页。

② 这是关于中国诗学一大要点的简化表达。见 Wong,"Ch'ing and Ching in the Critical Writings of Wang Fu-chih"。

③ 传班婕妤作《怨诗》,载《玉台新咏》,第 78 页。英译见 Watson, *Chinese Lyricism*, pp. 94—95。

④ "八:洗沐",见袁宏道,《瓶史》,第 824 页。

⑤ 张潮,《幽梦影》,4b—5a。张潮列举的完整名单很长,涵盖了诸多拥有癖好的知名人物。

的友情。① 一日,邢偶渔于河,有佳石挂网。则石四面玲珑,峰峦叠秀。更有奇者,每值天欲雨,则孔孔生云,遥望如塞新絮。有势豪者闻之,差健仆踵门夺之。不料,仆忽失手堕诸河。乃悬金署约而去,无获。后邢至落石处,见河水清澈,则石固在水中。邢不敢设诸厅所,洁治内室供之。一日,有老叟造访,请赐还家物。为做验证,叟曰:"前其后九十二窍,孔中五字云:'清虚天石供'。"最终,邢减三年寿数,留之。叟乃以两指闭三窍,曰:"石上窍数,即君寿也。"尔后,邢与石遇多磨难,先有贼窃石而去,后有尚书某,欲以百金购之。邢不允,遂被收。后邢至八十九岁,如老叟所言,卒。子遵遗教,瘗石墓中。半年许,贼发墓,劫石去。邢之魄寻两贼,命其归石。取石至,官爱玩,欲得之,命寄诸库。吏举石,石忽堕地,碎为数十余片。邢子拾碎石出,仍瘗墓中。

蒲松龄以"异史氏"的名义,于评论开篇即指出传统上由尤物之"癖"而引致的忧惧,旋即笔锋一转,倒向了晚明时期所流行的崇情思潮。

异史氏曰:"物之尤者祸之府。至欲以身殉石,亦痴甚矣! 而卒之石与人相终始,谁谓石无情哉? 古语云:'士为知己者死。'②非过也! 石犹如此,何况于人!"异史氏援用的修辞手法突显了一种反讽意味:石头本该无情(无情,意为"无生命"),而人被定义为

---

① 原文见《聊斋》,11. 1575—1579。笔者的英译全文见附录。翟理斯在其英译中(Giles, *Strange Stories*, pp. 181 - 191)称主人公为"矿物学者"(mineralogist),并将其所藏之石称为"标本"(specimens),这种译法具有一定的误导性。主人公好石基于个人感情和审美体验,而非英国维多利亚时代所倡导的科学精神和当时对收藏"标本"的兴趣。然而非常有趣的是,翟理斯的译本面向世纪之交的英国读者,他试图从"科学"的角度解读中国人对石的热爱。
② 原句语出豫让,春秋战国时期晋国家臣兼刺客,行刺赵襄子未果而自杀。见司马迁,《史记》,86.2519。

"有生命",本应有情,但无情之石比多数有情之人表现出更多真情。

叙述中情的体现并不是静态的,主人公和石头之间的友情逐渐产生,不断深化,最终以彼此的自我牺牲而达到顶点。石头主动参与到故事之中。"天下之宝,当与爱惜之人。"故事中老叟这一关于痴狂收藏者的谚语式言说,不断重复,似可由一个新的视角加以解读:物自身选择并回应爱惜之人。石头自行挂到爱石者的渔网上,使自己被卷入一个充满情感的世界;石头强烈的欲求使其过早入世,仿佛《红楼梦》中作为宝玉前世的补天石。正如老叟对邢云飞所言,由于"彼急于自见",这石头提早三年入世。当邢云飞拥有此石时,石头美化自己以取悦爱惜者;而当其落入他人之手时,甚至连那神秘冒出的云烟都消失了。而且,在石头接二连三从邢云飞手中被强行夺走后,它走入邢云飞梦中安慰他,并巧妙设计,最终得以团聚。由此可见,故事巧妙地转换了收藏者和收藏品的角色:邢云飞成为石头之"癖"的对象。

李贽,晚明思想变革潮流中最有影响力的一位哲学家,在《方竹图卷文》中也曾探究过类似主题。① 其故事原型是 5 世纪《世说新语》中一则家喻户晓的故事,但是李贽对其进行了颠覆性的解读。《世说新语》这部小说集详细记述了魏晋名士的才智和勋绩,在 16、17 世纪尤受欢迎。这期间,诸多的版本与续书相继

---

① 李贽,《焚书》,第 130—131 页。

刊行,使其成为明清时期描写"癖"者名副其实的"圣经"。①李贽
所援用轶事与"竹之爱"有关:王子猷尝暂寄人空宅住,便令种竹。
或问:"暂住何烦尔?"王啸咏良久,直指竹曰:"何可一日无
此君?"②

由李贽的厌世观看来,相较于人际交往,王子猷(王徽之)愿
意引"此君"为伴。而竹本身也与有着不凡性情的王子猷惺惺相
惜(见图2):

> 昔之爱竹者,以爱故,称之曰"君"。非谓其有似于有斐
> 之君子而君之也,直怫悒无与谁语,以为可以与我者唯竹
> 耳③,是故傥相约而谩相呼,不自知其至此也。或曰:"王子
> 以竹为此君,则竹必以王子为彼君矣。⋯⋯"然则王子非爱
> 竹也,竹自爱王子耳。夫以王子其人,山川土石,一经顾盼,

---

① 鲁迅(《中国小说史略》,第52—53页)提及明末清初对《世说新语》的兴趣再燃。这
一时期癖之风潮盛行,人们对《世说新语》中所载魏晋名士的偏好,也应当在这一背
景下加以重新解读。尽管笔者已经提到,《世说新语》并未将"癖"单列一类,但是其
"惑溺"一卷中关于男子沉溺女色的轶事却在16、17世纪的诸多重刊、续书中变成
了"癖"的一部分。例如,何良俊的《世说新语补》于1556年出版并大获成功,其"惑
溺"一卷书写了明朝及以前那些著名癖好的历史。王晫《今世说》(1683年序)中
"惑溺"一卷的条目与男女之爱无关,而皆为癖好之例。华淑《癖颠小史》中诸多条
目复述或直接抄录了《世说新语》中的轶事。冯梦龙《古今谭概》中关于"癖"的一卷
也包括了许多《世说新语》中的轶事。
　　李贽友人袁中道为其作传,提及李贽有"洁癖"(《李温陵传》,载李贽《焚书》,第
3页)。李贽十分热衷于将《世说新语》中的魏晋名士与其所处时代那些离经叛道
之人联系起来(详见Billeter, *Li Zhi*, pp. 232 - 233)。1588年,李贽出版了《初潭
集》,该书结合了他对《世说新语》和《焦氏类林》的解读,后者是李贽之友、文献学
家、学者焦竑(1541—1620)于1587年出版的一部《世说新语》续书。晚明重刊的何
良俊《世说新语补》中附以李贽评点,表明读者充分认可李贽与《世说新语》所述名
士的关联。王重民指出,该评点从李贽手批《世说新语》原本即《初潭集》稿本中录
出,见《中国善本书提要》,第391页。

② 英译见Mather, *New Tales of the World*, p. 388.

③ 见Billeter, *Li Zhi*。在该书中,毕来德探讨了李贽作品中的一大主题,即他深感鲜
有知己。

图2 《独乐园图》局部

图为16世纪画家仇英(活跃于1530—1550年)所绘手卷的一部分。手卷描绘了宋代政治家司马光(1019—1086)的独乐园。司马光将历代文人名士的田居典故移入园中,布置各处景致。图中所绘的"种竹斋"即从王徽之爱竹的轶事中获得灵感。相比与人交往,名士王徽之更偏好与竹为伴。画面中,一片幽秘的竹林令王徽之超然于世外,置身其中,悠然自得。图片来源:《八代遗珍》(*Eight Dynasties of Chinese Painting*),第206—209页。克利夫兰美术馆,约翰·L.赛佛伦斯基金。

咸自生色,况此君哉!

　　且天地之间,凡物皆有神,况以此君虚中直上,而独不神乎![①] 传曰:"士为知己用,女为悦己容。"此君亦然。彼其一遇王子,则疎节奇气,自尔神王,平生挺直凌霜之操,尽成箫韶鸾凤之音[②],而务欲以为悦己者之容矣,彼又安能孑然独立,穷年瑟瑟,长抱知己之恨乎?

　　在李贽对晚明世人对于"癖"的肤浅追逐的批判中,通过赋予竹以人的意志和欲望而将竹人格化,他将主体与客体的位置加以对调。李贽认为,万物皆有"神",即一种内在的生命力量,并从这

---

① "不神"为双关语,"神"作名词和形容词时的含义不尽相同。"神"作名词时,指神灵;而作形容词时,则指神奇、神圣。

② 《尚书》中《箫韶》九成,凤凰来仪"一句的改写。

一或有些随意的万物有灵论中推断出:对于一个有意义的存在个体,比如人,需要知己来爱他们、理解他们。李贽通过借用传统上关于竹子与正直和坚毅等美好品格的联想,运用一系列双关语,巧妙地虚构出一个竹子试图取悦王子猷的场景,但是他对竹子的人格化显然是一种修辞姿态,是一种欺骗。①

《石清虚》中,蒲松龄进一步发展了李贽的思想。他细致地运用小说家的技巧,将无生命的物和人之间强烈的爱以一种连贯的叙述结构加以呈现,由此从字面上实现了李贽的这一修辞姿态。但一块无生命之石若成为一个真正的人,其必须经历死亡。故事令人震惊之处即石头将自己摔成碎片:有价值的变为无价值的,永恒遭到毁灭。石头对爱的感知,以承受苦痛和死亡为代价。其对邢云飞的痴迷在自我牺牲时达到高潮:为表达对知己的忠贞,为与知己生死相始终,最终其必须要如一位侠客或贞妇,选择自杀,毁灭自己的美。只有在毁灭中,石头方得以全身,与心爱之人一起长埋地下。正如道家所言,木以不材得终其天年,而作为"尤物"的石头只有使其物的价值彻底消失,方能归于平静。

蒲松龄选择"石癖"阐述完美友情的主题并非偶然。首先,传统意义上,石头被视为忠诚和坚毅的象征。例如,"石友"一词指

---

① 文中最巧妙且值得玩味的地方是,李贽将大量竹画题跋中的词句和双关语混杂整合,如"节"既指气节,又指竹节。这些题跋中最著名的当属苏轼为文同《墨竹图》所作的题诗:"壁上墨君不解语,见之尚可消百忧。而况我友似君者,素节凛凛欺霜秋。"(英译见 Bush and Shih, *Early Chinese Texts on Painting*, p. 35)
　　与李贽一文最为接近的是柯谦(1251—1319)为李衎《竹谱详录》(1319)所作序文:"今竹之族遇集贤大学士息斋李公,独何幸耶! 公孕霄壤间清气,胸次洒落,精神峻洁,与此君意趣默相符契……非谱与画所能尽,则竹之德也。竹心虚……竹性直……竹节贞。"(英译见 Bush and Shih, *Early Chinese Texts on Painting*, pp. 274-275)

忠诚的朋友,是石头常用的诗意指称。① 同样地,"石交"一词形容坚如磐石的友谊。蒲松龄本人一篇关于友谊的说教文中就曾用过该词。② 此外,正如笔者前文所提,将物之象征特质运用到该物上来作为其内在本质是很常见的。例如,《情史类略》中曾言"情坚金石",那么情即可凝而为金为石。③《石清虚》中,蒲松龄成功地将这些比喻性的表述赋予了具体的文字形式。④

明朝时期,石头成为人们狂热追捧之物。韩庄(John Hay)

---

① 在《石友赞》(载《昭代丛书》,第 77 册)这本短小的石谱中,王晫自比为石,而又正是他记录了这些石头的历史。朱熹(1130—1200)在为苏轼《竹石图》所作题跋中就提到过"石友"一词:"东坡老人英秀后凋之操,坚确不移之姿,竹君石友,庶几似之。"(英译见 Bush, *Chinese Literati on Panting*, p. 103)

② "其人在,我挟其困厄;其人不在,我抚其儿孙,此谓之石交。"(《为人要则》,载《蒲松龄集》,1:291)需要指出的是,"石交"在这里应放在个人友谊而非明遗民的语境下理解。

　　蒲松龄在清军入关时仅四岁,白亚仁将其归入一大批"中立"(middle)的清初文人之类,这些人认可清朝统治的合法性,但亦不畏惧表达对明遗民以及朝代更迭致民众遭受疾苦的同情。见 Barr, "Pu Songling and *Liaozhai*," pp. 121 - 123。

　　韩庄探讨了倪元璐(1594—1644)所绘的《石交图》册页,他将其译作"Rock Bound",见 Hay, *Kernels of Energy*, pp. 92 - 96。倪元璐为明朝官员,1644 年明亡之际自缢殉国。在这一背景下,我们不难理解这些画作隐喻了画家对明朝的忠贞之情。17 世纪中叶,石头往往指代了明遗民对旧朝的忠贞。《醉醒石》这部有着强烈遗民色彩的短篇话本小说集故此得名。题目中提及"石"字很有可能是为了使读者注意到小说集的这种遗民色彩。见 Hanan, "The Fiction of Moral Duty," p. 204。

　　尽管在 17 世纪中叶的一些作品中可见石头与明遗民感情色彩的强烈联系,但是我们没有证据认定"石清虚"也包含了这种政治意味或是对明朝灭亡的同情。无论是故事本身或是异史氏的评语,都没有任何线索表明这种解读的成立。同样地,在其他一些关于花或梦的《聊斋》故事中也并未包含象征遗民的内容,但是归庄、董说等明遗民对故事进行了这样的解读。由此可见,这一时期,文化符号的解读明显变得更加多元而灵活。

③《情史类略·情化》题评,见詹詹外史、冯梦龙,《情史类略》,卷 11。

④ 高辛勇指出了《聊斋》中他所谓的"比喻的叙事化实例"(narrativized instances of figures),见 Nienhauser, *The Indiana Companion to Traditional Chinese Literature*, p. 129。李惠仪则讨论了《聊斋》中"暗喻的字面化"(literalization of metaphor),这种方式使那些非人类世界变得自然,见 Li, "Rhetoric of Fantasy," pp. 50 - 52。本书第五章和结语详细讨论了比喻性语言的字面化。

在关于中国赏石艺术的研究著作《气之核与地之骨》(*Kernels of Energy Bones of Earth*)中就曾指出，中华帝国晚期，石头俨然成为中国的文化标志。石头与小说一样，若足够不凡，足奇，足怪，便会得到赞赏。石头不再是普通之物，而是一件艺术品，其价值不在于人工技巧的巧夺天工，而是其别致的自然特质。人们认为，痴迷于一块未经打磨与雕琢的石头是高雅的，相比之下，对于玉石和宝石的热爱则是粗鄙的（明朝后期，人们甚至令玉雕雕琢得看起来更像原石①）。只有真正的鉴赏家才能够品评石头，但是正如蒲松龄所述，在石头被标以高价的市场上，权势者和富有者逐石只为显示身份地位，而无知者则以石谋利。正如李贽之竹，据说其会厌恶虚伪的爱慕者，而蒲松龄故事中的石头也不会报答其他石头收藏者虚假的热爱。正是主人公即使身处堕落腐朽环境之中，仍能保持纯正而坚毅的痴迷之心，方才赢得石头的生死相随。

　　蒲松龄笔下爱石之人的创作灵感显然是来自宋朝书画家米芾，其于石头的痴迷可谓是人尽皆知。米芾因拥有"鉴赏家"这一耀目的标签，而被奉为"痴"与"癫"的完美典范。明朝时期，大量关于米芾的轶事集得以出版，充分证明了他的人格魅力。② 米芾的"痴"与"癫"很好地顺应了晚明的主情思潮，这亦可体现在诸多蒲松龄作品主人公的身上。《石清虚》中邢云飞的痴狂可以在米芾有名的轶事中寻到先例，此事甚至在《宋史·米芾传》中亦有所

---

① 见 Wu, "Tradition and Innovation"。该文探讨了明代文人对璞玉的热衷，他们以此获取石之灵气与视觉上的"天然"，并将自己与那些只懂欣赏人工之美的好事者区分开来。

② 尽管在中国历史上有其他诸如牛僧孺、苏轼等著名的石头鉴赏家，但是米芾的名声似乎远超他们。在有关癖好的著述中，米芾的名字总是固定不变地与石头联系在一起，特别是在冯梦龙的《古今谭概》和明代有关《世说新语》的续书中。关于明代不同版本的米芾轶事，见 Gulik, *Mi Fu on Inkstones*, pp. 3-4。

记载：米芾具衣冠拜石，呼之为兄，或丈。①

可以确定，蒲松龄至少是熟知米芾此故事的。该故事不仅在 17 世纪广为流传，亦在蒲松龄名为《石丈》的诗中被重写。诗中所讲之石至今仍存于蒲松龄友人兼馆东毕际有的石隐园旧址内：②

> 石丈剑戟高峨峨，幞头靴靿□鞋蓑。③
>
> 虬筋盘骨山鬼立，犹披薜荔戴女萝。④
>
> 共工触柱崩段段，一段阃竖东山阿。⑤
>
> 颠髻参差几寻丈，天上白云行相摩。⑥
>
> 我具衣冠为瞻拜，爽气入抱痊沉疴。⑥

可以说，蒲松龄这首诗是风行于 17 世纪艺术作品中"米芾拜石"图的文学再现⑦，但有一点重要不同之处：在诗中，诗人（"我"）模仿米芾拜石，以汲取心灵慰藉。虽然在其他作者的类似诗作中，米芾本人常成为描写的对象⑧，但该诗不然，着重对形似山脉的石头加以神话式描绘，米芾诗人的形象则后退成为背景，只在尾联惯例性地出现。

---

① 《宋史》，444.13124。冯梦龙在为《石点头》这部短篇小说集所作的序言中，从宇宙论的角度为米芾对石之痴狂正名："且夫天生万物，赋质虽判，受气无别，凝则为石，融则为泉，清则为人，浊则为物。人与石兄弟耳。"（《石点头》，第 329 页）接着，冯梦龙论述道，石亦有知，由此达到了修辞上的高潮："丈人丈人之云，安在石之不如人乎？"而蒲松龄笔下的异史氏则更进一步：石头不仅与人可比，甚至胜于人。

② 山东大学的马瑞芳教授于 1987 年 6 月曾带笔者观赏过这块石头，特此致谢。

③ 此句中第五个字因佚空缺。这里是蒲松龄在服饰与草木名之间的游戏文字。

④ 这是对《楚辞·九歌》句的改写。蒲松龄定十分喜爱此句，他在《聊斋·自志》中亦曾引述。

⑤ 相传共工触不周山，折天柱，而使天倾，女娲因此炼石补天。

⑥ 《蒲松龄集》，1：620。

⑦ 关于米芾拜石图的讨论，见 Hay, *Kernels of Energy*。

⑧ 比较袁宏道《石淙·其一》中的诗句："石是米颠怀袖出。"（《袁宏道集》，第 1460 页）

出乎意料的是，与诗相比，《石清虚》中对石头的描述反显得较为克制。其中没有华丽辞藻，亦无诗中常见的典故。取而代之的是，在石头最开始出现时，蒲松龄对其做了简洁而生动的描述："则石径尺，四面玲珑，峰峦叠秀。"而后对石头与众不同的外形的进一步描述，如孔窍的数目、刻有名字的小字及其放出的云烟等，只是在情节构架范围内根据故事发展的需要逐步填充，但这些细节并没有驱散其神秘的光环。石头真正的形象是留给读者去想象的，是通过故事中人们对其不断夺取而加以展现的。

更为重要的是，《石清虚》并非简单复述了这则家喻户晓的轶事，相反，蒲松龄在 17 世纪浓厚的"癖"文化氛围中创作了一系列新型轶事。故事的主人公绝非仅仅模仿米芾，其超越了米芾，放弃了自己三年寿数，为石头不惜一切，这使得此前历史上有案可考的石头无不黯然失色。冯镇峦评论道："南宫石丈人具袍笏而拜，想无此品。牛奇章号为好事，谅亦未尝见此。"①但是邢云飞之石不仅受到崇拜，还被注入了魔劫和人性，它能够回应真正赏石者之爱，这是"石丈"永远也无法做到的。

除却《石丈》，蒲松龄另有两首吟石诗。② 如前所述，他还编纂了一部石谱。蒲松龄巧妙地将诗中和石谱中有关石头的显而易见的知识融入他的故事中。例如，石头散发云烟的特质或许是虚构的，但是这借用了传统意义上人们对于石头、峰峦和云烟的联想。③ 石头可以预测天气，似有些历史依据，如可在对一块传

---

① 唐朝名臣牛僧孺作传奇小说集《玄怪录》，其为早期著名的赏石收藏者。

② 这两首诗分别是《题石》(《蒲松龄集》，1：620)和《石隐园》(《蒲松龄集》，1：619)。

③ 石泰安(Stein)指出《云林石谱》描述了一块形似山峰的石头，其孔穴可散发云烟："峰峦迤逦，颇多嵌空洞穴，宛转相通，不假人为。至有中虚，可施香烬，静而视之，若烟云出没。"他认为，中国人对山峦形状的赏石之热爱，可上溯至汉朝博山炉的流行。见 Stein, *World in Miniature*, p. 37。

为米芾所有的山形砚台的描述里得到佐证："龙池，遇天欲雨则津润。"①同样地，历史上与同时期（17世纪）均曾有以人名直呼石头的做法。正如在一幅17世纪精美的太湖石图轴（见图3）中，顾锡畴题诗道："石亦有名号，呼之曰玄云。"②蒲松龄在故事中，称石头爱好者为"邢云飞"，听起来更像石头之名"行云飞"，这也绝非巧合。③ 最后，石头收藏史因鉴石者间史诗般的争夺战而臭名昭著。《石清虚》中，我们可以看到这些争夺战的缩影。为了强调主人公对石头"癖"的纯粹，故事中其他试图抢夺石头之人均非真正的石头鉴赏者，他们将石头在市场上廉价兜售。

《聊斋》中还有许多写对花或者乐器喜爱而成癖的故事，同样十分精彩。《石清虚》与其他叙"癖"故事不同并非在于对物的拟人化，因为《聊斋》故事中的主人公常常会爱上他们癖好之物的人格化身。这些志怪故事的主题之一就是不断将非人之物（物品、动物、植物、鬼魂）赋予人的行为，且这种拟人化的范围非常广。在一个极端上，物保持其原有外形，但具有人的道德观和欲望；在另一个极端上，物拥有了人形，极其像人以至于经常被错认为人，但到了故事结尾，真相便会揭露。在第一种情况下，物没有外在形态的变化，只是精神被拟人化；而在第二种情况下，变形是必不可少的，其精神和外形均被拟人化了。但是，在不同的拟人化例子中，拟人化的程度又有所不同。所以，尽管在《聊斋志异》中，诸

---

① 英译见 Hay, *Kernels of Energy*, p. 83。关于这块砚台附以铭文的版画插图（形似方志中的山地图）见陶宗仪（1316—1403），《辍耕录》；Hay, *Kernels of Energy*, p. 81。

② 薛爱华（Schafer）指出，北宋的末代皇帝徽宗是位"臭名昭著的爱石者"，他甚至将一块怪石封为"盘古侯"。盘古是远古开天辟地之神，他的身躯化为山河万物。见 Schafer, *Tu Wan's Stone Catalogue*, p. 8。

③ 姓氏"邢"为"行"（行动）的双关语。

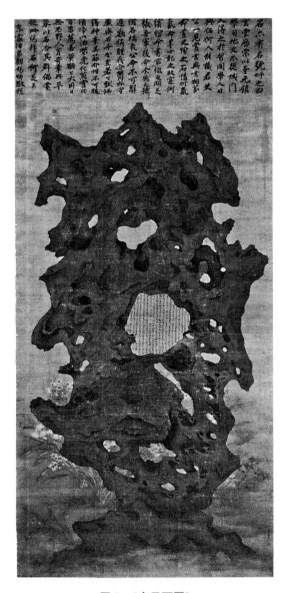

图 3 《玄云石图》

《玄云石图》轴,绢本设色,晚明张昆琳绘。纵233.6厘米,横101厘米。画轴上方有顾锡畴(1619年进士)题跋。此画尤为与众不同的是,另一篇题识充盈了奇石中部的洞眼。图片来源:《苏富比拍卖行中国绘画珍品拍卖图录》(*Sotheby's Catalogue of Fine Chinese Paintings*,纽约,1989年12月6日),第43页。该画目前收藏于香港敏求精舍。

多不同的癖好之物均被拟人化,但是有的看起来更像人,有的看起来更像物,差别较大。

在爱花成癖的《聊斋》故事中,尽管字面上有线索表明主人公是花,但在故事中仍首先以女性形象示人。其中,《葛巾》主人公是牡丹花,《黄英》主人公是菊花。这两个故事的魅力之处在于,主人公是花非人这一真相的揭露是被延迟的。整个故事设置了身份的谜团,但这些谜团不难解开,这就使得当时读者读来津津有味。[1] 蒲松龄在另外两个爱乐器成癖的故事《宦娘》和《局诈》中,采用了另外一种手法。尽管两个故事的关目均为古琴,但并没有完全被拟人化。古琴并未经历任何变形,亦未被赋予任何鲜明个性。故事中,它一直是珍贵而被动的欲望对象。

《聊斋》故事中,《石清虚》可谓与众不同,因为虽然石头仍是无生命之物,但其有了个性,有了身份,有了人的存在感。只有在梦中,石头才会以人形现身[2],与人直接对话,向人介绍自己是"石清虚"。当石头的名字出现在铭文或者石谱中时,"石"字通常在名字之后,而非在名字之前。此便是为何故事中孔中字曰"清虚天石"。然而,在石头的自我介绍以及故事的标题中,顺序被调换了。"石"字置于最前而非最后面,这样"石"就相当于汉语中的姓氏。石头的姓氏与名字有意倒置暗示了一种微妙的拟人化。这个新的姓名承载了其"外在石形,内在人神"的精巧平衡:"石"实际上是一个很普通的姓氏,石之名"清虚"二字即令人联想到其不同寻常而为人所赞之"气之核"。[3] 这种平衡在晚明有关石的画作中也得

---

① 关于《聊斋》中爱花成癖的故事的讨论,见 Li, *Enchantment and Disenchantment*。
② 正如米芾将其爱石称作"石兄",在中国传统想象中,石头属阳,而花则属阴。
③ 这一关于"石"的反复出现的定义,较早见于晋朝的《物理论》中。见 Hay, *Kernels of Energy*, p. 128 n72。

以实现,正如韩庄所言,"由外在形态与纹理以刻画内在性格"①。

蒲松龄笔下的石头可能是虚构的,但自宋以降,诸多艺术家均曾描绘过他们所中意的石头,并赋予其自己的想象。17世纪早期的一幅画卷(见图4)可以让我们深入了解《石清虚》及其产

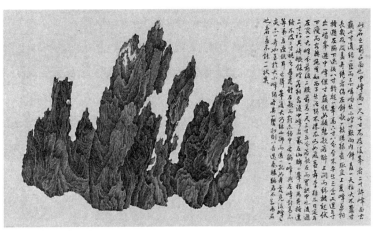

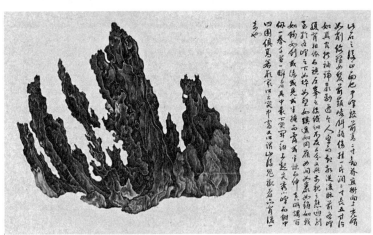

图4 《十面灵璧图》局部

图为吴彬《十面灵璧图》手卷的局部,从两种视角描绘了米万钟的藏石,并配以米万钟的题识(1610年作)。

---

① Hay, *Kernels of Energy*, p. 97.

生的文化背景。① 手卷所绘的石头为著名官员米万钟所藏。米万钟(1570—1628),号友石,自称是米芾后人。但人言其无芾之颠而有其癖。② 虽然米万钟亦是有名的书画家,擅长画石,但此画是其友吴彬(活跃于 1591—1626 年)所作,他是一位职业的山水画家,也是一位石头爱好者。③ 初看,这幅作品似静物写生,石头工整逼真,米万钟的描述也写实严谨,记录了每个石峰的尺寸、形状、姿态以及纹理。但是若定睛细看,石便非静止的了,或者说,感觉没有那么写实了。石头异常古怪,其长长的笋状石峰被神秘的空间隔开,看起来似在移动,如在风中飘浮,像在火上摇曳,但其仍然保留了石头的坚实质感。④

此画卷最不同寻常之处在于,它包含十幅与实物同样大小的同一块石头的画像,但每一幅均选取了不同视角。其在一块石头上所下的功夫,让人仿佛觉得这是一名男子,陶醉于情人的每一姿势、每一表情变化,被迷得神魂颠倒。许多描绘奇石的册页以及内含插图的石谱出现在 17 世纪,而如蒲松龄所编的这种没有插图的石谱则更常见。⑤ 这些作品一般是为了记载大量不同寻常的例子。吴彬的画卷本质上也属于某种石谱,只不过较为特殊,看似描绘了各种石头,实则仅仅记录了一个孤例。

---

① 这幅手卷见于 *Sotheby's Catalogue of Fine Chinese Paintings* (New York, Dec. 6, 1989), pp. 38 - 39。白玲安允许笔者借阅了这幅手卷及其题跋的相关照片,特此致谢。

② 俞剑华,《中国美术家人名词典》,第 242 页。

③ 基于米万钟 1610 年所作的最后的题跋。

④ 著名画家、艺术理论家董其昌(1555—1636)对此画的题跋强调了这一点。

⑤ 林有麟于 1603 年所刊印的《素园石谱》是一部特别有趣的石谱,其中各类名石的版画,均为艺术家臆想。没有插图的石谱收录于各类丛书之中,包括《说郛》《檀几丛书》《昭代丛书》《美术丛书》和《玉石古器谱录》等。

对于同一物的强迫性复现是吴彬画作和蒲松龄小说的共同之处。《石清虚》中,最明显的特点便是变化甚微的相同情节在故事中复现:石头爱好者邢云飞寻到石头,然后有人将它抢走,但是每一次石头均能自己想方设法回到邢云飞身边。这种失而复得的模式在故事中共出现了五次,但是这种重复并不是单调的,因为每次失去,邢云飞因痛失宝物而悲痛欲绝,其程度远比上一次更为强烈;而每一次失而复得,他表现出的喜悦也更真切。每失去一次,邢云飞都会不遗余力地想要将它找回:他舍弃自己三年的寿数,变卖了家里的田产和地产,屡次想要悬梁自尽。即便邢云飞的死亡也没有打破这一循环,邢云飞变成复仇的厉鬼要求盗石者归还石头。故事的这种复现性与循环性也刻画了"癖"的强迫性结构:"欲望,占有,失去";继之以新的"欲望,占有,失去"。但是这一反复有些过度,因为这超出了我们的预期,如同吴彬画作过度描绘同一物的不同样态,也让赏画人感到出乎意料。

在画卷末颇具私人性的题词中,米万钟自称天生爱石,将其对石头的癖好追溯至初谙世事之时。他收藏石头三十载,获鉴赏家的美誉,但是画中的这块石头才是他终其一生准备找寻的。他讲道,这块石头十分神奇,当他把石头带回家时,他大量收藏的其他石头无不退避三舍,仿佛承认了自己略逊一筹,甘拜下风。因此,不仅可以说这块石头是他收藏品中最闪耀的瑰宝,因为其他收藏品遇到它无不黯然失色了,而且可以说,这一块石头便是他全部的收藏。

这可能是吴彬画作与蒲松龄小说最大的相似之处。在《石清虚》开篇,爱石者邢云飞被描述为"不惜重直"买石之人。然而,自从他从河中捞起清虚之石后(石头主动现身,正如米万钟之石渡河而来①），再也没有提及其他的石头。自从邢云飞醉心于这块石头之后，其他石头便不再被提及。邢云飞的其他收藏就这样从故事中消失了，就像米万钟千辛万苦所得的其他收藏在那块石头面前黯然失色。和米万钟一样，邢云飞只对一块石头情有独钟。当将之最大程度地理想化之后，蒲松龄和吴彬似乎都触到了"癖"的本质。②

晚明主情思潮影响之大，不但塑造了蒲松龄故事和吴彬画卷中对"癖"的再现，也使得医学话语发生了转变。至 16 世纪晚期，"癖"已不再只是一个医学术语，这层含义几乎消失殆尽，更为流行的是其引申义"上瘾"或者"沉迷"。③ 在李时珍的医学百科全书《本草纲目》中名为"癖石"的条目之下，他解释了何为"癖"："有人专心成癖，及病症块，凝结成石。"④李时珍对"癖"的医学含义的理解源自"癖好"的引申义，他认为这是一种精神的而非身体的疾患：全身心地专注于某事有碍于消化，这种未能消化之物最后会凝结成石。在这一有趣的释义中，李时珍将"癖"在

---

① 基于米万钟最后的题跋。

② 明清时期的收藏观在蒲松龄的故事和吴彬的手卷中以如此极端的形式表现出来。这种观念实际上预示或普及了西方当代批评家对收藏行为的后现代主义批判，例如见苏珊·斯图尔特（Susan Stewart）在《憧憬论》（On Longing）一书中的讨论。在中国，就理想化的"癖"而言，收藏者与其收藏的关系并不随意，因为收藏之物本身有着重要的文化意义，尤其具备了高尚的道德品质。两者之间的关系亦非单向，因为收藏之物本身对收藏者的需求，等同于收藏者对这些物的需求。因此，才有了物品自行慎重选择合适藏家的想象。最后，收藏家之所以能够获得一件稀有之物与运气和鉴赏能力无关，而是道德因果关系。正是因为藏家的虔诚，其才值得拥有某件藏品。

③ 不同于早期医书将"癖"视为一类消化疾病，"癖"在包括李时珍《本草纲目》（见卷3—4）在内的任何一个标准疾病分类中均不再属于重症，这反映了 16、17 世纪的医学传统。"癖"字在 16、17 世纪的医书中出现时，仅作为烟瘾、酒瘾的动词使用。费侠莉告知笔者"癖"作为疾病的含义逐渐消失，特此致谢。当然，《正字通》等明代字书仍然在释义中列举了"癖"早期的医学含义。

④ 李时珍，《本草纲目》，52.96。

传统医学中的界定与当时主流文化对之的理解加以调和。

李时珍主要对体内的积滞之物如何化为石这一过程颇感兴趣。他枚举了其他为人所熟知的石化例子,包括陨星、肾结石、化石以及舍利子。他解释道,每个例子中,石化均是由于"精气凝结而然"①。但是,这个传统的理论太过模糊,他并不满意于这种解释。为了进一步说明人体的石化现象,他借用了明代主情说。②他援引"波斯人破墓"这一令人惊叹的故事来佐证这一理论。"波斯人发古墓,见肌肤都尽,惟心坚如石。锯开,中有山有如画,旁有一女,凭阑凝睇。盖此女有爱山水癖,遂致融结如此。"③心中石化的图画记录了她死时的情形。女子对于山水的爱恋刻进了其意识之所在——她的心中,使自己也成为石画的一部分。事实上,某些石头,如大理石,的确因其如画的山水图案而倍受珍视,韩庄称这些天然图案为"大理石中的山景"④。在石化的过程中,心不会像其他器官一样腐烂,而是为后人记录下怎样的癖好使之化为石。

在这一条目结尾,李时珍根据以毒攻毒的原则开出了一个药方:口服溶解的癖石可用来医治噎膈,这种症状通常表现为不能下咽、呕吐、便秘。此条目最后云:"一人病症死,火化有块如石。此皆症癖顽凝成石之迹。"⑤如此,石即成为"癖"之完美象征,是"癖"在肉体上所生之物,亦是治愈"癖"的良方。绕了一大圈,最后我们还是回到了蒲松龄《石清虚》中所讲的:只有石头彻底毁

① 李时珍,《本草纲目》,52.96。
② 关于对此论点的充分讨论,以及对李时珍"癖石"条的解读,详见拙文《石化之心》("The Petrified Heart")。
③ 李时珍,《本草纲目》,52.96—97。
④ Hay, *Kernels of Energy*, p. 84.
⑤ 李时珍,《本草纲目》,52.96。

灭,爱石者方能戒除癖好,从而归于平静。

嗜好与讽刺

虽然《石清虚》中的爱石者以身殉石,被异史氏贬为"痴甚矣",但这显然并非真正的斥责。文末评论中充满赞赏的语调,与晚明对"痴"与"情"的美化是相一致的,癖好的泛滥(excesses of obsession)被大肆鼓吹为自我表现的最高形式。

然而,在很多其他故事中,蒲松龄与晚明时期的主情思潮分道扬镳,转而揭露癖好阴暗的一面。在这些痴迷成瘾的故事中,癖好被剥掉了光环,显露出其使人陷入悲惨境遇的潜在可能。《聊斋》故事中刻画了诸多骇人的嗜好者形象,如嗜赌、好色、贪杯、迷信堪舆术、嗜好下棋,这些断然不是理想的或值得称许的。整体上,这些更为传统的道德故事,强调过度放纵和丧失自控力而导致的不良后果。比如,在《赌符》篇中,嗜赌成性的赌徒,在一次豪赌中田产尽输,而后即便在一道道符的庇佑下重获家产,仍不肯罢手。最后,直至符咒突然消失,他才幡然醒悟,大惊而罢。担心其观点尚未完全表达清楚,异史氏为故事附上了长篇的说教,用以哀叹赌博的罪恶,开篇即曰:"天下之倾家者莫速于博,天下之败德者亦莫甚于博。"蒲松龄显然对赌博这一癖好感慨颇多,不禁又在另一则故事中涉及了这一话题,《任秀》篇中,喜博本是赌徒任秀的陋习,但是其在舟上重操旧技,却反讽性地为其亡父赢回了为人所私吞的家资。

谢肇淛在《五杂组》中枚举了历史上因嗜好不能自克而殒命

的名人,并淡然地评论道:"死生亦大矣,而人之所好,有甚于生者。"①蒲松龄将这一观念生动地演绎成了小说,其笔下的成瘾者不仅因嗜好而殒命,即便是在来世也是旧习不改,甚至死亡也无法阻止《棋鬼》或《酒狂》故事中主人公对癖好的痴狂。《酒狂》中的缪永定忘记其已身死,却如往常一样喝得酩酊大醉,在地府耍起了酒疯,直至最终有人将其从利刃如麻、肮脏污秽的溪水中捞出。这解释了缪永定僵卧三日苏醒后的宿醉状态。但即便如此,仍然无法消除其酗酒的恶习。结果在又一次醉酒后,他便永远地去地府见阎王了。

在《棋鬼》篇中,故事则更令人感喟不已。一名年轻的书生嗜棋成癖,父亲为此愤恨而终;于是书生被罚入饿鬼炼狱,接受惩罚。后遇地府征召文人撰写碑记,阎王命书生前往应召,自赎前罪。不料在阳间偶遇他人对弈,棋瘾复发却又屡屡落败,最终愆滞期限,永无生还之期。异史氏曰:"见弈遂忘其死;及其死也,见弈又忘其生。非其所欲有甚于生者哉?然癖嗜如此,尚未获一高着!"

很难断定究竟何事更令异史氏哀叹——是棋鬼注定永不得超生的命运,抑或是其纵有如此癖好,却棋艺不精?故事中的书生嗜好对弈,却在棋局中惨败,这显然有悖于晚明关于癖好的理想化观点。而事实上,智者往往若愚,如在《阿宝》篇中,异史氏曾据此而为"痴"加以辩护:"性痴则其志凝,故书痴者文必工,艺痴者技必良。世之落拓而无成者,皆自谓不痴者也。"②

尽管出于对痴迷和专注的推崇,癖好被美化为一种首要的自

①谢肇淛,《五杂组》,7.300。
②英译见 Barr,"Pu Songling and *Liaozhai*," p.223。

我表达方式,但是这种过度的行为也不可避免地成为社会讽刺的
对象。这一主题所具有的喜剧可能性在《宋史·米芾传》已然清
晰可辨。米芾拜石的轶事在当时被引为笑谈。① 事实上,这则轶
事在流传过程中被附上了一句妙语,从而完全削弱了其自身的严
肃性。据冯梦龙《古今笑》载,或语芾曰:"诚有否?"芾徐曰:"吾何
尝拜? 乃揖之耳。"

关于癖好的两种模式——称颂与讽刺——并存于某些作家
的作品中,甚至在晚明的某些书中也可窥见。冯梦龙在对《情史》
的评论中宣讲"癖"与"痴"的"福音",却又在《古今谭概》一书中将
这些相同的个性特点当作了笑柄。《癖颠小史》序中郑重地宣扬
癖好的德行,但书中的大部分故事十分滑稽,显然是作为笑话来
写的;其评论亦倾向于通过取一些荒唐可笑的绰号,或者将一些
不相容的欲求配置在一起(pairing incompatible cravings),以达
到最大化的幽默效果。在《聊斋》中,尽管某些故事将癖好视为严
肃的话题,但有时在同一故事中也不乏对之的讽刺。例如,在《黄
九郎》一篇中,主人公何子萧有同性恋的取向(断袖之癖②)。他
为爱痴狂,即使牺牲性命也不愿与九郎分离,作者以极为同情的
笔触记叙了这段人狐之恋。当何子萧因真爱而殒命后,却借躯返
魂成为异性恋者,故事由此也滑入喜剧。在故事的结尾,异史氏
又一次语气突变,以骈体文的形式,沉浸于神秘而充满敌意的关
于同性恋的"笑判"中。整段文字充满学识又巧含双关,博学的文
风与情色的内容形成了鲜明的对照。

《鸽异》中的富家公子张幼量,癖好养鸽,自称齐鲁养鸽家之

---

① 《宋史》,444.13124。
② "断袖之癖"的典故,出自班固《汉书·董贤传》,见《汉书》,13.3733。汉哀帝昼寝欲
起,衣袖为嬖爱的男宠董贤所压,为了不惊动未醒的董贤,竟割衣袖而起。

最。其对鸽子的照料,如母亲对婴儿一般无微不至。张公子对鸽子如此痴爱,终蒙鸽神现身造访,并赠送了一对雪白的鸽子。这对白鸽以及所育后代成为张公子鸽群中的珍品。而后,张幼量的父亲有一位做高官的朋友,曾询问养鸽之事,张公子以为高官亦是爱好鸽子的行家,为博其欢心,只好忍痛割爱,将一对雪白的鸽子赠予了高官。他日,张公子又见到这位官员,但令他懊恼的是,高官说话间,并无半句感谢赠鸽之语。

> 心不能忍,问:"前禽佳否?"
>
> 答云:"亦肥美。"
>
> 张惊曰:"烹之乎?"
>
> 曰:"然。"
>
> 张大惊曰:"此非常鸽,乃俗所言'靼鞑'者也!"
>
> 某回思曰:"味亦殊无异处。"

这则笑话以喜剧性的停顿而完美呈现,缓缓推进,随着张公子所担心的最坏结果成为现实,而抖出了"包袱"。故事最终凄惨收尾:剩余的白鸽因张公子的背叛,弃他而去;而张公子出于悔恨,将所养的鸽子悉数送与了他人。再一次,一种癖好以分离和失去而收场。异史氏斥责公子讨好官员的做法,但同时为其痴好加以辩护:"亦以见鬼神之怒贪,而不怒痴也。"

评论后所附两则简短轶事与其说是故事,不如说更接近于笑话;其本质上是《鸽异》中所讲笑话的变体。在第二则轶事中,有一僧人,是痴迷品茗者。贵官来访,僧人以二等佳茗相待。然而,那位高官并不言语,僧人因此心中不安,揣测其必是真正的品茗行家,于是立即沏上最上等的香茗进奉。饮后,高官却仍是不赞一词。僧人屏息问茶叶何如,答曰:"甚热。"对于《鸽异》这一主体故事而言,这两则附属的小故事进一步强化了其喜剧性而非悲剧性。正如蒲松龄在文末评论中所明确指出的:"此两事,可与张公子之赠鸽同一笑也。"

在《癖颠小史》中,这则关于鸽子的笑话,尚有另一个版本,与著名书法家王羲之有关。据说由鹅颈的曲线,王羲之可以体悟书法运笔的奥妙,所以羲之性爱鹅。[①] 知晓王羲之的这一雅好,一位友人便邀其前往乡下赏鹅,盖有老妪养有好鹅。然而,老妪听说大书法家要来,便杀了那只鹅以盛情款待。关于茹啖所钟爱动物的笑话,最早可见于 5 世纪的《世说新语》,太尉王衍恶意宰杀并享用了彭城王心爱的牛。[②] 不难理解为何此类笑话如此常见,因为同时对双方当事者开了玩笑。

《鸽异》中的嘲讽是一把双刃剑,但句句在理:痴迷者因自身的过度执迷和误解他人而遭到奚落,而无欣赏能力的庸俗之人则因愚钝而被嘲弄。然而,当讽刺的对象不太明显时,故事则相应地变得愈加隐晦。在故事《黄英》和《书痴》中,令痴迷者震惊不安的是,菊花精与书精似乎乐于戳穿其本身固定的联想义。

在《黄英》篇中,马子才家贫而嗜菊,无意中与一对菊花精姐弟结为好友。姐弟俩是最负盛名的爱菊者——隐逸诗人陶渊明的后人(至明代,菊花已经与这位诗人合二为一了,以至于有趣闻记载一位文人,邀友在其园中赏菊,叮嘱醉酒的客人多加留意,以

---

① 美国大都会博物馆藏钱选(约 1235—1301 年后)所绘的《王羲之观鹅图》,细致描绘了王羲之水榭观鹅的场景。见 Cahill, *Hills Beyond a River*, p. 353,彩色图版 35。

② 刘义庆,《世说新语校笺》,30:11。英译见 Mather, *New Tales of the World*, p. 464。蒲松龄在 1670 年为孙蕙所作《放生池碑记》中提及这则轶事,见《蒲松龄集》,1:39。

免踩到"陶渊明"①）。令马子才感到担忧的是，这对姐弟并不能与其共享菊花的隐逸之趣，而是凭借非凡的园艺技术做起了赚钱的菊花生意。在与黄英成婚后，面对妻子的商业财富，马子才竭力维护物质上的清贫与精神上的高洁，但在几次荒唐的"清者自清"的做法后，也不得不按妻子所中意的方式过上了安逸的生活。

最重要的是，马子才对菊花的痴迷并非袁宏道和李贽所攻击的所谓时髦的伪鉴赏（pseudo-connoisseurship），其忠实地依循理想化癖好所必备的所有规则，而菊花亦报之以情。但这些规则本身成了问题，并成为故事中被嘲弄的对象。作为真正的爱菊者，马子才断然拒绝变东篱为市井，以买卖菊花谋利。他自诩为高洁的隐士，是当世的陶渊明。然而面对不断改善的家境，马子才的安贫和隐逸，显然被其妻嘲讽为自命不凡和矫揉造作，而其妻乃菊花所变，本应是最能理解这些美德之人。

在诗歌中，蒲松龄曾以其故事主人公马子才所用的传统说法，自称是爱菊者，若我们将此考量在内，那么黄英与其弟悖论性的物质主义行为，则更为引人注目。蒲松龄在《十月孙圣佐宅中赏菊》一诗的首联写道："我昔爱菊成菊癖，佳种不惮求千里。"②此句密切呼应了《黄英》中开篇对马子才的描述："闻有佳种必购之，千里不惮。"尽管两处的语言均极为传统，但蒲松龄在其他所有咏花诗或《聊斋志异》中任何有关癖好的故事中，均不曾使用过类似的表述。在一首题为《夜饮再赋》的排律中，蒲松龄在颔联中同样赞美菊花，这很容易使人联想到其对马子才的态度："雅集喜

①"盆菊"条，见《佩文韵府》，3:3456。另见 Vandermeersch, "L'arrangement de fleurs," p. 83。
②《蒲松龄集》，1:641。

倾圣人酒,尘容惭对隐逸花。"①由这些诗作可见,蒲松龄在《黄英》中对菊花传统固定文化意义的揶揄,可能更近乎一种温和的自我嘲讽。

在《聊斋志异》中,尽管庸俗备受讥讽,但安贫也绝得不到任何美化。② 蒲松龄,作为一个弃儒从商的小商人之子,倾向于关注其笔下主人公物质方面的福祉。我们往往看到的是,来自异域的狐仙精怪闯入主人公的世界,极大地改善了其贫寒的家境:一个欲望(情爱)的满足,进一步带来其他欲望(财富和事业)的满足。③ 令人惊讶的是,蒲松龄以浓墨重笔来刻画生意买卖,故事中最可爱的女主人公,往往是那些最讲求实际的女商贾。在《黄英》篇中,尽管有马子才的阻挠,但这种模式基本上是占上风的。

另一方面,《黄英》这个故事还给我们一种印象,即 17 世纪的商业化社会在此也遭到了嘲讽,或至少被用来产生了喜剧化的可能性。言下之意是,即使陶渊明本人莫名其妙地在当代重生,他同样也会背弃诗歌,而以养菊来赚取钱财。《黄英》中的菊精勤劳能干,在这则寓言背后潜隐着一个副文本(subtext)——陶渊明最负盛名的诗作,《饮酒》其五中的开篇:

结庐在人境,

---

① 《蒲松龄集》,1:641。

② 正如绝大多数秀才一样,蒲松龄亦自矜于对"庸俗之物"的敏感。这一点在其所列举的"不可耐事"中尤为明显。"不可耐事"附于一则《聊斋》故事之后,故事讲述了一秀才俗不可耐,两个狐狸精变身美人测其品行,结果他将白金一铤放入袖中,却未选写以草书的白绫巾。见《沂水秀才》,载《聊斋》,7.906。

③ 这里,蒲松龄可能延续了戏曲传统。在《冯梦龙的浪漫之梦》("Feng Menglong's Romantic Dream")一文中,史恺悌(Swatek)指出,"传奇的范式之一即是对情的追求,往往与对名的追求紧密相连"(p. 232)。同时,"《牡丹亭》中,情欲的实现是其他一切问题得以解决的前提"(p. 214)。当然,《聊斋》中对主人公如何获取财富的兴趣,亦与彼时商业化社会环境下诸多话本小说的主旨类似。

而无车马喧。

问君何能尔?

心远地自偏。

采菊东篱下,

悠然见南山。①

当马子才第一次得知其友陶生想要卖菊谋生时,他曾委婉地提及这首诗,并加以劝阻:"今作是论,则以东篱为市井,有辱黄花矣。"陶生却为自己辩护说:"自食其力不为贪,贩花为业不为俗。"果不其然,不久,这方安宁的"世外菊园"便变为市井之地:"未几菊将开,闻其门嚣喧如市……见市人买花者,车载肩负,道相属也。"②借由贩卖菊花所得钱资,陶渊明式的茅庐被拆除了,取而代之的是富丽堂皇的豪宅。异史氏再次颇为审慎地避免对故事中的任何争议点进行评论,而仅仅赞美作为菊花精的陶生与陶渊明间一个明显的相似点——逍遥自在地饮酒:"青山白云,遂以醉死,世尽惜之,而未必不自以为快也。"③在故事讽刺的程度和范围上,蒲松龄似乎故意为读者留下了开放的阐释空间。

自我讽刺的潜在张力在《书痴》对穷书生的刻画中亦可窥得。蒲松龄似乎对其笔下的这个迂腐文人郎玉柱怀有幽隐的爱怜之情,郎玉柱天真而固执,近乎荒唐地宣扬了李贽所推崇的"童心说"。"童心"被认为是绝假纯真、最初一念之本心,是文学创作的源泉。④郎玉柱几乎是盲目地爱着父亲书房中的藏书,即使生活

① 陶潜,《陶渊明集》,第 89 页。

② 英译见 Chang,*Tales of the Supernatural*,p. 142。

③ 英译见 Chang,*Tales of the Supernatural*,p. 142。

④ 白亚仁探讨了李贽的"童心说"如何影响《聊斋》中对那些天真主人公的刻画,尤其指出《书痴》中的主人公与"童心"的明显联系。见 Barr,"Pu Songling and Liaozhai,"pp. 217 - 226。

贫苦也不愿变卖其中的任何一卷。然而,他并不是真正的行家或学问家,因其并不懂得哪本书更有价值或没有价值。尽管昼夜苦读,却并不懂得如何读出言外之意或对所读内容加以阐发,而只是一味地死读书,自然也就从未科考得中。

正如陶渊明的诗歌潜隐于《黄英》故事中,《书痴》篇也存在这样的副文本,即《劝学篇》,一首充满学究气的七言律诗,出自北宋真宗皇帝之手,旨在"颂扬读书考取功名",该诗被收录进16、17世纪廉价的通俗启蒙读物中,得以广为流传。[①] 其父在世时曾手书该诗,粘其座右,由此也成为故事情节的一张蓝图:书痴相信诗中所描绘的一切会变为现实。确实也如《聊斋》中经常出现的那样,奇迹发生了。对该故事而言,诗中最重要的一行是"取妻莫愁无良媒,书中有女颜如玉"。[②] 确信无疑的是,一夕郎玉柱读《汉书》至八卷,只见一个纱剪美人夹藏在书页中。一日方注目间,美人竟折腰而起,自称是"颜如玉",并解释说是被郎玉柱的日垂青盼所动:"脱不一至,恐千载下无复有笃信古人者。"书痴是一个傻瓜,因为他不能区分比喻义和字面义。由于他对明显的谎言深信不疑,抱定那便是真理,它们最终也的确成真。但吊诡的是,一旦成为现实,他又发现那些只不过是谎言罢了。

虽然书痴值得称道,其在故事中表现出了伤感、纯真和童心等晚明主情说所推崇的所有美德,但由于过度的表现,他遭到了

---

① 《劝学篇》(亦是《荀子》一章的题名),尤其在宋朝,是备受推崇的主题。何惠鉴 (Wai-kam Ho)指出,16、17世纪廉价的说教类启蒙读物的刊刻流行是因为"对蒙童 而言,教育的首要目的当然是宣扬学业,用书中可得的财富打动其年幼的心灵,告 诉他们书中自有颜如玉,亦有四时读书之乐"。见 Ho, "Late Ming Literati," p. 26。

② 《牡丹亭》的男主角柳梦梅在首次出场的自我介绍中曾指摘《劝学篇》中的虚假诺 言:"谩说书中能富贵,颜如玉和黄金那里。"英译见 Birch, *Peony Pavilion*, p. 3。

无情的嘲笑。郎玉柱沉溺于书中无法自拔,两耳不闻窗外之事,以至于他在三十三岁时尚对现实生活一无所知。具有讽刺意味的是,书精颜如玉迫使其勿读,并引导其享受对弈、弦索、衾枕之乐,因为正如她所言,"君所以不能腾达者,徒以读耳"。她甚至劝郎玉柱在灾祸到来之前,将家中藏书悉数散尽。而郎玉柱却惊恐地拒绝道:"此卿故乡,乃仆性命,何出此言!"事实上,书精便是藏书毁灭的催化剂。但吊诡的是,正是书精鼓动郎玉柱谋求世俗的成功。借口捉拿美丽的书妖,邑宰将郎玉柱的藏书付之一炬,正如异史氏所暗示,此又类秦始皇焚书之虐。再一次,癖好导致了所爱之物的毁灭和收藏的散佚。由此,我们又回到词人李清照对其丈夫藏书惨遭毁灭的沉思之中。

但郎玉柱对待这一灾难的反应,也促使我们意识到俗世的功成名就和官场腾达也会遭到揶揄。当郎生的藏书开始着火时,其生性的愚钝也随之被付之一炬。读书的热情转化为了复仇的激情。正是当他不再死读书和抛弃《劝学篇》的基本法则——"出门莫愁无人随,书中车马多如簇"后,他才飞黄腾达。在发现古人的话都是谎言后,郎生很快高中进士,巡按其仇人祖居省份,并实施了复仇。

第四章　性别错位

　　我做女儿则十七岁，做男儿倒二十年。经过了千万瞧，那一个解雌雄辨？方信道辨雌雄的不靠眼。

——徐渭《雌木兰》

论《人妖》

　　《人妖》故事往往令 20 世纪的《聊斋》读者颇感局促难安，其从未被收入任何《聊斋》故事选集中，亦极少为学者所论及。兹将之移录如下：[1]

　　　马生万宝者，东昌人，疏狂不羁。妻田氏亦放诞风流。伉俪甚敦。有女子来，寄居邻人某媪家[2]，言为翁姑所虐，暂出亡。其缝纫绝巧，便为媪操作。媪喜而留之。逾数日，自

---

[1] 笔者感谢费侠莉教授及 1988—1989 年耶鲁大学惠特尼人文中心（Whitney Society for the Humanities）的成员为本章第一部分提出宝贵意见。笔者曾于 1987 年哈佛大学举办的"聚贤"（Fukiyose）会议上发表过本章的早期版本。关于《人妖》原文，见《聊斋》，12.1711—1713。

[2] 此处根据《聊斋》二十四卷抄本作"某媪"，而非按青柯亭刻本中作"寡媪"。《人妖》并未收录于现存的十二卷抄本或是铸雪斋抄本（1751 年序）。袁世硕强调了二十四卷抄本的重要性及其忠于原著的程度，见《蒲松龄事迹著述新考》，第 400—408 页。

言能于宵分按摩,愈女子瘵蛊。媪常至生家游扬其术,田亦未尝着意。生一日于墙隙窥见女,年十八九已来,颇风格。心窃好之,私与妻谋,托疾以招之。媪先来,就榻抚问已,言:"蒙娘子招,便将来。但渠畏见男子,请勿以郎君入。"妻曰:"家中无广舍,渠侬时复出入,可复奈何?"已又沉思曰:"晚间西村阿舅家招渠饮,即嘱令勿归,亦大易。"媪诺而去。妻与生用拔赵帜易汉帜计,笑而行之。

日曛黑,媪引女子至,曰:"郎君晚回家否?"田曰:"不回矣。"女子喜曰:"如此方好。"数语,媪别去。田便燃烛展衾,让女先上床,己亦脱衣隐烛。忽曰:"几忘却厨舍门未关,防狗子偷吃也。"便下床启门易生。生窜窕入,上床与女共枕卧。女颤声曰:"我为娘子医清恙也。"间以昵辞,生不语。女即抚生腹,渐至脐下,停手不摩,遽探其私,触腕崩腾。女惊怖之状,不啻误捉蛇蝎,急起欲遁。生沮之,以手入其股际。则擂垂盈掬,亦伟器也。大骇呼火。生妻谓事决裂,急燃灯至,欲为调停,则见女投地乞命。羞惧趋出。生诘之,云是谷城人王二喜。以兄大喜为桑冲门人,因得转传其术。又问:"玷几人矣?"曰:"身出行道不久,只得十六人耳。"生以其行可诛,思欲告郡;而怜其美,遂反接而宫之。血溢陨绝,食顷复苏。卧之榻,覆之衾,而嘱曰:"我以药医汝,创痏平,从我终焉可也? 不然,事发不赦!"王诺之。明日媪来,生绐之曰:"伊是我表侄女王二姐也。以天阉为夫家所逐,夜为我家言其由,始知之。忽小不康,将为市药饵,兼请诸其家,留与荆人作伴。"媪入室视王,见其面色败如尘土。即榻问之。曰:"隐所暴肿,恐是恶疽。"媪信之去。生饵以汤,糁以散,日就平复。夜辄引与狎处;早起,则为田提汲补缀,洒扫执炊,如塍婢然。

居无何,桑冲伏诛,同恶者七人并弃市;惟二喜漏网,檄各属严缉。村人窃共疑之,集村媪隔裳而探其隐,群疑乃释。王自是德生,遂从马以终焉。后卒,即葬府西马氏墓侧,今依稀在焉。

该故事与巴尔扎克的小说《萨拉辛》(*Sarrasine*,1830)有着某些相似性,后者因罗兰·巴特(Roland Barthes)在《S/Z》(*S/Z*,1970)中颇具新意的解读而获得新生,广为人知。当然,这并不意味着蒲松龄的作品是《萨拉辛》的一个镜像,或对之的否定,因为这两个故事在历史和文化背景方面并不相关。两者之间存在某种奇特而有激发性的呼应:在故事情节上,两者惊人相似却又截然不同。《萨拉辛》的叙事结构为内嵌式,小说叙述者通过讲述故事的方式来引诱一个充满好奇心的妙龄女子。萨拉辛是一个法国雕塑家,他疯狂地爱上了意大利女高音歌手——藏比内拉。当他发现自己所爱之人竟是阉伶后,试图杀死他/她,但最终死掉的是萨拉辛本人。同样地,叙述者的图谋亦适得其反:少女曾默许共度春宵,但听完故事后因心绪难宁而爽约了。

巴巴拉·琼斯(Barbara Johnson)在研究《S/Z》的一篇文章中曾指出:"萨拉辛……在某种程度上,是对差异性的研究——这一基于性别差异的表述具有颠覆性与不确定性。"[1]《人妖》中对同一问题亦提出了类似的不确定性表述。故事同样讲述了一个男子不知情地迷恋上男扮女装者;阉割和欺骗同样是故事的关目,叙述话语却被颠倒了——并非情场失意,而是性权力的篡夺。

英文词语"double-crossing"所具有的"欺骗"与"一体两性"

---

[1] Johnson, *Critical Difference*, p. 5.

这两层意义成为理解该故事的管钥。二喜扮作妇人，骗得老妇人的信任，所凭借的不但是他少女般的外表，还有他出色的女红。老妇人轻易上当——其在叙事中的主要功能是将亲听轻信的谎言传播出去。二喜自称能按摩治病，初读来，可视为一种警示，但若细细回味，这显然是委婉语。螳螂捕蝉，黄雀在后。[①] 马万宝的图谋较之更为周密：田氏称病，向老妇人和二喜说丈夫夜不归宿，最后再实施最为关键的一步——"拔赵帜易汉帜"，这是公元前 3 世纪一个与军事策略有关的历史典故。[②] 这对夫妻身份的互换（女易男）与二喜后来身份的永久转换（男易女）相呼应。最终，故事以出人意料的和平方式收场。

由于缺乏性别化的指示词或者具体化的性别代词，汉语尤其适用于性别模糊的故事叙述。因没有特定的性别指示符号，所以蹩脚的用词，比如他/她，抑或是明晰的性别指认，均是可以规避的，而这一点在英语中是颇难做到的。叙述者要尽量避免谎言，借用巴特的话说，即少布"陷阱"。因此，语言的模糊性恰可掩饰性别的不确定性。在《人妖》中，叙述者仅在故事的第一部分中直陈二喜为"女子"。这个谎言是必要的，是为了在"女子"性别被揭穿后引起读者强烈的震惊，以达到一种不知情的情境中男男相互引诱的喜剧效果。

一旦二喜真实性别被戳穿，叙述者就不必再欺瞒读者。故事中，二喜被阉割后，叙述者就小心地避开了对其性别的任何直接

---

① 但明伦借《说苑》中的典故表达了这一观点："秋蝉见陵于螳螂，方欲捕蝉，而不知其后已有黄雀也。"见《聊斋》，12. 1711。

② 见司马迁，《史记·淮阴侯列传》，第 2616 页。吕湛恩为故事中的这一典故作注，见《聊斋》，12. 1711。据记载，秦朝灭亡后楚汉相争，汉军将领韩信通过暗中派军队将赵国军队的旗帜换成汉军的红旗，而得以反败为胜。赵军误认为军营已被汉军占领，军心大乱，而被汉军击败。英译见 Watson, *Records of the Historian*, p. 184。

语言指涉。相反,掩盖真相的重任转嫁到故事主人公身上。马万宝和二喜对老妇人说的谎言是一语双关,而这一双关语非常接近真相。二喜说自己的病是阴部肿胀与感染,马万宝也向老妇人解释说二喜是因"天阉"而被夫家所弃("天阉"一词常用于指男子是"天生的阉人")。① 马万宝的这一谎言既符合实际又具远见,这一说法很好地解释了后来二喜出现的诸多问题,如没有月事。这些诱导性的解释极具讽刺意味,因为它们已经秘密地揭开阉割的真相。对此,读者已然知晓,但是老妇人并未察觉。

　　该故事在结构上分为两部分。第一部分营造的是三方互诱的情景。在此,二喜被发现真实性别并被阉割,故事由此达到高潮。第二部分是阉割之后的圆满结局。因此,该故事的枢轴是"阉割"的过程,而非如《萨拉辛》中转折点是"被阉割"的暴露。巴特认为,巴尔扎克的故事"依据结构性的巧妙设计,由对真相的追求(解释学结构)而转为对阉割的探寻(象征性的结构)"②。在《人妖》中,重点不再是对真相的追寻与发现,而是寻求复原与秩序。

　　所以,让叙事一分为二的"阉割"亦成为故事关键的象征性结构。在此,阉割是死亡与重生的象征:二喜流血晕厥这一描写,既是对处决其同党的预兆和替代,亦让二喜以"二姐"的新身份洗心革面,重新做人。但是从法律和马万宝的视角来看,人妖的罪行

---

① 《巧娘》(《聊斋》,2.256)中用"天阉"一词指"天生的阉人",以形容一性器官天生残缺的少年,其"十七岁,阴裁如蚕"。在李时珍《本草纲目·人傀》(52:113)一节中,"天"位列"五不男"之首:"天者,阳痿不用,古云天宦是也。"(这里,李时珍用了天宦而非天阉。)"犍"位列第二:"犍者,阳势阉去。"(阉作动词用,表示阉割。)费侠莉讨论了天阉的一种情况,可上溯至古代医书经典《黄帝内经》,详见 Furth,"Androgynous Males and Deficient Females," p. 5。

② Barthes,S/Z, p. 164.

就是外表与内在的不相符。所以,马万宝的行为可以被视为一种异常的儒家"正名"。"人妖"中的"妖"已被切除,余下的便是"人"了。

"人妖"的迷恋者马万宝,意外地发现了二喜阳具的存在(presence),而这在《萨拉辛》中的藏比内拉身上则是缺失的(absence)。《人妖》中,马万宝亲自阉割了二喜,这一举动使其私欲得以满足。吊诡的是,阉割并未导致死亡,而是让二喜逃过一劫,得以存活;亦不曾让马万宝的私欲受挫,反而使其得到长期的满足。《萨拉辛》中,藏比内拉被视为"受诅咒的怪物""幽灵"。而《人妖》中却并非如此,阉割让二喜重新以妾的身份融入正常人的群体。作为马万宝的妾,她成为这个家庭永久的一员,死后被葬入家族墓地。所谓的"妖怪"被"驯化"了。

《萨拉辛》中,"阉割"一词从未出现,它被移除了,在文中处于空白。而《人妖》中,蒲松龄并不避讳这一词语,对阉割和流血进行直接描写。像这样对骇人场面加以正面表现的情况在《聊斋志异》的其他故事中亦不少见。而且,蒲松龄之外的 17 世纪其他中国作家对此亦毫不避讳。这似乎是明末宦官位高权重及其专权蔚然成风所致。①《萨拉辛》中,"阉割"或"异装"被认为是危险的;然而,《人妖》中并非如此,真正被认为危险的是男扮女装行不轨之事。这点我们可以在《聊斋志异》的另一个故事《男妾》中更清楚地看到。一个官绅买了一个年轻的妾,"肤腻如脂",结果竟

---

① 提及阉割的其他故事有《单父宰》(《聊斋》,9.1197),"单父宰"一语双关,讲述二子阉割其父之事;《李司鉴》(《聊斋》,3.426)一事取自朝廷邸报。故事中,李司鉴因打死其妻而后悔不已,他奔入城隍庙,割下自己的左耳和左指后自阉。另见《石点头》第四回,讲述孙三郎骗娶的妻子凤奴竟愿生死相随,作为报答,而选择自阉之事。以及凌濛初《二刻拍案惊奇》第三十四回,故事中杨太尉的馆客任生趁其不在,与其姬妾偷欢,而为太尉所阉割。

懊恼地发现是个少年。他的懊恼并非因为少年男扮女装，而是因为自己受到欺骗。而这一问题却因一个趣味特殊的朋友以原价赎走少年而得以圆满解决。因是柔弱无依而又毫无攻击性的未成年人，这个少年并未被认为是某种危险或威胁。而二喜由男变女，亦成为无害的男妾。

在中国传统文学中，几乎没有如《萨拉辛》这样将内嵌式叙述运用自如的作品[1]，《人妖》并未嵌入一个包罗万象的故事中；相反，为与文言小说中运用历史话语的传统保持一致，蒲松龄的叙事交由文末的作者评论生发与构形。在《人妖》的评论中，异史氏拈出阉割情节，赋予其政治意味："马万宝可云善于用人者矣。儿童喜蟹可把玩，而又畏其钳，因断其钳而畜之。呜呼！苟得此意，以治天下可也。"

异史氏的评说在本质上是一种道德说教，但是正如我们在上文中所见，其评说同小说本身所要表达的意图一样曲折和令人迷惑。这一讽刺性的结语与故事本身同样出乎读者意料：异史氏更多的是对马万宝恢复秩序的称赞，而非对二喜性别僭越的谴责。

这一政治意味在初读时并不明显。异史氏在此运用史学叙事传统，将性别错位视为异常天象，昭示政治领域道德秩序的失衡。该解读模式实已暗含于故事标题中。在汉语中，"人妖"一词本意为人身体之异样与畸形。这一词首见于中国古代哲学著作《荀子》，意指"人妖"或曰"人事上的反常现象"，含蓄地与"天妖"

---

[1] 17 世纪的文学作品中有两个例外，《痴婆子传》和《豆棚闲话》，但是它们依然证明了这一普遍规律。见 Hanan, *Chinese Vernacular Story*, pp. 192 - 193。

（天生的异常与不祥）相对。① 除了畸人与怪物这样的一般内涵，"人妖"一词渐有了另外的用法，专指异装癖者②，该用法首次出现于《南史》，批判娄逞女扮男装为官多年一事。历史学家们认为其行为是凶兆，因为后来出现了叛乱，如其所言"阴而欲为阳，事不果故泄"③。他们对这一现象的解读，遵循将性别错位与某种政治灾难同构的传统。尽管如韩德森所言，这种关联性思维在17世纪有所式微④，或许是作为一种审慎的拟古形式，一个由来已久的谶语，在明清的志怪故事中仍然常被用于解释异象。

异史氏在小说结尾的评论中把叙事转而牵引至寓言层面。他将这样一则在性方面一较高下的人性化故事，转变为如何运用政治与军事权力的讽喻性寓言。这一最后的转折从"拔赵帜易汉帜"的历史典故中已巧妙地透露出来，该典故在故事中用于形容马万宝夫妻二人的引诱图谋。19世纪早期的《聊斋志异》评论者冯镇峦很好地对异史氏小说结尾的蟹钳隐喻进行了阐释与再历史化："曹操治世能臣语，亦断其钳而畜之之意。"⑤

冯镇峦的这一评语使得潜隐于该故事中的关于国家与性别

---

① 《荀子·天论》，见《荀子集解》，17. 209。《天论》中的"祆"通篇作"礻"字旁，而非"女"字旁的"妖"。

② 至少自北宋以来，"人妖"关于人身体之异样的广义与关于异装癖的狭义并存，其含义取决于不同作者的偏好和使用方式。《太平广记》（367. 2912—2925）"妖怪"类的最后附以十七则"人妖"故事。其中只有四则与男性异装癖者有关；而剩下的则与身体异样或畸形有关，如孩子从不寻常的身体部位降生，或是天生有四手四脚的男孩等。与此同时，冯梦龙在《情史类略》和《古今谭概》的"人妖"部分中仅保留了叙述身体异样与畸形的条目。"人妖"与更加广义的"妖人"有关，而又有所区别。"妖人"常指反叛者或巫师，而非异装癖者或身体畸形，但是也有例外，如袁枚就将一女性异装癖者称为"妖人"，见《子不语》，23. 573—574。

③ 李延寿，《南史·列传第三十五》，45. 1143。

④ Henderson, *Development and Decline of Chinese Cosmology*.

⑤ 曹操是三国时代曹魏的缔造者，其在中华帝国晚期，尤其是在戏曲和小说的刻画中，以奸臣形象而臭名昭著。

等级间的关联性问题更为明晰。马万宝迫使二喜永久地成为从属于男性的妇人与仆人,以消解异装者给社会政治秩序带来的威胁。如此,马万宝实为赢家,他替自己制造出一个不寻常的姬妾,也为他的妻子赢得一个得力的婢女。通过对心存侥幸的二喜的精明利用,这对夫妻获得了其原本所无法享有的待遇,甚至堪比皇家,即拥有了自己的私人太监,而这在当时是违禁的。另外,从二喜的角度来看,他被秘密地转变成一个懂得感恩的人,并且得以善终,而不是被公之于众,处以极刑。

但这种诠释的严肃性恐怕连异史氏本人都深表怀疑。尽管其评论拥有高于并超出故事本身的权威性,而评论高于故事这一结构等级同样也会使作者有充分的自由,误导读者将评论视为一种戏谑。实际上,明清通俗作品中出现的评论总是具有喜剧化与戏谑性的功能。① 最清晰地表现这一趋向的作品是明末著名教育家、政治家赵南星(1550—1628)编纂的《笑赞》一书。② 他总是将貌似严肃的评论附于笑话末尾,似褒实贬地达到喜剧效果。正如下面一则有关泼妇的笑话一样:

> 一人被其妻殴打,无奈钻在床下。其妻曰:"快出来。"其人曰:"丈夫说不出去,定不出去。"
>
> 赞曰:每闻惧内者,望见妇人,骨解形销,如蛇闻鹤叫,软

---

① 自晚明至清代,对古典传统的严肃形式加以戏仿,骤然成风。例如《四书笑》,该书作者署名李贽,但李贽为作者的可能性不大。《聊斋》和汤显祖的《牡丹亭》均热衷于将《诗经》中的诗句转换为卑猥的双关语。而李渔对其色情小说《肉蒲团》的评点,则是转化为戏谑性评论的有力证明。英译见 Hanan, *The Carnal Prayer Mat*。谭雅伦(Marlon K. Hom)指出蒲松龄"通过主导其评论的结构,以表达讽刺和幽默",但他错误地认为蒲松龄的喜剧式评论均为他自己的创造,见 Hom, "The Continuation of Tradition," p. 134。

② 赵南星是位有趣的历史人物,关于其生平,见 *Dictionary of Ming Biography*,pp. 128 - 132。

做一条。此人仍能钻入床下,又敢于不出,岂不诚大丈夫哉。①

同样,我们怀疑异史氏本人在文中通过调侃读者而获得乐趣,而这一怀疑恰好在反复出现的爬行动物隐喻中得以证实。这些隐喻与军事策略间的类比弥合了故事语调与评论语调之间常见的差异。孩子为把玩螃蟹而弄断的"蟹钳"是类似谚语的隐喻,回应了二喜发现真相后如误捉"蛇蝎"般的惊恐。② 两个类比都形象生动地传递了这一点,即阳物出现在不恰当的位置是危险的。但因这两个意象充满喜剧性效果(让人回想起前面泼妇笑话中的"如蛇闻鹤叫"),这也似乎是在告诫我们不要单单注意到故事的政治道德层面。极有可能如《笑赞》,在貌似抨击的伪装下,故事结尾的评论部分地强化了其本身的粗俗感。

女 化 男

当我们发现人们对女化男有着不同的认知时,便可更好地理解明清小说中对伪装性阳具的渲染。化男的主题出现于一则意味平浅而未加润饰的《聊斋》故事中。

> 苏州木渎镇有民女夜坐庭中,忽星陨中颅,仆地而死。父母老而无子,止此女,哀呼急救。移时始苏,笑曰:"我今为男子矣!"验之,果然。其家不以为妖,而窃喜其暴得丈夫也。奇已。亦丁亥间事。

---

① 转引自王利器,《历代笑话集》,第 280 页。
② 在故事里及"异史氏曰"的评论中重复出现同一意象,也见于《巩仙》(《聊斋》,7.895—901)和《公孙九娘》(《聊斋》,4.777—783)等篇,其作用同样在于弥合故事叙事与评论话语间的分离。

就蒲松龄这则故事而言,关键的一点显然是该家庭没有子嗣,故而对于女子性别的改变,女子本人与其父母无不皆大欢喜,而丝毫不曾有妖异之感。虽然这一转变如同在某些神奇故事中那般,是缘于外部因素的介入,但似乎更应是人们意愿与欲求的结果。

据费侠莉所示,在明清笔记中不乏对女化男的记载,如王士禛的《池北偶谈》即曾提及,甚至《清史稿》中也有十例。费侠莉指出:"凡是围绕女化男来写的故事都表现了同一主题……待字闺中的女子为家人所嫌弃;她变成了男儿身,取了一个吉利的新名字,特别是对于那些无嗣男承继家业的家庭而言,这是一个大团圆的结局。这些事件并未加以解释或描述,而是借助于神奇力量让女子再生的方式加以呈现。"①

除了这些叙事,蒲松龄笔下女化男的故事根本没有其所感叹的"奇已"之说,反倒是相较于《聊斋》中其他情节完备的性别越界故事而言,显得平淡乏味。蒲松龄似乎是试图增加事件的历史真实性,其以志怪故事直陈传闻或历史事件的方式来呈现这一事件,以日期作结,较少叙事修饰。或许原因正如费侠莉所敏锐察觉到的,明清时期的女化男故事"是以社会对性的全面压制为特征的"②。这个特

---

① Furth,"Androgynous Males and Deficient Females,"p. 17.

② Furth,"Androgynous Males and Deficient Females,"p. 18. 当然,并非所有女化男的故事都符合这一特征。在王士禛笔下,一寡妇化为男子后,与其子妇狎。这则轶事更接近于男性变性后高度色情化的视角,而非对于女化男的道德性阐释。王士禛所记录的这则轶事更加刺激,这是因为发生变性的是充满情欲、与媳妇通奸的寡妇,而非待字闺中的少女。见《池北偶谈》,25.597。女化男所暗含的性欲与道德层面上的可能性同时体现在钮琇的《事觚》中,这则轶事载于张潮编纂的《虞初新志》(17.264)。故事里,乡塾师的女儿虔诚好学,梦中,一男子告知她,她将化为男身以作为对其父无子的奖赏。特别值得注意的是故事中对女化男这一过程的描述:男子在梦中"遍抚其体,啖以红丸。甫下咽,觉偶热气如火,从胸臆下达两股间"。迷眩七日之后,她发现自己已经化为男身。故事持续着这种情欲化的描写,叙述女子化男之后,戴男子冠履,而粉黛之痕却依然未消。

别的故事并未激发出蒲松龄的想象力,让他写出如《人妖》那般关于男扮女的故事。

然而,直至明清时期,才发展出了对记载中女化男现象的一致的积极回应。《搜神记》中一则集自《汉书·五行志》的条目显示,男女的性别改变从根本上来说与阴阳失衡有关,这非常危险,故而被解读为凶兆,比如:

> 魏襄王十三年,有女子化为丈夫。与妻,生子。京房《易传》曰:"女子化为丈夫,兹谓阴昌,贱人为王;丈夫化为女子,兹谓阴胜阳,厥咎亡。"一曰:"男化为女,宫刑滥;女化为男,妇政行也。"①

比照一下古希腊伽林式的关于变性的西医解释,可以更好地理解中国相关记载中对女化男现象的阐释取向的根本性转变。②法国著名医生安布鲁瓦兹·帕雷(Ambroise Pare)撰写的医书《怪物与奇人》(Des monstres et prodiges)于1573年首次出版,其中一章涉及女化男,内容颇为有趣。帕雷主张"变性"只能是单向的,只可能由女人变为男人,而不可能反之:"我们之所以无法找到任何一个关于男人变为女人的真实案例,是因为自然总是趋于完美,而不是反其道而行之,让完美的事物变得不完美。"③

尽管中国史书、医书和奇闻轶事里均有男化女现象的记载,但是在中国语境中,关于性别转换的阐释也同样是极为不对称的。早期的宇宙观和政治解读都是一边倒的:不论男变女,还是

---

① 干宝,《搜神记》,第71—72页。

② Furth, "Androgynous Males and Deficient Females," p. 18 n43. 费侠莉同样指出欧洲与中国对此截然不同的解释。

③ 英译见 Laqueur, "Orgasm, Generation, and the Politics of Reproductive Biology," p. 14。法语原文见 Paré, *Des Monstres et Prodiges*, p. 30。

女变男,性别转换都被斥为阴盛与阴乱。但是,在明清记载中,这种阐释的不对称偏向了相反的方向。女化男成为一件喜事;相反,男化女,即便没有遭受惩罚,最好的结果也不过是不被官府追究罢了。由此,我们发现,无论是在社会还是道德层面,都出现了新的一边倒的现象。抽象的、愈发古旧的宇宙观,被女化男所带来的切实好处压倒。人们再也不认为女化男是以前所说的公共领域的阴阳失调,而实质上是一种家庭内部的孝行。①

这一转变清晰地记录在晚明的一部解梦大全——何栋如(1527—1637)的《梦林玄解》②中,其认为阳是纯有裨益的,阴则纯为恶毒的。若有人梦见变为女子,此即解为"凶",意味着阴盛会给梦者带来灾难或疾病。若在梦中见有人变为女子,那意味着将诸事不顺。相反,若梦到女子化为男子,则被赞为"大吉",意味着诸事皆宜。③

某些晚清故事更为清晰地讲述了无子嗣家庭的女儿,突然神奇地变成了可以继承家业的男丁。发生于1782年的"女变男案"收录于1919年刊行的一部案例史集④中,极为充分地展现了人

---

① 正如张潮评论钮秀所写的关于乡塾师女儿化男的故事(详见本章,第127页,脚注②):"男女幻化,史家谓之人妖。今观此,则正所以奖善也。"见《虞初新志》,17.264。

② 这部三十四卷的鸿篇巨制由陈士元(1544年进士,1564年作序)辑录,何栋如增辑(1636年作序)。关于陈士元的生平,见 *Dictionary of Ming Biography*,pp. 179。《四库全书》认为陈士元是《梦林玄解》的辑录者,何栋如作增订。关于此书的作者问题,见王重民,《中国善本书提要》,第292页。另见 Lackner, *Der chinesische Traumwald*。笔者将在下一章详细讨论《梦林玄解》一书。

③ 何栋如,《梦林玄解》,6.34a。

④ 孙剑秋,《清朝奇案大观》,1.40—41。(《清朝奇案大观》的编著者之名存在分歧,该书封面和序言均署名"剑秋",而书末则署名"秋剑"。)"女变男案"的作者署名为"枚"。该案例史集由简单的文言写成,它的出版表明到了1919年,传统志怪和公案小说集依然受到追捧。很明显,在大众出版风行的年代,此类新型志怪小说集仍被编辑付梓。

的欲求作为一种潜在力量是如何影响性别改变的。该女子想变成男子(她千方百计逃婚,因为不想嫁入一个有凶悍婆婆的家庭)的动机源于一个不经意的建议(其母劝她与其求上天让其死,不如求令其变为男儿身)。在李庆辰的《醉茶志怪》(成书于1892年)中,有一篇关于女化男的故事,这个故事值得注意是因为它描述了女子身上长出男性器官,这在早期此类故事中被审慎地予以回避,而且作者学究式的评论明显表达出以往作品中仅仅隐含着的观念：

> 女岂木兰、缇萦之流与,何其志之诚也？夫诚能格天,况诚而出于孝,天有不悯之者乎？而造物之巧,卒能易巾帼为须眉,盖许其孝而成其志矣。若非孝,则人妖耳,又何足贵？①

由此,正如我们将会在女扮男装的例子中所看到的,界定女化男是人妖还是列女,最终取决于对其道德动机的分析。

男扮女装的桑冲

早在蒲松龄《人妖》之前,中国文学中便不乏男扮女装实施诱奸的故事,这也是世界范围内民间传说中的一部分。② 13世纪的南宋杂记《绿窗新话》中有一则关于"阴阳人"的案件。有一丫鬟,

---

① 李庆辰,《醉茶志怪》,2.3。

② Thompson, *Motif-Index of Folk Literature*, pp. 9, 54. 这一主题近来在一件间谍案中重现,该案围绕法国外交官及其中国爱人展开,这位外交官的中国爱人是一位京剧名伶,也被认为是两人孩子的生母。然而,法国的法庭调查显示这位"中国母亲"是男儿身,而外交官则坚持认定他从未注意其爱人的真实性别。美籍华裔剧作家黄哲伦(David Hwang)将这起案件改编为获奖戏剧《蝴蝶君》(*M. Butterfly*)。关于对该剧引发的相关问题的细致分析,见 Garber, *Vested Interests*。

其名字与身份十分相称,叫作伴喜。① 伴喜假装自己做了噩梦,吓得女主人张小姐邀其同眠。上绣床之后,伴喜指点着懵懂无知的张小姐该如何行周公之礼,她解释说:"妾虽女身,二形兼备,遇女则男形,遇男则复成女矣。"②张小姐在伴喜的指导下学得很快。但二人的私情最终东窗事发,这个假丫鬟被官府缉拿后发配了。但是,后来元朝时的版本,则让伴喜逃之夭夭,奇怪地以实用的调子收尾:"故录之,使后之置妾者不可不察。"③然而,这两个版本又相辅相成,设定为基于骗局的蓄谋性诱奸图谋,而且解释了关于男性性征是一种不怀好意行为的假设。

李时珍在《本草纲目》中对这种反常的生殖现象有所探讨,将两性人分为三类,伴喜的自述正等同于其中的一类,即"有值男即女、值女即男者"④。这种说法与温迪·奥弗莱厄蒂(Wendy O'Flaherty)在印度神话中发现的"可转换的阴阳人(时而男性,时而女性)"颇为相仿。⑤ 明朝晚期小说家凌濛初有一则关于两性尼姑的白话故事,可以更为现成地解释上述情形的真实情况。该尼姑能将其阳具缩入体内。幸亏勘察此案的理刑明察秋毫、穷究不舍,才将其秘密大白于天下。他想出一法,命人取油涂尼姑阴处,牵一只狗来舐食。狗舌最为阳热,小尼热痒难煞,"一条棍子直统出来",真相大白,最终被处死。⑥

据明清史料记载,明朝成化年间(1465—1487),在京城审理了一

---

① 注意"二喜"与"伴喜"的相似性,而"伴"一语双关,另有"一半一半"之意。

② 皇都风月主人,《绿窗新话》,第 59 页。这则轶事题为《伴喜私犯张禅娘》。

③ 这则轶事的元代版本收录于罗烨,《(新编)醉翁谈录》,第 59—60 页。

④ 李时珍,《本草纲目》,52.113。

⑤ O'Flaherty, *Women, Androgynes, and Other Mythical Beasts*, p. 284.

⑥ 凌濛初,《初刻拍案惊奇》,卷 34。值得注意的是,在古希腊伽林式医学传统中,也有类似的摩擦而生阳火的观点。

起臭名昭著的"人妖公案",此事轰动一时,引发热议,影响长达数个世纪,有关此案数量甚夥的明清记载便是明证。蒲松龄的故事正是直接受其启发,而冯梦龙的白话故事《刘小官雌雄兄弟》的入话也以该案为基础。① 此案在明朝陆粲(1494—1551)的笔记《庚巳编》中所叙最详,据说陆粲在友人家中得见官方公文,抄录下来。②

陆粲所记涉及官员的奏折和皇帝的圣旨,据言此案犯人是男扮女装的桑冲,他是一群流氓的首领,这群人裹着小脚,靠女红之类的手艺谋生,借此接近良家女子以饱其淫欲。他们混入闺房,挑逗哄骗,趁机行奸;如遇坚贞不从的女子,则施以迷药,强行奸污。然而,女子担心自己名节受损,俱不敢声张。后来有一男子觊觎桑冲美色,偷偷潜入其房中欲行不轨,桑冲反抗不得,最终败露。桑冲在官府审理下,供出了另外七名男扮女装的同党,据说是其弟子。皇帝认为桑冲所犯之罪,类比"十恶"、有伤风化,判其凌迟处死。另外七人解送北京,从重定罪,等待他们的也是相同的命运。然而,陆粲在笔记中并未提及官府是否将一干人犯悉数缉拿归案。③

蒲松龄显然认定其读者熟知"人妖公案",对桑冲及其同党并未过多解释。蒲松龄极有可能接触过一种或几种关于此案的文献记载,因为故事中提及了王大喜,此人是《庚巳编》以及其他两则记载中所说的桑冲的七个弟子之一,也是《人妖》篇中主人公王二喜的兄长,传授二喜男扮女装之术。④ 但是,正如费侠莉所指出

---

① 冯梦龙,《醒世恒言》,卷 10。韩南认为该故事的作者可能是浪仙,见 Hanan, *Chinese Short Story*, p. 242。
② 陆粲是唯一自称亲见官方公文并将其抄录下来的作者。鉴于笔者所见的笔记往往不会逐字逐句引用法律文书,笔者在此接受陆粲的说辞。然而,该案件是否确实发生已不重要,更重要的则是像蒲松龄一样的后世读者已然认定了它的真实性。
③ 陆粲,《庚巳编》(约 1520 年),2910:204—208。《庚巳编》所载的案件内容,亦可见谭正璧,《三言两拍资料》,2:431—432。
④ 桑冲七个同党之名见谢肇淛,《五杂组》;褚人获,《坚瓠集·余集》,4.14a—b。

的,蒲松龄对桑冲一案的创造性改写——阉割男扮女装者,使其变为男妾——是受到了16世纪另一起知名公案的启发。李良雨与其男宠苟合为夫妇,其肾囊不觉退缩入腹,变为阴户,实质上已变为女人。[1] 蒲松龄对这一生理变化的另一种解释,也体现在后来17世纪李渔的短篇戏仿故事中,年轻男子瑞郎为了其男伴季芳,竟然自我阉割,从而变为传统意义上的列女,名副其实的"男孟母"。[2]

与明代笔记中桑冲案的另外三种记载相仿,蒲松龄并未直截了当地描写行奸,以揭露王二喜的伪装,而换之以马万宝与其妻合谋实施诱奸。但是这三个版本提及桑冲时,均采用了另一偏旁的"翀"字和桑冲冒充寡妇的身份设定。[3] 其中,黄暐(1490年进士)的故事是最早,也是最为接近蒲松龄故事的一个版本:

> 庠生某慕寡妇,必欲与私,乃以厥妻绐为妹,赂邻妪往延寡妇。妇至,生潜戒其妻,将寝,则启户如厕。妻如戒,生遽入灭烛。妇大呼,生扼其吭,强犯之,则男子也。[4]

---

[1] 费侠莉翻译了李时珍和李诩对该案的记载,见 Furth, "Androgynous Males and Deficient Females," pp. 9 – 12。

[2] 李渔,《男孟母教合三迁》。关于对这则故事的讨论及其与李良雨案的可能联系,见 Furth, "Androgynous Males and Deficient Females," pp. 12 – 13。故事的英译见 Hanan, *Silent Operas*。

[3] 这三则记载分别是:黄暐,《蓬窗类记》,1a/b;谢肇淛,《五杂组》,8. 3739;赵善政,《宾退录》,2. 16(这里需要将赵善政的笔记与宋朝赵与峕的同名著作区分开来)。

[4] 蒲松龄很可能至少读过关于此案的两个版本的记载。在明代笔记中,只有谢肇淛的《五杂组》同时记录了桑冲及其同党的名字与合谋诱奸的情节。但是与蒲松龄不同,在提及桑冲名字时,谢肇淛用了"羽"字旁的"翀"而非"冫"旁的"冲"。只有《庚巳编》和褚人获的《坚瓠集》采用了"冲"字,而后者显然只是前者的节录本。然而,这两则记载中均未包含诱奸情节。因此我们可以推断,蒲松龄可能熟知《庚巳编》中的内容[另一种可能是蒲松龄熟知《坚瓠集》中的内容,这是因为此案收录于《坚瓠集》的最后一集(1703年序),故流传相对较晚]以及另一种包含诱奸情节的记录。对蒲松龄来说,获取两种版本的记载并非难事。例如,万历年间出版的《烟霞小说》即同时涵盖了《庚巳编》和黄暐的《蓬窗类记》。

蒲松龄笔下不知情的男男互诱喜剧,比上述以及其他任何相关记载都更加详尽;其对事件的组织更加令人兴奋和富有戏剧性,对笔记中的原初情节踵事增华,写出了内容紧凑而扣人心弦的故事。蒲松龄对叙事视角的操控尤其巧妙,从马生透过墙缝偷窥二喜开始,继而田氏在灯光下尴尬地见二喜跪地求饶,老媪在病榻前见其面色如尘土,最终村媪探摸其隐,确认其女子身份。

最重要的是,蒲松龄将早期记载中的这些名氏与人物塑造成了丰满的艺术形象。唯有蒲松龄这一故事中,妻子出谋划策,主动配合,而且邻家老媪被提升为骗局中的关键人物。正如巴特对《萨拉辛》的解读:"象征领域并不在生物学的性别,而在阉割:在阉割/被阉割、主动/被动的领域。正是在这一领域,而不是在生物学的性别领域,故事人物才妥当地得以安置。"[1]同样,在《人妖》中,四个故事人物亦可分为两个截然不同的阵营,并非严格生物学意义上的:马生与其妻子田氏为阉割阵营;二喜及老媪为被阉割阵营。马生妻子田氏,同样放诞风流,她是阉割实施可能性的动因,她想出了这一诈术,假装生病,巧妙地骗了老媪和女子。田氏在情节中的主动作用,完全不同于桑冲案各类记载中其他女性受害者的被动,这些受害者或被引诱,或囿于名节而不敢声张。尽管田氏从与丈夫的合谋中受益,得到了一个能干的奴婢,但她仍是两性关系中的失败者。二喜留在马生身边后,故事只言道,"夜辄引与狎处"。在这一家庭三角关系中,田氏俨然成为局外人(odd man out)。相反,二喜进入强大的阉割阵营——既能像男人一样活动,又能像女人一样自由出入内闱,夺走女人的贞操,给她们的丈夫戴绿帽。不过最终,村媪隔裳探其隐,证实他的确

---

[1] Barthes, *S/Z*, p. 36.

是完全无能，二喜已经"被阉割了"，由此得以保命。但是也有一种可能，我们或许会料到即便在异端的装束下，二喜也获得了田氏最终得不到的性满足。

正如米尔恰·伊利亚德（Mircea Eliade）观察到的 19 世纪欧洲颓废作家笔下的阴阳人，中国作家笔下有关男扮女装或雌雄同体者的轶事和小说，关注的"并不是两性融合形成的完满，而是其所带来的极为丰富的色情可能性"[1]。桑冲被展现为具有极强的性机能，比如据《庚巳编》记载，桑冲招供曾奸良家女子 182 人（二喜承认出行道不久，只得 16 人）。凌濛初笔下的两性尼姑有簿籍一本，开载明白，多是留宿妇女姓氏，并有白绫汗巾 19 条，皆有女子元红在上。假尼姑被处决后，尸首曝于众前，围观者皆掩口笑议的并非其身体有缺陷，而是其阳物伟岸。袁枚，在关于 18 世纪桑冲后世弟子洪某的一则故事中，最为恰当地归结了性别差异的色情迷幻，洪某谓狱吏曰："我享人间未有之乐，死亦何憾？"[2]

尽管明显也为男扮女装的色情魅力所俘获，但蒲松龄对"性"本身并不感兴趣，他更关注"性"所象征的权力。正如我们所看到的，该故事所表达的更多是马万宝机智而富有成效地恢复秩序，而非二喜对性别界限的僭越。然而，吊诡的是秩序的恢复只能通过最为极端和不可阻挡的性别越界的方式来完成。

其他有关桑冲案的记叙，结局无不是人妖真相大白于天下，桑冲遭到公开处决，这是对性别错位所造成的危险性紊乱，颇为传统的一种解决方案。然而，蒲松龄另辟蹊径，给故事增添了另一部分内容，以化解这一矛盾。在其他明清作品中也能见到类似

① Eliade, *The Two and the One*, p. 100.
② 袁枚，《假女》，载《子不语》，23. 573—574。

的处理,但作者所采用的方法不尽相同。在 17 世纪的两则白话故事,《刘小官雌雄兄弟》和凌濛初关于两性尼姑的记叙中,叙事结构中的一种补偿性对称修正了这一失衡:每篇开端皆为简短的入话故事,而后才是较长的故事主体。《刘小官雌雄兄弟》喜剧性的开端中讲桑冲男扮女装败坏风化,而这与故事主体中女子毫无恶意的女扮男装相抵消了。① 凌濛初故事主体中同样有一个男子扮作尼姑的附加情节,而这也平衡了后文中一尼姑扮作男子的内容。《刘小官雌雄兄弟》中对于这种对称性内容的道德评判十分明确:开端中的男子男扮女装,图谋不轨(诱奸和强奸),终遭凌迟处死。故事主体中的女子出于道德目的(孝道)扮作男子,最终姻缘美满。正如说书人对看官所言:"方才说的是男人妆女败坏风化的。如今说个女人妆男,节孝兼全的来正本。"②

　　《人妖》故事中,对称的格局是在故事本身范围内展现的。而在另一则简短的《聊斋》故事《男生子》中,在正文与异史氏的评论间也存在一种对称关系,由此出现了类似的中和效果。吴三桂叛乱之前,福建总兵杨辅府中一娈童突有身孕,当临盆之时,梦见有神仙为其施以剖宫产。醒来后,发现左右两胁下各有一男婴,还留有产子证据的剖宫产瘢痕。似乎考虑到阳盛的问题,为恢复岌岌可危的阴阳平衡,这对双胞胎男婴被命名为"天舍"和"地舍"。③ 异史氏的评论在篇幅上出奇地长过这则志怪故事本身,复述了杨辅如何死于福建巡抚蔡公之手,解释了杨辅生子之妖是

---

① 《刘小官雌雄兄弟》中的男扮女装者叫桑茂而非桑冲,在《庚巳编》中,桑茂是桑冲养父之名。而这很可能只是话本小说作者的无心之过。
② 冯梦龙,《醒世恒言》,10.199。
③ 王士禛在《池北偶谈》中也记载了这则轶事,见《池北偶谈》,24.571,但王士禛并未收录故事之后异史氏评论中的轶事。

其被诛杀的征兆：

> 杨妻夙智勇，疑之，沮杨行，杨不听。妻涕而送之。归则
> 传齐诸将，披坚执锐，以待消息。少间，闻夫被诛，遂反攻蔡。
> 蔡仓皇不知所为，幸标卒固守，不克乃去。去既远，蔡始戎装
> 突出，率众大噪。人传为笑焉。后数年，盗乃就抚。未几，蔡
> 暴亡；临卒，见杨操兵入，左右亦皆见之。

杨辅的娈童诞下双胞胎，招致了不祥的性别失衡，然而在异
史氏评论中包含一则故事，这一失衡似乎被故事中杨辅妻子的阳
刚之气所弥合。她不仅披坚执锐，还召集和率领诸将起兵攻打杀
夫仇人巡抚蔡公。蔡的怯懦和随后的遭人嘲笑更加彰显了杨辅妻
子的勇武。这位巾帼英雄成功打败了懦弱的巡抚。巡抚颜面尽
失，象征性地导致了他的覆灭，并为杨辅死后复仇做了铺垫。回顾
一下，我们可以发现，处于被动地位的娈童扮演了生育子嗣的女性
角色，也许这只能由一个具有"男子气概"的刚猛女性来加以
平衡。[1]

女中丈夫

谢肇淛在《五杂组》中曾揶揄道："女子诈为男，传记则有之
矣；男人诈为女，未之见也。"[2]毫无疑问，他一定知晓有关女扮男

---

[1] 基于《清史列传》和董含《三冈识略》的记载。白亚仁认为这则故事中存在诸多谬
误，见白亚仁，《〈聊斋志异〉中历史人物补考》，第 158 页。例如，杨辅的名应当写作
富有的"富"，福建巡抚应作董卫国，而非蔡。白亚仁的研究显示，蒲松龄的主要创
新在于将两则关于杨辅的轶事联系起来，指出两者之间离奇的因果关系。而更为
重要的是，杨辅具有英勇气概、为夫报仇的妻子形象仅在《聊斋》中出现。

[2] 谢肇淛，《五杂组》，8.302。

装的中国文学传统,实际上在这一悠久的传统中并存着两种倾向。一方面,早期史学中天人感应说盛行,无论动机如何,女扮男装皆被反对;而另一方面,在传奇文学(如乐府、词话、戏曲和小说)中,易装的女子则被视为道德高尚甚至英雄式的人物。为尽孝道,或为报血仇,酬知己,抑或是卫社稷,都是可以被接受的动机。在史学传统畛域中,女扮男装充其量被视作品行不端,受人奚落而蒙受羞辱;但是如桑冲那样男扮女,则会被处以极刑。

与性别转换一样,将变易服饰视作异端则可追溯至六朝志怪话语。譬如在《搜神记》中,摘自《晋书·五行志》的一则故事便阐述了女子着男装打破男女之别,从而有悖礼法,被视为"贾后专权"的不祥征兆:"男女之别,国之大节故服食异等。今妇人而以兵器为饰,盖妖之甚者也。于是遂有贾后之事。"①

而《南史》中的女子娄逞,是讲述"人妖"时常被引征的例子。她易装进入仕途,并且在齐朝为官,最终身份暴露,齐明帝令其换作妇人装,辞官还乡。初唐史学家以娄逞之例为党乱之证,附加于《南史》中。由于有悖男女之别与作乱造反等同,如女子佩戴兵器形状的饰品被视作不祥之象:"此人妖也。阴而欲为阳,事不果故泄,敬则、遥光、显达、慧景之应也。"②

然而,历史学家的立场颇为复杂,他们以娄逞的口吻突发诘问:"有如此伎,还为老妪,岂不惜哉?"由此以悲剧的眼光对娄逞

---

① 干宝,《搜神记》,7.79。《搜神记》卷六和卷七中记载了诸多关于异装和性别转换的有趣轶事。

② 李延寿,《南史·列传第三十五》,45.1143。白项鸦的轶事更为明显地反映了"人妖"与作乱造反的相互关联,在契丹犯阙之初,任盗贼首领的白项鸦女扮男装,拜诣契丹王:"北戎乱中夏,妇人称雄,皆阴盛之应。"见李昉等,《太平广记》,367.2925。

的困境予以同情。当然,史学家立即加以否认:"此人妖也。"但娄逞以及其他易装女子的命运颇引发读者遐想。娄逞故事源于正史,却被记载于 10 世纪的《太平广记·人妖》篇。该篇仅供娱乐,尤其在 16、17 世纪,因为此时该选集再次刊行并广为传布。① 其实"娄逞"一名常出现于明清有关女扮男装的笔记中。别有意味的是,诸如在《五杂组》和褚人获的《坚瓠集》中,娄逞和类似的女子不再被贬为人妖,而被称赞为"异人"或者"女中丈夫"②。"女中丈夫"是一个相当富有弹性的称谓,尤其在明末清初,被广泛用以形容有男子般高尚品格却不失女性贞操的女子。③

正因如此,晚明时期,通常将娄逞与传奇文学传统中易装的巾帼英雄归为一类。乐府诗歌记叙名垂千古的女将花木兰,其中一首最早可追溯至南朝,另一首则出现于唐代。花木兰为尽孝

① 关于《太平广记》自晚明以来再次刊刻、广为传布的情况,见 Barr, "Pu Songling and *Liaozhai*," p. 198。

② 关于"异人",见谢肇淛,《五杂组》,卷 8;关于"女中丈夫",见褚人获,《坚瓠集》,4.13。这些记载的主要来源为《太平广记》。另见赵吉士,《寄园寄所寄》,卷 6,"闺中异人"条,其中包括了"女学士""女状元""女子为男官""女子诈为男子""女将军"等类。在晚明诸多以女子为主题的类书中亦出现了《太平广记》所载的此类轶事,如秦淮寓客,《绿窗女史》;吴震元,《奇女子传》,2.29a—31b。尽管《奇女子传》将娄逞归入"奇女子"之类,该书的跋却仍然依循史家之言而称其为"人妖"。但是,这一标签已显然不再尖锐了。

③ 关于"女中丈夫"最早的记载见《吴越春秋》:"贞明执操,其丈夫女哉。"(赵晔,《吴越春秋》,3.16a)褚人获对"女中丈夫"的定义最为严格:"古来女子,诈为男而有官位者。"见《坚瓠集》,4.13。显然,蒲松龄在《聊斋》中并未拘泥于如此狭隘的定义。在关于一位勇健的、具有侠义气概的农妇的一则轶事之后,异史氏颇具玩笑意味地评论道:"世言女中丈夫,犹自知非丈夫也,妇并忘其为巾帼矣。"(《聊斋》,9.1243)另一方面,谢肇淛将那些女扮男装、在朝为官的女子归入"异人"一类,但是他又认为追名逐利当属男性特质,任何拥有此特质的女性应当被称作"女中丈夫"。笔者怀疑谢肇淛在这里可能只是一种谐谑表达。

道,女扮男装,代父从军,几经沙场,凯旋后自愿回归女儿身。①
唐传奇中与木兰齐名的谢小娥是另一著名例子,为报弒父杀夫之
仇,小娥女扮男装数年,大仇得报后遁入空门。作者李公佐(约
770—850)并未因其女扮男装有悖男女之别而加以删剪,相反,他
浓墨重彩地赞其妇德:"君子曰:誓志不舍,复父夫之仇,节也;佣
保杂处,不知女人,贞也。女子之行,唯贞与节,能终始全之而已,
如小娥……知善不录,非《春秋》之义也,故作传以旌美之。"②

依据这一评论,《新唐书·列女传》也收录了谢小娥的故
事。③ 正因如此,谢小娥和花木兰没有被视为人妖,反被奉为"列
女"。而且人们已普遍接受乃至敬重出于道德目的而扮作男子的
女性;然而,目的一旦达成须回归原初身份,否则将以牝鸡司晨之
名而事发。如娄逞,尽管变装的动机是为国效力,这一点无可厚
非,但力图一直隐瞒女子身份,终使其落得"人妖"之名。但是女
扮男装一旦普遍被赋予传奇色彩,娄逞亦恢复了"女中丈夫"之美
誉。在蒲松龄的时代,史学和传奇文学中女扮男装的传统似已合
流。《聊斋》中就有两则相关故事:《颜氏》和《商三官》。颜氏女扮
男装通过科举进入仕途,情节属娄逞一类;商三官女扮男装为父

---

① 晚明时期,花木兰的故事以多种文学形式出现。冯梦龙《古今小说》(卷 28)的入话
故事就从"奇女"的角度讲述了木兰及其他两位女扮男装者的故事,韩南将其断代
为"晚期",见 Hanan, *Chinese Short Story*, p. 238。入话中,"说书人"说道:"如今
单说那一种奇奇怪怪、蹊蹊跷跷、没阳道的假男子、带头巾的真女人。"此回的故事
主体则讲述了著名的黄善聪事。黄善聪为商人之女,父亡后男装多年而始终保有
贞洁之身,最终筹得资金,将父亲带回故乡入殓。《明史》将其归入"列女",见《明
史》,卷 301。笔记则将其描述为"两木兰"或"我朝木兰",见谭正璧,《三言两拍资
料》,第 154—157 页。晚明时期,木兰替父从军的故事也是戏曲里的流行题材。见
徐渭所作杂剧《四声猿·雌木兰替父从军》。该剧英译见 Faurot, "Four Cries of a
Gibbon"。

② 英译见 Wang, *Traditional Chinese Tales*, pp. 91 - 92。

③ 欧阳修、宋祁,《新唐书》,卷 205。关于谢小娥故事的不同版本,见汪辟疆,《唐人小
说》,第 93—97 页。

报仇,此举又和谢小娥相似。①

颜氏自幼聪明乖巧,父亲教其读书时常叹"吾家有女学士,惜不弁耳"。父母过世后,颜氏嫁给了一个英俊而能雅谑的孤儿。不幸的是,丈夫在学问方面毫无慧根,尽管颜氏孜孜教之,犹未及第。传统史学惯例对男女才德的倒置予以批评,这源于所谓的"春秋笔法"。由此说来,故事虽以颜氏丈夫开端,但其名号从未被提及,作为一种否定,仅称之为"顺天某生,家贫",与其妻对比鲜明;其妻随后出场,却冠以"颜氏"之名以张其德。②

这对夫妻从表面看来不相匹配,但颇具反讽意味的是,夫妻间异常和睦。只因丈夫屡试不第,两人才经常争吵,从而激起颜氏扮作男子以赴科考的决心:

> 身名蹇落,饔飧不给,抚情寂漠,嗷嗷悲泣。女诃之曰:
> "君非丈夫,负此弁耳! 使我易髻而冠,青紫直芥视之!"生方
> 懊丧,闻妻言,睒睗而怒曰:"闺中人,身不到场屋,便以功名
> 富贵似汝厨下汲水炊白粥;若冠加于顶,恐亦犹人耳!"

当争吵最激烈时,气氛却悄然突转,夫妻二人并未大动干戈,反而是相互打趣:

> 女笑曰:"君勿怒。俟试期,妾请易装相代。倘落拓如
> 君,当不敢复藐天下士矣。"生亦笑曰:"卿自不知蘖苦,真宜

---

① 在对《商三官》的评论(《聊斋》,3.375)中,王士禛指出故事女主角与谢小娥的相似性。

② 在中国的命名传统中,女性往往在婚后仍随父姓。也就是说,"颜氏"指颜氏一族。在经典中,忽略男主人公名号常常意味着道德谴责,见 Dudbridge, *Tale of Li Wa*, pp. 39 - 40。重要的是,《聊斋》中只有《封三娘》(《聊斋》,5. 610—617)一则故事始于对女性的正式介绍,这个故事讲述了女性同性之爱,颇为独特。故事在一开始便告诉读者女主角取代了《聊斋》中常见的年轻书生的角色。

使请尝试之。但恐绽露,为乡邻笑耳。"女曰:"妾非戏语。君尝言燕有故庐,请男装从君归,伪为弟。君以襁褓出,谁得辨其非?"

颜氏如此轻言易装是因为区分男女的外在符号诸如男冠女髻是社会所构建的,这一点在叙事中反复加以强化。① 由于男女之别由内在的生理差异转移至服饰的差别,性别的转换便如同服饰的更换一样简单易行;颜氏似乎毫不费力地瞬间完成身份转变,不像二喜从其兄——桑冲(易装高手)弟子处学来"男扮女装之术"。② 这恰如中国传统戏台上的女伶,通过迅速易装饰演男性角色。③ 丈夫同意后,她便"入房,巾服而出,曰:'视妾可作男儿否?'生视之,俨然一顾影少年也"。尽管颜氏在丈夫眼中仍有女性的娇媚,但在男性主导的公共领域俨然是一名男子。很快,她高中进士,赴任河南御史,甚至翁姑死后也因颜氏的功名而受封赏。在证实了其观点之后,为夫妇二人的来日之计,明亡之前,她主动辞官,回归女子身份。此后,夫妻二人过着幸福的生活。

而异史氏讽刺性的评论延续了故事中性别转换的话题:"翁姑受封于新妇,可谓奇矣。然侍御而夫人也者,何时无之? 但夫

---

① 16世纪讲述同性之爱的故事集《弁而钗》,它的这一题名也使用了相同的外在符号对比,以体现男女性别差异。何栋如在《梦林玄解》(10.20)中提及,若闺女梦见冠,则为"女中丈夫"。
② 《刘小官雌雄兄弟》的入话故事讲述了桑茂(桑冲)从男孩被训练成女装的过程。故事中,桑茂在庙中躲雨时,偶遇一老妪。他意识到老妪是在与他调情,而想借此利用她一番。然而"老妪"实为男子,控制桑茂轻而易举。听罢老妪之言,桑茂称赞不已,由此拜其为师,学习男扮女装之技,从而踏上了致命的不归路。
③ 在中国,男戏班与女戏班分别存在的历史颇为悠久。明清时期存在着一众女戏班,并由女伶扮演男性角色。见 MacKerras, *Rise of Peking Opera*, pp. 45 - 47。
　　在徐渭的杂剧《女状元辞凰得凤》中,科介指示旦与净"换妆介"后,二人便以男子身份踏上科考之旅。见《四声猿》,第4部,第1出,3b。在17世纪才子佳人小说以及由女性所写的弹词作品中,女扮男装通过科举、踏上仕途是一个常见的主题。

人而侍御者少耳。天下冠儒冠、称丈夫者,皆愧死矣!"性别的差异再次以服饰来加以表征,然而这里有另一层意义。正因这个故事传达的所谓男子气概是如此轻易地被赋加与移除,所以男子应该意识到不能仅以穿戴儒生的衣冠而被称为大丈夫。

该故事以独特的方式喜剧性地颠覆了"才子佳人"的叙事模式:颜氏扮演才子,而丈夫扮演佳人(实际上,蒲松龄只描写了丈夫英俊的相貌,根本没有提及颜氏的外表)。同众多传奇故事一样,蒲松龄强调夫妻之间的关系而非才子的仕途。颜氏通过科举平步青云十余载,仅仅是三言两语一带而过,因为故事的重点在于颜氏女扮男装又回归女子身份的顺利过渡。这个故事本身或者异史氏的评论,均不曾诧异于颜氏的易装以及夫妻角色的颠倒[1](尽管颜氏巧妙地以弟的身份附属于丈夫),因为除了才能,颜氏还有女子必备的美德,尤其是贞洁。作为原配,颜氏辅佐丈夫且忠贞不渝,最后因生平不孕而出资为丈夫置妾,并毫无醋意。尽管这种夫妻角色的颠倒成为他人的笑柄,但男女之别的双重标准依然存留。颜氏将姬妾带至丈夫面前,言道:"凡人置身通显,则买姬媵以自奉;我宦迹十年,犹一身耳。君何福泽,坐享佳丽?"丈夫回道:"面首三十人,请卿自置耳。"[2]因为颜氏集男女身上的美德于一身,所以她是《聊斋》中最能代表两性合一的典范。

《商三官》的悲剧基调和《颜氏》中的轻松愉悦形成对比。《商

---

① 相比蒲松龄而言,19 世纪《聊斋》保守的评点者们对故事中夫妇性别颠倒的看法更为激进,他们认为颜氏仕宦正是明朝灭亡的不祥之兆。何守奇针对颜氏在明亡之际辞官回乡这一点评论道:"女也而男,公然仕宦,使非鼎革,则雌雄莫辩矣。不几于人妖与!"(《聊斋》,7.769)但明伦则持两方观点,尽管他称赞了颜氏的才能,但是他仍然写道:"至行取而迁御史,以牝鸡而鸣国是,阴盛阳衰,亦明季不祥之兆也。"(《聊斋》,7.768)

② 该典故出自李延寿《南史·宋本记》。山阴公主淫恣过度,向刘宋废帝刘子业抱怨其驸马人数相比后宫而言极少,十分不公。废帝因此赐予她三十"面首"作为男妾。

三官》的故事似乎深得蒲松龄的喜爱,因为他不仅写进《聊斋》,还扩写为一部俚曲《寒森曲》,甚至还以相似主题创作了一首名为《侠女行》的诗歌。① 虽然故事以客观、冷静的方式加以叙述,但异史氏对三官品德的歌颂饱含深情。故事的主角是年方二八的待嫁姑娘。其父被乡里豪绅家奴打死后,两个兄长诉至官府却毫无结果,于是姑娘自行解除婚约并离家出走。约半年之后,豪绅庆寿,请两个优人唱戏,其中一个叫李玉的优人深得豪绅欢心,便留他伴宿。几个时辰后,仆人发现主人已经身首异处,优人自经而死。其实这个优人便是商三官,三官扮作男子为父报仇之后又自缢身亡。受雇来守尸的人想要侵犯她的身体,忽然脑后像被什么东西猛砸一下,嘴一张,鲜血狂喷,片刻便一命呜呼了! 不轨之徒的死归因于尸体的神明之力,那是商三官死后在竭力保护自己的贞洁。

商三官女扮男装不同于《颜氏》中对性别的颠覆。尽管在这个故事里性别错位表现得颇为含蓄,但三官的确是在两个哥哥毫无男子气概又优柔寡断的情况下,才不惜性命为父报仇的。异史氏直接评论道:"家有女豫让而不知,则兄之为丈夫者可知矣。"②蒲松龄的俚曲更加明确了这一点:"全胜人间男子汉。"③故事中三官假扮优人是性别颠覆的另一个体现。但颇为反讽的是,她扮作男子时反而更为柔美("貌韶秀如好女"),而怒斥兄长时这个年

---

① 马瑞芳在《蒲松龄评传》中指出,《侠女行》相比《聊斋》中著名的《侠女》(《聊斋》,2.210—216)而言,与《商三官》更加接近。
② "豫让"是司马迁《史记》(86.2519—2521)中记载的一名刺客。这一典故援用得恰到好处:正如豫让假扮阉人行刺,商三官则女扮男装复仇。豫让行刺失败,而商三官亦在最后自缢。
③《蒲松龄集》,2:1035。

轻姑娘愈显男子气概。通过描写醉酒豪绅的性兴奋①，故事展现了寿宴上娈童朦胧而诱人的姿色，但该故事没有像《人妖》和《男妾》那样滑稽地暴露真相，而是在最后的卧室一幕中才揭开了真相的面纱。

叙事中的空白和一系列出乎意料的行为使《商三官》倍加奇异。三官离家后的半年是如何度过的，她又是如何得知杀父仇人喜好娈童而设法来到寿宴上的，这些在故事中是阙如的。三官突然的出现正如她突然的消失，通过视角的突转，故事对关键信息避而不言，由此产生了商三官行为的叙事空白。最重要的是，年轻的优人李玉插上门闩与豪绅就寝后，叙事焦点竟然转移到了家仆的身上。他们注意到异常的动静，直到室内动静消失而后发现尸体：

> 移时，闻厅事中格格有声，一仆往觇之，见室内冥黑，寂不闻声。行将旋踵，忽有响声甚厉，如悬重物而断其索。亟问之，并无应者。呼众排闼入，则主人身首两断；玉自经死，绳绝堕地上，梁间颈际，残绠俨然。②

这场谋杀的过程并未直接加以叙述，正如评论家但明伦所说，"杀仇只用虚写，神气已足"。

---

① 在《江城》中（《聊斋》，8.860），美艳的悍妇江城女扮男装成少年，监视前往酒肆的丈夫。蒲松龄通过和《商三官》十分相近的叙事手法，控制故事视角并制造悬念。与《商三官》类似，《江城》中也延迟揭示了少年的真实性别，而着手描绘酒客的赞叹之情。在《商三官》中，商三官的伪装对她自己和仇人来说都是致命的，而江城女扮男装的结果亦在强化其对懦弱丈夫异乎寻常的恐怖控制。
② 叙事焦点从豪强转至其家仆身上，这一点在俚曲《寒森曲》中也曾出现，但是由于俚曲每回偏长且细致，效果反而大打折扣。

图5 《南陵无双谱·木兰像》

　　这幅版画出自《南陵无双谱》（1690年序），刻画了一身戎装的木兰形象。《无双谱》的绘者——清初金古良为了塑造木兰女扮男装的视觉形象，在其戎装之下绘出了一双金莲。图片来源：《中国古代版画丛刊》，4：427。

　　叙述中的空白和三官性别的暴露遥相呼应，当仆人把李玉的尸体抬到院中时，他们惊骇于"其袜履虚若无足，解之则素舄如钩，盖女子也"。性别的暴露不是通过女性器官而是一双金莲。值得一提的是，《颜氏》中也有相同的揭露过程。为了让嫂子相信她不是男子，颜氏脱靴露足，而靴内填满了棉絮。在这个故事中，衣冠，这一由社会所建构的性别符号，巧妙操控着情节的发展；而与之相对照的，三寸金莲，这一由男性制造的恋物癖成为中华帝国晚期情色想象的聚集点,转换为女子真实性征自然而不可更易的证据。① 对女性性征的最终检验,竟与单纯通过外生殖器官、依赖桑冲②或二喜等男性特征改变的证据,形成了天壤之别(见图5)。③

另类女性

然而,在《聊斋志异》中,女人不需要穿得像男人一样,才被视为"女中丈夫"。有一些故事讲述的是像商三官等女子的壮举,她们以历史上的刺客或者唐传奇中的侠客为原型,这些均是蒲松龄所热切崇拜的人物。在《乔女》这一则故事中,乔女是一个长相奇丑的寡居妇人,唯有孟生有次见到她,竟生思慕之情,于是乔女报答孟生的知己之恩。《聊斋志异》中也有其他女英雄,譬如颜氏,自愿跨越传统性别的界限。乔女似乎是出于无奈,别人不把她当作女人看,甚至因为她身体畸形残疾,有人更不把她当人看。文中简洁而生动地这样描述她:"黑丑:壑一鼻,跛一足。"丧偶的孟生想求娶她,但是清代丧夫守节观念已在乔女心中根深蒂固,她

---

① 在徐渭的杂剧《雌木兰》中,科介写道"(旦)换鞋作痛楚状""换衣戴一军镟帽介"。木兰称她家有个漱金莲的秘方,能让金莲恢复原状,一旦回归女儿身后,便可嫁与他人。见《四声猿·雌木兰》,第1出,2b—3a。在另一部关于男扮女装的晚明杂剧《男王后》中,"男主角"由旦扮演,他惋惜自己生而为男,却比女子更加貌美,而他所缺的只是"鞋弓三寸"。见秦楼外史,《男王后》,第1折,2a。

② 其他关于桑冲的记载更加详细地描述了他男扮女装后的女性特征,尤其强调了他的三寸金莲。蒲松龄却出人意料地对此细节有所保留,他这么做可能正是为了简化故事中仅有的正面描写,而侧重于其他角色的反应。

③ 这里很难不从弗洛伊德精神分析的角度将缠足解释为对女性性器官的展现——尤其将其作为一种残缺的附属器官(mutilated appendages)看待。

辞曰："然残丑不如人，所可自信者，德耳；又事二夫，官人何取焉！"①

虽然《聊斋》评点者中无人提过乔女与《列女传》中的钟离春有些相似，但是乔女形象至少是部分受到了后者的启发。相貌奇丑的钟离春，最终成为齐国的皇后，书中这样描写其相貌："臼头，深目，长壮，大节，昂鼻，结喉，肥项，少发，折腰，出胸，皮肤若漆。"②丑陋的相貌使其为人所遗弃，但也如乔女一般，令其获得了特殊的道德远见，并得以从传统的性别束缚中解脱出来。钟离春自请见齐宣王，大胆向齐王求婚，并传授齐王隐身之术。通过对齐王暴政的训诫，她给国家带来了和平与繁荣。

这则教化式的故事明显告诉我们一个道理：美丑都只不过是表面而已。这显然也是《乔女》中所暗含着的道理。然而，蒲松龄给故事添加了更为重要的主题，即男女之间的无私友谊。尽管《乔女》如钟离春故事一般，同样充满了溢美之词，但背景被置换为卑微的乡村世界。两个故事的伦理意义是相似的，但问题是《乔女》并没有"保卫社稷"那样宏大的主题，而是缩小至"保护家庭"。在此，蒲松龄回到了其最为熟稔的地方纠纷和小奸小恶上面。

孟生暴病死后，村里的无赖知其家中子幼，便趁火打劫，瓜分其家财和田产。村中人皆装作视而不见，只有乔女挺身而出。她无视别人的嘲笑与恐吓，毅然走出了女性所属的家庭范围，为了

---

① 关于清朝对贞洁烈妇的崇拜，见田汝康（T'ien Ju-k'ang）《男性焦虑与女性贞节》（*Male Anxiety and Female Chastity*），特别是第126—148页；以及 Mann, "Widows"。

② Wu, *Wu Liang Shrine*, p. 269. 钟离春的图像，见该书第270页。同样地，为了不影响叙事，蒲松龄再次简化了正面描写。

一个非亲非故的男人到官府告状,要求纠正不公。虽然这种不得体的行为有悖于传统女性的行为规范,《聊斋》评点者何守奇曾明确指出这一点:"厥后之所为,虽曰愤于义,似非妇之所宜矣。"乔女的付出最终奏效,她又将孟生幼子抚养成人,长而教之,自己却抱子食贫,对孟生家产锱铢无所沾染。如同商三官,她的英雄气概足以在死后守护自身的贞洁,确保她的遗体与先夫,而非与知己孟生合葬在一处。

尽管乔女身体残疾,举止不似女性,但她的忠贞证明了其配得上是列女。然而,她无私报答曾赏识自己的男人,又称得上是具有男子气概。尽管从乔女的行为来看,她似乎是列女与烈男子的完美融合,但其高尚的情操最终还是被视为男性化的表征。异史氏叹道:"知己之感,许之以身,此烈男子之所为也。彼女子何知,而奇伟如是? 若遇九方皋,直牡视之矣。"

在《列子》中,九方皋是著名的相马家,他相马注重真精神,而往往忽视马的外表和牡牝。当秦穆公抱怨说,九方皋所荐的黄色母马实际上是一匹黑色的公马时,伯乐曰:"若皋之所观天机也。得其精而忘其粗,在其内而忘其外。"①正如九方皋所预判的,这匹马确实是天下少有的骏马。《聊斋》注家何垠详致阐明了此处所用典故的直接意义:"直牡之,谓其神骏非常,牝而可以为牡矣。此亦丈夫女意。"故而,在《聊斋志异》中,大丈夫气概被重新评定为一种真正的道德品格,无论女性抑或男性,均可以通过自我修养和正义的行为来获得。

---

①《列子》,8.95。

悍　妇

在《聊斋志异》的道德与社会领域内，处于女中丈夫对立面的则是悍妇。吴燕娜（Yenna Wu）通过大量的文献发现，悍妇形象在 17 世纪的中国文学中十分流行，无论是文言还是白话，并将这一主题的历史追溯至更早的作品。吴燕娜也指出了中国式悍妇的鲜明特点：无子嗣、多妒、残暴。① 蒲松龄对悍妇这一主题的兴趣，曾在学界引起广泛关注。首先便是《江城》篇，堪称《聊斋》故事中的《驯悍记》，后来蒲松龄根据这一故事作有一部俚曲，胡适据此将《醒世姻缘传》的作者考证为蒲松龄。② 然而，这种说法被普遍认为不可信。正如吴燕娜令人信服地指出，没有任何确凿的证据表明蒲松龄是这部小说的作者，悍妇这一主题在 17 世纪广泛存在，以至于根本不足为证。③

然而，也许不太为人所知的是，悍妇这个主题几乎渗入蒲松龄诸多作品中，绝不仅仅局限于《江城》《马介甫》等几篇著名的故事。在诸多故事中，悍妇是中心人物；在另一些故事中，悍妇只是略微提及的次要角色。似乎悍妇总是在《聊斋》故事中四处隐没着，蒲松龄也仅仅是有所选择，将某些悍妇塑造成丰满的艺术形象。此外，他还作有两篇关于悍妇的滑稽文章《怕婆经疏》与《〈妙音经〉续言》，后者附于《马介甫》之后。④ 而且，悍妇形象也出现在蒲松龄创作的几部俚曲中。

---

① Wu, "Marriage Destinies," chapter 2. 另见 Wu, "Inversion of Marital Hierarchy"。
② 胡适，《〈醒世姻缘传〉考证》。
③ Wu, "Marriage Destinies," chapter 1.
④《蒲松龄集》，1：308—310。

其实,悍妇这一形象本身是人们习见的。正如异史氏在《江城》中犀利的评论:"每见天下贤妇十之一,悍妇十之九。"吴燕娜认为,在 17 世纪的文学作品中,悍妇形象的艺术魅力主要体现在两性婚姻角色间的喜剧性倒置[1],正如我们在《颜氏》中所看到的,这种婚姻角色的倒转引起了蒲松龄的兴趣。当然,为了使悍妇这一主题足够新颖和吸引人,蒲松龄也不得不添加其他元素,或设计新的角度。[2] 在一些《聊斋》故事中,"驯悍记"纯粹是女性的事情;而丈夫,不论是被悍妻吓得龟缩一团,还是气得暴跳如雷,几乎与故事情节无甚关联。在这些故事中,重点并不在于两性间的倒置,更在于单一性别之内的对立和逆转。

例如,在《邵女》篇中,有一恶毒善妒的悍妇金氏,曾逼死丈夫的两个姬妾,后来身为侧室的邵女救了金氏性命,金氏为邵女的忍让牺牲所动,最终洗心革面。在《妾击贼》这一则故事中,貌美的小妾常常忍受着妒妇正妻的凌辱与折磨,却轻而易举地打跑了破门而入的贼人,原来其父是枪棒师,小妾曾随父习武。然而,小妾将正妻的折磨视为命该如此。正室知道后非常震惊和羞愧,异史氏比喻说:"化鹰为鸠。"在另一则长篇故事《珊瑚》中,蒲松龄曾将之改编成俚曲,悍妇的转变不是受德妇道德榜样的感化,而是因为自食了苦果。身为悍妇的婆婆将大儿媳赶走,却又招来一个与自己针尖对麦芒的二儿媳。二儿媳的凶悍让恶婆婆意识到自己行为的过失,最终两个悍妇都改过自新了。

然而,蒲松龄对这一程式化的情节最具有原创性的反转,是创造了所谓的"良性悍妇"(benign shrew)。尽管"良性悍妇"的

---

[1] Wu, "Marriage Destinies," chapter 2.

[2] 有趣的是,李渔在《戒荒唐》一文中以妒悍之妇为例,认为家常日用之事为作者提供了取之不尽的丰富素材。见《闲情偶寄》,第 18—19 页。

性格大多与"悍妇"相同——破口大骂、残忍凶暴，即便是能生育子嗣——其日积月累所造成的影响却截然不同：她给家庭带来的是福祉，而非灾难。在《云萝公主》中，云萝公主本是天上的神仙，下嫁凡人，生有二子。她冥冥中预见小儿子可弃是个十恶不赦的豺狼，坚持要可弃与小四岁的侯氏女订下婚约，如此可将可弃制服。可弃长大后果然如公主预言的那般凶狠残暴、道德败坏，他不仅赌博、盗物，还忤逆父兄，有悖于家庭伦理，俨然就是一个"男性悍妇"。云萝公主的挽救办法被证明是以毒攻毒。可弃的妻子生子后，变成了一个可怕的悍妇，手持厨刀，将可弃逐出家门。最终，她同意可弃返家，可弃改邪归正，家道日兴。异史氏对这种让浪子回头的邪门办法揶揄道："悍妻妒妇，遭之者如疽附于骨，死而后已，岂不毒哉！然砒、附，天下之至毒也，苟得其用，瞑眩大瘳，非参、苓所能及矣。而非仙人洞见脏腑，又乌敢以毒药贻子孙哉！"

女中丈夫与悍妇的形象，成为理解《聊斋志异》中性别界限的管钥。尽管这两种类型的人物均跨越了性别界限，但女中丈夫之所以违背社会规范，是为了实现体现社会崇高理想的目标。其身上表现出的某种个人操守和个人道德，往往并非女性所独有。虽然她跨越性别的界限，但并未对更大的社会秩序产生威胁。其英勇行为使得人们要更加尊重女性，但即便如此也可以归在"列女"名下，抑或被视为"荣誉男性"（honorary male）。相比之下，悍妇则是对厌恶女性这一观点的某种辩解与证实。悍妇这一角色可能在两性中占主导地位，但她绝不是男性化的。其行为举止不像男人，因为其所导致的混乱，是中国思想中女性所具有的最糟糕、最典型特征的一种夸张和集中体现。与其说悍妇是非女性（unfeminine），不如说是超女性（hyperfeminine）。谢肇淛在《五杂组》中总结了这种厌女症的立场:"凡妇人女子之性,无一佳者,妒也,吝也,拗也,懒也,拙也,愚也,酷也,易怒也,多疑也,轻信也,琐屑也,忌讳也,好鬼也,溺爱也,而其中妒为最甚。"①

　　然而,蒲松龄"良性悍妇"的创新表明,至少在一个不完美的社会里,悍妇和女中丈夫之间的界限可能并不是那么泾渭分明。有一篇以主人公命名的故事《仇大娘》,仇大娘性情刚猛,是寡居的妇人,娘家的大仇人用奸计将仇大娘骗回异母兄弟家,希望挑起家庭纠纷,让仇家败落。然而故事发生了大逆转,大娘的悍妇性格恰恰成了家庭的救星。为了对付仇家的仇人,伶牙俐齿的仇大娘到官府告状,保住了兄弟的家产。作为奖赏,她和儿子甚至得到了娘家三分之一的财产。与此同时,她仍然寡居守节。由此,那些曾让仇大娘成为悍妇的个性,经过充分的利用,将她重新塑造为了"女中丈夫"。② 女性跨越性别界限的两种传统,在此已然融合在了一处。

---

① 谢肇淛,《五杂组》,8.309—310。
② 费侠莉认为就两性政治而言,"明清之际性别规范的转变,在于清代开始愈发推崇妇女寡居守节",而非"女性全新的社会自信(social assertiveness)"。而通过将这两方面合二为一,蒲松龄笔下的仇大娘,正如奇丑无比的寡妇乔女报答男性知己一样,结合了刚猛悍妇与守节烈妇的两种形象,这两类女性形象并非泾渭分明,而是可以同时存在,甚至互相强化的。

第五章　梦境

大哉，梦乎！假使古来无梦，天地之内甚平凡而不奇，岂不悲哉。

——董说《梦社约》

事所未有，梦能造之；意所未设，梦能开之。其不验，梦也；其验，则非梦也。梦而梦，幻乃真矣；梦而非梦，真乃愈幻矣。

——情史氏《情史类略》

蒲松龄之梦

别有意味的是，在一个自传式梦境中，蒲松龄唯一一次将自己塑造为奇幻历险记的主角。尽管在诸多故事中，蒲松龄作为叙事者，以第一人称的口吻出现，以与自称异史氏的身份相称，仅将自己视为亲见者，听闻者，或记录者，却不直接参与故事的发展。① 形成鲜明对比的是，《绛妃》讲述了 1683 年春蒲松龄所做

---

① 《聊斋》中的第一人称有时仅仅描述作者与信息提供者的关系，如"余友毕怡庵"等。其他以第一人称口吻出现的例子，包括蒲松龄回忆儿时观奇术的《偷桃》(《聊斋》，1.32)，记录地震观察的《地震》(《聊斋》，2.170)，以及《上仙》(《聊斋》，5.691)，讲述其将信将疑拜访狐仙、见上仙之事。若以热奈特的分类来看，《绛妃》的确是《聊斋》中唯一的主人公与叙事者相同的"同故事叙事"(homodiegetic narrative)，见 Genette, *Narrative Discourse*, p. 245。

的一场梦。梦中蒲松龄坐馆于绰然堂,这是其馆东及友人毕际有之府邸。一日,眺览既归,梦二女郎邀其赴绛妃华居。① 酒数行,绛妃劳其草拟檄文,御风以振群情。诸丽者拭案拂坐,磨墨濡毫。蒲松龄一气呵成,檄文正遂绛妃之意。醒而忆之,情事宛然,但檄词半数已忘。所记(占故事大半数)以喜剧性文本的形式补足了梦中檄文。其以精美的骈体文写成,此皆为醒时所作。②

早些时候,蒲松龄另作有一长篇叙事诗《为友人写梦八十韵》,该诗作于 1671 年,与《绛妃》有些可比性,同样以第一人称记述了其梦中所历。该诗辞藻华丽,引经据典,描绘了中国诗歌传统中与神女幽会的情景。蒲松龄同样被召至一神秘美人的豪华府邸。仙子备下宴席,邀他一同与众女郎饮酒作乐。实际上,诗中的叙事顺序与《绛妃》近乎一致,表述也几乎相同——"环佩锵然"——这标志着故事中绛妃的驾临,也引出了诗中神女的现身。③ 但与《绛妃》不同,这首诗的高潮之处在于做梦人对神女的欲望得偿所愿。最终,挥泪而别,他醒来发现那不过是梦一场:"歧途方佗傺,觉悟笑荒唐。"④

---

① 毕际有的石隐园在当地必定享有盛名。关于该园的记载可见《淄川县志·园林》,其中还包括了毕氏关于石隐园沿革与特色的自撰长文,见《淄川县志》,3.22a—24a。蒲松龄在一系列诗作中描绘了其在园中之乐。见如《蒲松龄集》,1:491—493,515—516,543,612。

② 关于这篇题为《为花神讨封姨檄》(另附一句开篇语),见《蒲松龄集》,1:296—298。与此同时,蒲松龄还著有另一篇与花神有关的戏仿文《群卉揭乳香札子》(《蒲松龄集》,1:298—299)。在蒲松龄的檄文之前,花神故事就已存在诸多唐朝版本,如广为流传的唐传奇《崔玄微》,它亦出现在诸多晚明文集之中。同时代的作品里,与这篇檄文类似的有尤侗所作的《花神弹封姨文》(《西堂全集·西堂杂俎》,3.11a—12b),以及《醒世恒言》卷 4 的入话故事(见谭正璧,《三言两拍资料》,第 411—412 页)。

③ 故事里描述道"环佩锵然"(《聊斋》,6.739);诗句中则写作"环佩响锵锵"(《蒲松龄集》,1:467)。

④ 《蒲松龄集》,1:468。王士禛对此诗颇为赞赏,称其"缠绵艳丽",见《蒲松龄集》,1:468。

在《绛妃》中,蒲松龄以色情情化的书写行为替代了原诗里赤裸的性爱,以此带来梦者欲望的满足:

> 诸丽者拭案拂坐,磨墨濡毫。又一垂髫人,折纸为范,置腕下。略写一两句,便二三辈叠背相窥。余素迟钝,此时觉文思若涌。①

此外,与诗一样,这个故事显然是关于欲望的寓言,描述了一场节令性的"春梦",而这场春梦由在繁花似锦的园中漫步而引发。后花园不仅是明清言情小说和戏曲中最重要的情爱场所,在同一时期的《梦林玄解》这本解梦百科全书中亦是如此。② 将花拟人化为美丽的女子,现身于爱慕者面前,这也是明清言情小说最青睐的主题,在《聊斋志异》中被敷衍为另外几则关于花精和书生幽媾的故事。③ 然而,在《绛妃》中,蒲松龄的文学抱负取代了赤裸的情欲,戏仿"宫廷大殿"之上应召觐见,出色地完成了花神交托于他的即兴文章。④ 因此,与诗中所述不同,《绛妃》中梦境所历并未最终被斥为"荒唐"。相反,蒲松龄将梦中所写檄文随附于《绛妃》故事之后,表面上是为了证明此梦的真实性,然而对庄

---

① 英译见 Spence, *Death of Woman Wang*, p. 32。在此书中,史景迁以高妙的译笔传递出了这一幕的情色意味。

② 何栋如的《梦林玄解》中专门收录了与"园"相关的一系列梦征,其中又以情爱为主。最有趣的梦境包括"游园遇美女"(3.41a)和"园池中鸳鸯飞"(3.43)。关于《梦林玄解》的编纂,见第四章,第129页脚注②。

③ 例如,见王晫,《看花述异记》,载张潮《虞初新志》,12.183—187。张潮的评论表明此类花精故事在当时的文学作品中相当普遍:"向读《艳异》诸书,见花妖月姐,往往于文士有缘,心窃慕之,恨生平未之遇也。今读此记,益令我神往矣。"(《虞初新志》,12.187)其他收录花精故事的明代文言小说集有《一见赏心编》《花阵绮言》等。这一主题在冯梦龙《醒世恒言·灌园叟晚逢仙女》的主体故事中以最为滑稽的姿态呈现。

④ 受神明之托即兴创作某类主题的文章是一类常见的梦境,相关记载可见于何栋如《梦林玄解·诗词》以及陈士元《梦占逸旨·笔墨篇》。

重的骈文规则的滑稽模仿以及洋洋洒洒的文字游戏,更让人将梦中所历与欢笑和嬉戏联系起来。

《绛妃》篇中,故事是序文,而其正文实际上是梦中所撰制的檄文。这种写法在《聊斋志异》中仅此一篇。① 前面叙述从属于檄文,本质上作为注解交代梦中应召撰制檄文的语境和由来。然而,这种二分的结构在蒲松龄文集中是一种惯常的手法,用以展现梦境与文学创作之间的关系,在其中数首由梦而感发,甚或是梦中残篇、醒后又重新而作的诗作中,蒲松龄便运用了这一结构。② 例如,一首作于1708年、题为《志梦》的绝句,诗前便有一则简短的序言,以散文形式描绘了早春弃园中所做之梦。

> 元宵前一夜,梦独涉园亭,新月初上,柳丝丝下垂,因而凭桥,觉露冷似秋。忽得句,志成之。

继而,该绝句扼要描述了梦中之景:

> 银河高耿柳平桥,
> 月色昏黄更寂寥。
> 深院无人夜清冷,
> 天风吹处暗香飘。③

---

① 尽管蒲松龄有时也会在故事之后附以长篇大论,但是它们要么总结故事情节,如《胭脂》(《聊斋》,10.1374—1377),要么就故事中某一问题进行详细讨论,如《犬奸》(《聊斋》,1.49—50)对人兽交媾的评论,《王十》(《聊斋》,11.1560—1562)对"食盐"的讨论。

② 通过诗作标题或序言可知,当时有很多诗作为梦中残篇,这反映了梦境常作为当时文学创作灵感之来源。在晚明梦书中,多有单独一类与写作有关,如陈士元《梦占逸旨·笔墨篇》以及何栋如《梦林玄解·诗词》。

③ 《蒲松龄集》,1:616。序言并未表明该绝句在多大程度上记录了蒲松龄的梦境,又有多少为其所附会,仅提及在其醒后"成之"。其他志梦之诗,见《蒲松龄集》,1:467,550,616,623,624,632。

这首诗原本是以高度传统化的方式再现夜景，但与序言相结合，便渲染出一种神秘恐怖的梦境。诗中所写景色源于一场梦，这是记录该诗的缘由；序言的存在，将此诗与一般的写景诗区分了开来。

《绛妃》的这一序言结构也让人联想到《聊斋·自志》，其中表明了蒲松龄创作这一短篇小说集的初衷，并于结尾处刻画了处于写作状态的作者本人。也正是仿佛认识到这一相似之处，青柯亭本殿以此篇《绛妃》故事，作为修辞性的结语，与开端遥相呼应。①《自志》中茕茕孑立、"案冷疑冰"而"成孤愤之书"的书写者变成了《绛妃》中多情的梦者，美人绕膝怀，在梦中挥洒才情与学识，为花木戏仿了一篇有趣的檄文。正如评点者但明伦所言："殿上赐笔札，止得之花神，止得之梦寐，若自誉之，实自嘲也。"

晚明梦趣

《聊斋志异》中共有八十余篇与梦境有关的故事，而《绛妃》为其中的一则；此外有二十五篇是直接以梦为主题的。从这些故事和蒲松龄的诗作可以看出，蒲松龄既赓续了中国丰富的梦境文学传统，也保留了明末清初文人对梦境非同寻常的迷恋。

梦境是志怪传奇类小说的重要主题。例如，4 世纪《搜神记》中有整整一章是写梦境的。9 世纪的《博异志》亦是如此。10 世纪敕修《太平广记》中有不少于七章内容，是与梦相关的故事。12 世纪《夷坚志》中有数量惊人的与梦及释梦相关的内容。明代具

---

① 但明伦受到金圣叹评点的影响，试图将《绛妃》读作《聊斋》全书的殿篇，见《聊斋》，6.740。

有浪漫取向的小说集，例如《情史类略》《绿窗女史》《艳异编》中，均有大量与梦相关的篇章。16 世纪流行甚广的小说选集《虞初志》中收录了几则著名唐传奇，它们也都与梦境相关。① 许多专事搜奇的明清笔记中也收录有梦境的内容。② 这些“主题传统”(thematic conventions)历经市场多次重刊和编选文言小说集而得以强化，蒲松龄在写作《聊斋志异》与梦境相关的故事时，显然也承袭了它们。这一点似乎特别明显，《聊斋》中有少量的故事，是对早期书面故事的重述，而其中三则故事则是对唐代梦境叙事的直接仿写③。④

与此同时，《聊斋》对梦境的偏好，反映了当时的一种文化现象：16、17 世纪的文人圈热衷于梦境。文人对梦境的广泛兴趣不仅体现在戏曲和小说(包括文言和白话)中，在(学术)专论、汇编、散论，以及自传、诗歌，甚至绘画和版画(见图 6)中也存在。学术方面的代表作品，例如陈士元的《梦占逸旨》、剧作家张凤翼(1527—1613)的《梦占类考》⑤和何栋如的《梦林玄解》等均为典型的梦境研究类著作。散论方面，典型的有董说(1620—1686)关于做梦的各种创造性可能的热忱解说，其实验性小说《西游补》

---

① 程毅中将《虞初志》的初版年代定为 16 世纪初，并认为陆采(1537 年逝世)为其编者，当时另有一部署名汤显祖的增订本亦曾流传，见程毅中，《〈虞初志〉的编者和版本》，第 36—38 页。

② 例如，可见黄玮，《蓬窗类记・梦纪》，卷 4；沈德符，《万历野获编》，28.718—720；程时用，《风世类编・梦征》。

③ 笔者所称“仿写”(imitation)指以同一文体对原作进行重写，一方面以展现仿作者自身的风格与观点，另一方面仍保有与原作可观的相似度。而“改编”(adaptation)则是以不同媒介或文体对原作进行改写。

④《续黄粱》(《聊斋》，4.518—527)是对唐传奇《枕中记》的仿写；《莲花公主》(《聊斋》，5.673—677)基于《南柯太守传》；而《凤阳士人》(《聊斋》，2.187—190)则基于《独孤遐叔》。这些唐传奇本身即相当有名。

⑤《梦占类考》的一部分收录于《梦林玄解》，包括张凤翼 1585 年所作原序。张凤翼在序文中认为宋元时期释梦衰落，而到了明代又再次复兴。

便完全表现为一个梦境;这些都显示出董说对记梦长达一生的癖好。① 明末清初,诸多学者均在他们的文学作品中留下了关于梦的记述②,董说之友黄周星甚至将每日所做之梦成书付梓③。在戏曲中,梦境也十分常见,如汤显祖(1550—1616)影响颇大的"临川四梦",特别是其杰作《牡丹亭》。诗歌方面,王阳明、徐渭、袁宏道、汤显祖、董说,以及蒲松龄的好友高珩、朱缃,乃至蒲松龄本人,都写了大量与梦相关的诗歌。④ 绘画方面,则有唐寅(1470—1523)的《梦仙草堂图》和李日华(1565—1635)的《溪山入梦图》。⑤

---

① 正如董说在其《梦本草》一文中所言:"梦癖已痼,不以为病,而谓之药。"见《丰草庵集》,3.12b。该文集还收录了董说关于梦的一系列散论,包括《梦乡志》《昭阳梦史序》等。关于董说的研究,见 Brandauer, *Tung Yüeh*, pp. 109 - 129;Hsia, "The *Hsi-yu pu* as a Study of Dreams in Fiction," in "New Perspectives on Two Ming Novels:*Hsi-yu chi* and *His-yu pu*"。

② 例如,宋懋澄(1612年举人)的《九籥集》中记述了一系列与长生有关的梦。在袁宏道的诗文集中也有诸多关于梦境的记述,其中一些诗文的英译见"Dreams," in Chaves, *Pilgrim of the Clouds*, pp. 77 - 79。李应升(万历年间进士)的《记梦》一文以游记的形式记录了他的梦中之旅,该文见朱剑心,《晚明小品选注》,第212—213页。张岱的《陶庵梦忆》中载有《南镇祈梦》(3.20)和《琅嬛福地记》(8.79)二文;其梦忆序亦是关于梦与往昔的反思,相关讨论见 Owen, *Remembrances*, pp. 134 - 141。尤侗(1618—1704)在其《西堂全集·秋梦录》序中对梦进行了探讨。另见 Fang-tu, "Ming Dreams"; Wu, *Confucian's Progress*。

③ 魏爱莲致力于黄周星著述的研究,她曾将其复制本包括稀见的黄周星记梦集《选梦略刻》,以及黄周星关于连环梦境的一篇长篇叙事《鸳鸯梦》,借与笔者一览。在此特表谢忱。

④ 见王守仁,《王文成公全书》,2:19.49—50,2:20.119—120,2:20.113—134;袁宏道,《袁宏道集》,第1308,1446—1447页;汤显祖关于梦的诗作,见《汤显祖诗文集》,第244,383,534,757,882页;高珩,《栖云阁集》,特别是卷二"分梦"、卷七"旧梦"和卷十一"枕上";朱缃,《济南朱氏诗文汇编》。笔者猜想绝大多数明清文人的文集中可能均有关于梦的诗作。

⑤ 关于17世纪与梦相关的绘画,见 Cahill, *Chinese Painting*, pp. 138 - 139; Cahill, *The Compelling Image*, p. 89。关于李日华,见 Li and Watt, *A Scholar's Studio* (pl. 3);项圣谟的《绮梦图》中有其1629年的题识,这则有趣的题识讲述此画表现梦境之本事。另见1990年秋季刊《亚洲艺术》(*Asian Art*),该特刊以中国艺术中的梦游为主题,其中尤其值得注意的是 Li, "Dream Visions of Transcendence in Chinese Literature and Painting," pp. 53 - 77。

图 6 《惊梦》

与梦境相关的最精美的版画之一,出自著名艺术家陈洪绶(1598—1652)之手。画中情景取材于《西厢记》:男主人公张生枕席而眠,梦与心上人崔莺莺在园中幽会。与其他大多数以梦为主题的版画相比,这幅画中代表梦境的泡影,画面丰富而充盈,入梦者所处空间却似乎显得空空如也。结果便是颠覆了看画人对真实世界与虚幻梦境的印象。此图原见于《张深之先生正北西厢秘本》。图片来源:周芜,《中国版画史图录》,第 839 页。

晚明时期的学术著述,对早期记梦文献加以搜集与整理,必然促进了与梦境相关的原创作品的大量涌现;而与梦相关的原创性作品,又反过来进一步带动了对早期记梦文献的整理。例如,董说作品在梦境书写传统的实验方面,似是走得最远,其将历史综合(historical synthesis)与文学创新(literary invention)两种模式紧密结合起来。与此同时,即便是如《梦林玄解》这般看起来是解梦实用手册式的作品,也收录了当时的一些故事,作为具体释梦的例证,其中有一个例子便与汤显祖的《牡丹亭》非常类似。①
与同时期其他主题丛书,比如《情史类略》(二者有一定的类同性)
一样,《梦林玄解》中既有通俗易懂的娱乐内容,也有实用指南和
学术知识。

晚明时期十分注重对早期梦境材料的整合,例如,陈士元《梦
占逸旨》创作于 1562 年之后的一段时间内,而后何栋如的《梦林
玄解》(序言所示为 1636 年)对之加以删节并收录。②《梦占逸
旨》有着松散的理论框架,是一部简明的百科全书式的记梦史。
该书论证合理,信而有征,对研究中国文学作品中的梦境叙事具
有不可估量的价值。《梦占逸旨》在结构上以主题而非以时间为
序,充分证实了晚明文人所能接触到的与梦境相关的书面材料所
具有的惊人的丰富性和复杂性。除经部、史部、佛道经籍外,这本
书还收录了各种各样的内容,如医书、诗话、轶事、序文以及志怪
传奇故事。志怪与传奇,这些文类现在通常归为"小说",但在明
清时期仍被认为是获取知识的合法性来源,这一点在当时李时珍
所编《本草纲目》中也能够得到证实。

陈士元《梦占逸旨》表明,中国梦境叙事不存在单一的传统,
而毋宁说并存和交织着数个有影响的、具有潜在矛盾性的传统。
对此,陈士元捻出了两种释梦的路径:一为"兆"(prophecy),二为
"幻"(illusion)。前者意味着梦预示未来,故而可以揭示命运的

---

① "游园遇美女"条的释梦中附以一则轶事,讲述一青年梦游佳园而遇丽人,与其在牡
　丹栏畔云雨。梦醒后,青年因相思而失魂落魄,其父母却强使其完婚。大婚当夜,
　青年得知其新娘正是梦中所遇丽人。故事最后的评语写道:"事与梦梅(即《牡丹
　亭》中的男主角)绝相类。"见何栋如,《梦林玄解》,3.41a。
② *Dictionary of Ming Biography*, p.178.《梦占逸旨》的自序记载了陈士元于 1562
　年所做之梦。晚明时期,出版业兴盛、考证之风开始流行,在此背景下,学术类著作
　的编纂蔚然成风,这些梦书的出版显然与这一风潮有关。

安排。正如陈士元所言："梦者，神之游，知来之镜也。"①而后者则将梦视为一种用来质疑幻与真之间界限的方式。这两种方法对梦境的理解有着共通之处，即它们或则认为梦是平行世界（例如冥界与人间，仙界与凡间）之间，抑或日常交流途径不畅者之间所进行的一种可能的交流方式。

针对这两种截然不同的释梦路径，陈士元在《梦占逸旨》中假托"宗空生"与"通微主人"间的一场辩论，阐明了各自的立场。宗空生受长久以来中国怀疑论传统的影响，借助于佛家"露电泡影"的说法，指出梦皆归于虚妄，根本不具有预示功能，因此也无须解释。② 通微主人则反驳道，预兆性的梦不仅出现在纬录稗说之中，甚至六经和官方史书中都有所记载，因此必须认真对待和加以阐释。不出所料，通微主人最终在这场辩论中获胜，于是陈士元得以安心完成此书。虽然陈士元所看中的是梦的预兆功能，但是这并未阻止其自如地利用梦境的虚幻性联想（illusory associations）。特别是在自序中，陈士元表明最初的写作灵感便源于一场梦。同时，书中修辞性的结语写道："吾之述《逸旨》也，其梦乎？其觉乎？吾不自觉也，是亦梦也矣。后之君子，试览《逸旨》而耳，吾曩梦。"③末尾，陈士元暗示说尽管整部作品言之凿凿，但最终可能皆为妄言。

在这场宗空生与通微主人之间的辩论中，双方的每一种观点都涉及一个单独的问题，而这些问题必须至少在与梦境有关的文本中方能间接寻到答案。法国学者罗歇·凯卢瓦（Roger Caillois）曾这样写道："有两个与梦相关的问题一直困扰着人们。

---

① 陈士元，《梦占逸旨》，1.1。
② 陈士元，《梦占逸旨》，1.4。王充在《论衡》中最早对预兆性梦提出过质疑。
③ 陈士元，《梦占逸旨》，8.72。

一是关于梦真正的含义(meaning)或意义(significance);二是梦境与现实世界的关系,抑或说梦境具有多少现实的因素。"①对一些故事而言,其中的梦境启示未来,在此基本的问题属于解释学的范畴。这个梦是什么意思?如何解释?这种解释正确吗?梦者或许对梦的含义一目了然;当然也有可能,梦境是一种神谕或一个谜团,梦者需要解码,以揭示其中的奥秘。在梦为虚幻的故事中,关键的问题不是梦境的含义,而是"梦是什么"。这类故事引发了本体论甚至认识论的问题。如何断决梦与醒,幻与真?梦中所历的真实性能否被确定?此类故事中,叙事的关注点不在于检验释梦的准确性,而在于细致描绘梦中经历的生动性与复杂性,以激起梦醒后的震惊感。

在预兆性梦境叙述中,梦本身毫不遮掩地被作为一个事实加以呈现,无论是梦者还是释梦者,均不会质疑梦本身的存在。梦可以描绘成一个戏剧化的场景,或者更常见的,仅仅是概述性的。在醒来后,梦者甚至可以将他的梦记录下来,这样,梦境自然就成为一个有待于阐释的书面文本。梦者可能会自己解读所做之梦,抑或会向他人求助——由相识者或专门的解梦人对梦境进行阐说。就最简化的形式而言,在有关预兆性梦境的故事中,通常有三层叙述结构:梦境(所描绘的或相关的),解梦(由梦者或他人),结果(解梦内容成真)。

在中国文学传统中,预兆性的梦往往出现在简短的志怪类故事中,而虚幻的梦通常出现在篇幅更长的传奇故事中,但这条规则也并不是绝对的。预兆性的梦可以踵事增华,出现在情节复杂

---

① Caillois,"Logical and Philosophical Problems," p. 23. 此篇文章的节本亦是凯卢瓦《梦境奇遇记》(*The Dream Adventure*)的引言。

的故事中,如《聊斋志异》中《诗谳》一篇,一个被诬陷谋杀的人,梦
到了能昭雪其冤屈的官员的名字。相反,详尽描述的梦境叙事也
可能具有预兆性的意义,如《聊斋志异》中的《梦狼》,在这则故事
中,梦者记下了其梦中在冥间的所历,并加以解说,最终解释
成真。

释 梦

促使某人以书面或视觉形式记录梦境的起因,与引发其做
梦,进而描述梦境的动因并不完全相同。只有实用性手册(如《梦
林玄解》中的部分内容)才旨在传授释梦的符号性词汇和技巧,这
种手册主要涉及一些所谓的标准型梦境(standard dreams)。[1]
而大部分中国文学作品记录梦,则是由于梦境是个别的或奇特
的,也就是说它们与普通的梦有着惊人的不同之处。[2] 也许是梦
境本身就被认为是不同寻常的,因此需要记录,抑或某一梦境有
着极为巧妙的解析或意想不到的结局,值得叙及。

因此,当一则故事或轶事的主题是关于一个预兆性的梦时,
焦点往往会从梦本身转移至释梦及其应验上。《三国志》中有一
则与著名释梦大师周宣有关的故事,巧妙地说明了这一点:

> 尝有问宣曰:"吾昨夜梦见刍狗,其占何也?"宣答曰:"君
> 欲得美食耳!"有顷,出行,果遇丰膳。后又问宣曰:"昨夜复

---

[1] 关于中国解梦手册及其标准化符号性意义的讨论,见 Drège, "Notes d'onirologie chinoise"。

[2] 白行简(827 年逝世)在其《三梦记》的开篇即强调了这一点:"人之梦,异于常者有之。"而在篇末又评论道,其所叙述之梦前所未有。见汪辟疆,《唐人小说》,第 108—109 页。

梦见刍狗,何也?"宣曰:"君欲堕车折脚,宜戒慎之。"顷之,果
如宣言。后又问宣:"昨夜复梦见刍狗,何也?"宣曰:"君家欲
失火,当善护之。"俄遂火起。语宣曰:"前后三时,皆不梦也。
聊试君耳,何以皆验邪?"宣对曰:"此神灵动君使言,故与真
梦无异也。"①

虽然释梦者自谦地将问询人的话与神的启示联系在一起,但
这则轶事也最能证明释梦者惊人的解梦本领,他不仅能以完全不
同的方式解释三个相同的梦,而且能像解读真实的梦一样成功地
解释谎称的梦。梦本身的内容已经变得无关紧要,而仅仅是解释
的一个由头。②

陈士元的《梦占逸旨》提供了三种解释预兆性梦境的一般技
巧,这三种方法与古希腊的阿特米多鲁斯(Artemidorus)于公元
2 世纪所撰著名的《梦之解析》(Oneirocritica)中所阐述的释梦模
式有着密切的对应关系。③ 陈士元将第一种释梦的方法称为"直

---

① 陈寿,《三国志·魏志》,第 510—511 页。关于对引文的另一种解读,见 Ong,
  Interpretation of Dreams in Ancient China, pp. 128 - 130. 杜联喆亦讨论了一则
  类似的关于假梦应验的明代轶事,见 Fang-tu, "Ming Dreams," pp. 65 - 66. 试比
  较犹太教经典《密释纳》(*Mishna*)中的内容:"耶路撒冷共有二十四位释梦者。我
  曾经做了一个梦,去找他们每一个人解梦,每个人都给出了不同的解释,但它们都
  应验了。正如古语有言:梦境随(释梦者之)口(The dream follows the mouth)。"转
  引自 Caillois, *Dream Adventure*, p. xii.
② 此段引文最后,周宣说明其释梦原理。刍狗乃祭神之物,因此他只是单纯地依照祭
  祀之礼的顺序,以梦者或其家室的情况代替祭祀中的刍狗而已。因为祭礼中的第
  一步是献祭,由此,周宣首先解为梦者得饮食。接下来,刍狗为车所轹,故而第二个
  预兆言及梦者堕车折脚。祭礼最后,刍狗被烧,所以第三个预言即与失火有关。
③ 陈士元提出的三种方法饶有趣味地列于"梦端"一节,它们发展自王符所著《潜夫
  论》中关于释梦的分类(第 315—316 页),该书成书于公元 2 世纪。王珍瑶在其《古
  代中国的释梦》一书中详细探讨了王符与阿特米多鲁斯释梦分类的相似性(Ong,
  Interpretation of Dreams in Ancient China, pp. 134 - 141)。关于阿特米多鲁斯的
  分类,见 *Oneirocritica*.

叶",即"直接"(direct),或借用阿特米多鲁斯的术语,便是所谓的
"定理"模式(theorematic mode),依据梦境表面内容来解释梦境。
梦中所见即为梦之含义。所梦丝毫不爽地成为现实:根本不需要
转换或翻译。第二种,也是最富于变化的方法,陈士元称为"比
象"。这是一种象征式的方法,可以与阿特米多鲁斯的"寓言"模
式(allegoric mode)相对应。这种阐释策略假定梦中所见并非指
向梦境本身,而是另有一种隐含之义。寓言式解梦法将梦境分为
两层含义,表面义通常不予考虑,而比喻义则是压倒性的,决定着
梦的结果。陈士元的最后一种解梦方法为"反极",也就是阿特米
多鲁斯所谓的"对立"模式(antithetical mode):先以定理模式解
释梦,然后将此含义反转过来。换言之,梦中预言的应验与梦中
所见恰恰相反。

在特定的情境下采用相应的阐释模式,这是成功释梦的关
键。① 文学作品中非专业的解梦者面对这个难题,常常会捉襟见
肘。为梦境语言模棱两可的可能性以及过多的含义所欺骗,一些
《聊斋》故事中的梦者选择了不恰当的解梦方法,从而误读了自己
所做的梦。结果,梦者付出了代价,而梦的结果也出人意料地变
成了一个妙语连珠的笑话。

在一则《聊斋》故事中,胸怀抱负的年轻书生,梦到被人称为
"五羖大夫"。② 他喜不自胜,遂以为这是自己仕途显达的吉兆。
书生依据一个著名的历史典故对其所梦作了寓言式的解读,"五

---

① 当然,这并非唯一的标准。在《梦林玄解》中有诸多警示,告诫释梦时需要加以考量
梦者的身份、地位与性别等。
② 蒲松龄指出该轶事为"毕载积先生志",见《聊斋》,3.428。王士禛《池北偶谈》(27.
624)中亦收录了这则轶事,两者差别甚微。

羖大夫"是春秋时期一位著名政治家的官衔。① 然而,故事并未过多提供书生解梦的依据,这主要是为了体现幽默性,这一典故及其含义不论对读者还是对书生本人而言,都是不言自明的。②

而后,书生遭遇流寇,被剥光衣服,关在一所空屋内。时值冬月,严寒刺骨。他在黑暗中摸索,摸到几张羊皮,用来裹住身体,才不至于冻死。等到天亮,发现恰巧是五张羊皮,不禁哑然失笑,原来是神灵在戏弄自己。

对仕途功名的渴求和对历史典故的惯常性援用,使得书生误读了所做之梦。梦境并未如其所希望地在比喻义上成真,却是在字面义上变成了现实。书生的确担得起"五羖大夫"的称号,但情境发生了变化,其被流寇剥光衣服,只剩五张羊皮。在此,"五羖大夫"的名号成为一种嘲弄,而非荣誉。书生错误地用"比象"法而非"直叶"法来解释他的梦,正是其中意义的歪曲而促成了这一则故事。但令人好奇的是书生最终以明经而授洛南知县。由此看来,"比象"法对于预测仕途官禄而言,还是有可取之处的。

类似对梦的误读在另一则《聊斋》幽默故事《牛飞》中也曾出现。邑人某,购一牛,颇健。夜梦牛生两翼飞去,以为不祥,怀疑牛会死去。在此故事中,做梦人又一次以"比象"法解释所做的梦,但这次显示出梦者并无多少文化素养,因为故事并未涉及妙语或者博学的典故。梦中意象与释梦间的关系非常简单:"飞去"象征着失去,并很可能是死亡。但正如在这类志怪故事中经常发生的那样,梦境的解释越显而易见,则越容易引发歧义。

---

① 世称百里奚为"五羖大夫"。后来,以"五羖大夫"比喻统治者善用贤臣。
② 在文学作品中常常出现预示科举结果的梦境,陈士元在《梦占逸旨》中记录了一整类相关梦境,见《梦占逸旨·科甲篇》,6.43—46。另见 Fang-tu, "Ming Dreams," pp. 60 - 62。

在这一紧要关头，做梦人试图扭转梦中所示的可能厄运：

> 牵入市损价售之，以巾裹金缠臂上。归至半途，见有鹰食残兔，近之甚驯。遂以巾头繋股，臂之。鹰屡摆扑，把捉稍懈，带巾腾去。

可笑的是，梦中预兆改头换面，再一次成为现实，这次是直接性的而非象征性的。几乎可以照字面义来理解，此人卖牛所得银两，生出双翼，消失在了天空中。"飞牛"这一梦中意象，本身便很滑稽可笑，是飞禽与走兽的混合体，让人有些费解。正如作者有些幸灾乐祸意味的评论所指出的，最具讽刺意味的，正是由于误读了所做之梦，其本人促成了不详之梦的实现。"此虽定数，然不疑梦，不贪拾遗，则走者何遽能飞哉？"

在上述两例中，梦者依照"寓言"模式而非照字面解读所做之梦，结果都失算了，而这一失误轻描淡写地使其成为笑柄。然而，在《聊斋志异》中以"对立"模式解梦的故事，则产生了更为辛辣的讽刺效果。在故事《岳神》中，错误的解梦造成了致命的后果。

> 扬州提同知，夜梦岳神（作者注：冥府一位尊神）召之，词色愤怒。仰见一人侍神侧，少为缓颊。醒而恶之。早诣岳庙，默作祈禳。既出，见药肆一人，绝肖所见。问之，知为医生。既归，暴病。特遣人聘之。至则出方为剂，暮服之，中夜而卒。[1]

作者在故事最后半开玩笑地加了一段警语，或曰："阎罗王与东岳天子，日遣侍者男女十万八千众，分布天下作巫医，名'勾魂

---

[1] 若这位官员得幸拜读陈士元所辑的"反极"之梦，他会发现梦见医生预示得病之兆。而何栋如的《梦林玄解》则会证实这位官员的判断：梦见"天医"为吉兆，预示着病愈。见《梦林玄解》，41.b。

使者'。用药者不可不察也!"以此将该官误读梦境而死的原因归结为阎罗与岳神合谋从阳间勾魂。这个玩笑的真实意图,很明显在于讽刺当时社会上的庸医,这在明清文学中是一种常见的现象。①

借助于透明的象征符号,不因误读而产生喜剧性的曲解,借以实现讽刺的意图,这一类寓言式的梦境在《聊斋志异》中也曾出现。在这类故事中,大部分的叙事重点退回到了梦境本身。这样的梦境必须足够强大,以支撑不断施重的寓意。最精当的例子是常被编选的《梦狼》篇,故事对贪官污吏及其爪牙进行了辛辣的批判。

> 白翁,直隶人。长子甲,筮仕南服,三年无耗。适有瓜葛丁姓造谒,翁款之。丁素走无常。谈次,翁辄问以冥事,丁对语涉幻;翁不深信,但微哂之。
>
> 别后数日,翁方卧,见丁又来,邀与同游。从之去,入一城阙。移时,丁指一门曰:"此间君家甥也。"时翁有姊子为晋令,讶曰:"乌在此?"丁曰:"倘不信,入便知之。"翁入,果见甥,蝉冠豸绣坐堂上,戟幢行列,无人可通。丁曳之出,曰:"公子衙署,去此不远,亦愿见之否?"翁诺。少间,至一第,丁曰:"入之。"窥其门,见一巨狼当道,大惧,不敢进。丁又曰:"入之。"又入一门,见堂上、堂下,坐者、卧者,皆狼也。又视墀中,白骨如山,益惧。丁乃以身翼翁而进。公子甲方自内出,见父及丁,良喜。少坐,唤侍者治肴蔌。忽一巨狼,衔死人入。翁战惕而起,曰:"此胡为者?"甲曰:"聊充庖厨。"翁急止之。心怔忡不宁,辞欲出,而群狼阻道。进退方无所主,忽

---

① 另一则故事《齐天大圣》(《聊斋》,11.1459—1463)同样讽刺了治死病人的庸医。

见诸狼纷然噪避，或窜床下，或伏几底。错愕不解其故，俄有两金甲猛士怒目入，出黑索索甲。甲扑地化为虎，牙齿巉巉，一人出利剑，欲枭其首。一人曰："且勿，且勿，此明年四月间事，不如姑敲齿去。"乃出巨锤锤齿，齿零落堕地。虎大吼，声震山岳。翁大惧，忽醒，乃知其梦。

　心异之，遣人招丁，丁辞不至。翁志其梦，使次子诣甲，函戒哀切。既至，见兄门齿尽脱；骇而问之，则醉中坠马所折，考其时，则父梦之日也。益骇。出父书。甲读之变色，为间曰："此幻梦之适符耳，何足怪。"时方赂当路者，得首荐，故不以妖梦为意。

最终，白翁梦中所谓的"明年四月间事"应验了。在这个故事中，尽管白翁所做之梦以一种意想不到的方式在指定的时间内变为了现实，其子被贼寇枭首，但是神灵搞了一个恶作剧，将白甲的头颅续上，却安反了。从此，白甲"不复齿人数矣"。

在这一故事中，父亲没有解梦，因为梦中意象的含义无论对父亲，还是对不屑一顾的儿子而言，都是显而易见的。贪官污吏及其爪牙，因为鱼肉百姓，自古便被比作虎狼。正如"异史氏曰"中所警示的，这一类比很久以来便被包含于一种常见的说法中："窃叹天下之官虎而吏狼者，比比也。"在这个故事中，梦中的意象是如此透明和强大，它是这一谚语式说法的具体实现。因此，我们发现梦境象征之间有着明显的相似之处，即隐喻性语言的字面实现，源于《聊斋》中的比喻性表达，这是蒲松龄最惯常使用以制造虚幻境界的技巧之一。借助于这一技巧，蒲松龄让一个毫无生气的隐喻恢复了即时性的冲击力，重新赋予了语言新的奇异性。尽管《聊斋》中的"隐喻字面化"（the metaphoric made literal）经常产生柏格森(Bergson)在其研究"笑"的名篇中所指出的喜剧效果①,但《梦狼》中的效果更主要的是引起恐惧和愤怒,因为"官虎吏狼"这一被惯习和熟稔所磨平的最为可怕的隐含义,不再被忽视。现代读者可能会联想到鲁迅笔下的"狂人",其在古书的字里行间中发现了"吃人"的秘密,断定旧社会完全是建立在同类相食的基础上。而"狂人"之所以是"狂人",正是由于他无法区分话语的隐喻义和字面义。②

在《梦狼》中,梦本身已经成为一种说教式的寓言,而白翁的冥间之旅被描绘为一个连贯的叙事。真正的重点放在了整个所指意义(贪官污吏及其爪牙的贪婪),而非单个的能指及其出现的次序上(白骨如山、群狼、老虎)。但故事中梦境意象的象征更为隐晦,以"比象"法解梦必须遵循不同的原则。梦中的象征符号不能再简单地通过类比意象和意指加以解释。相反,要将每一个意象都视为一个分立的单元,逐一破译;而后,如代数方程一般,将这些片段重新组合排序,进而获悉梦境的全部含义。

这一差异在陈士元所谓的"析字解梦"或曰"测字"解梦法中体现得最为明显,王珍瑶(Roberto Ong)将其翻译为"表意分析"

---

① 柏格森将"隐喻字面化"定义为"一种喜剧效果,当我们假装只取比喻的字面义,或是我们只关注隐喻的物质层面,就会产生这种效果"。转引自 Stewart, *Nonsense*, p.76。斯图尔特颇有洞见地分析了这种方式如何用以营造无稽之谈。另见 Todorov, *The Fantastic*, pp. 76 - 80。托多罗夫探讨了 19 世纪虚构叙事中隐喻字面化的重要性。

② 鲁迅,《狂人日记》,载《鲁迅全集》,1. 9—19。这部发表于 1918 年的小说之所以具有"现代性",正是在于其话语本身的不稳定性。因为叙述者是一个狂人,读者已经无法明确辨识比喻性语言与字面语言。

(ideographic analysis)。① 在此,梦中意象成为离散的语义单元,貌似一堆无意义的言说。但将这些语义片段以正确的顺序拼接起来,这些个体单元就组成了一个中国汉字,其中记下了梦境的隐秘含义,也可以用这种方法组合出一串串的汉字,连成一个包含梦境含义的词组。② 表意分析就是中国版的易位构词——一个单词的字母被重新拼凑组合起来,产生一个包含梦的真正含义的新词,这是阿特米多鲁斯所推崇的一种方法。在这两种诠释方法中,一个词或一个汉字有着自身的隐晦含义,与其通常的意义无关,而是通过对其组成部分的操控而展现出来的。

表意分析也常用于汉字字源学、测字等占卜形式以及猜谜中,但其中也有一个很重要的区别。字源分析和占卜是将一个完整的汉字拆解后再重新组合以寻找新的含义。而在释梦和猜谜中,则是要将已拆分开的汉字,按照正确的顺序重新拼凑起来,以

---

① Ong,*Interpretation of Dreams in Ancient China*,p. 19. 关于测字相关的各类中文表达,见 Bauer,"Chinese Glyphomancy,"p. 73。这些表达包括"拆字""破字"等。

② 弗洛伊德《梦的解析》中有一段,与中国的这种"表意分析"(ideographic analysis)有着惊人的相似之处:"梦的显意就是以另一种表达的形式将梦的隐意传译给我们,而所采用的符号以及法则,我们唯有透过译作与原著的比较才能了解。……梦的显意就犹如象形文字一般,其符号必须注意翻译成梦的隐意所采用的文字……譬如说,现在在我面前呈现一个画谜,有一所房子,在屋顶上有只木舟,然后是一个大字母出现,再来便是一个无头的人在飞跑等……因此要想对这画谜作正确的解释,只有……将这每一个影像均视为有意义,而绞尽脑汁地去找出每一个所代表或牵涉的文字,而后再把这些文字凑合成一个句子,这时它们再也不毫无意义了,而很可能地,成了一句颇嘹亮动听、寓意深长的格言。梦其实就是这么一种画谜。"(Freud,*Interpretation of Dreams*,p. 330)另见 Ong,"Image and Meaning"。

领会恰当的含义。这两个过程互为镜像。①

在与梦境相关的文学作品中,表意分析通常应用于专有名词。蒲松龄在《诗谳》篇中便援用了这一手法。凶手将写有吴蜚卿名字的一柄诗扇留在犯罪现场,企图栽赃嫁祸。当吴蜚卿在狱中感到走投无路,意欲自尽时,夜间梦神人对其说道:"子勿死,曩日'外边凶',目下'里边吉'矣。"而后,周亮工补青州海防道,重审此案,明察秋毫,终还了吴蜚卿一个清白。于是,梦中谜一样的话语直到故事结尾方被解开:"吴始语'里边吉'乃'周'字也。"②

在此则故事中,解梦显然只是稍加略及,作为一种修辞美化,旨在提升周亮工的声望,由"异史氏曰"中对周亮工见微知著的不吝褒扬,也可看出蒲松龄对其佩服得五体投地。③ 由于周亮工在其所著的《字触》一书中,介绍了表意分析在解梦和占卜中的运用,因此蒲松龄将与"周"字有关的一个神秘之梦嵌入故事中,以

---

① 在禄是遒(Henri Doré)的《中国的迷信研究》中,有一章专门关于测字,这种占卜方法"需要将汉字的特定部分拆开或分别写出。这些部分可以形成一个或多个新的汉字,从而被赋予全新的含义"(Doré, *Researches into Chinese Superstitions*, p. 356)。禄是遒认为,释梦和字源学均是这种占卜方法的前身。

　　李林德(Mark, "Orthography Riddles, Divination, and Word Magic")和鲍吾刚(Bauer, "Chinese Glyphomancy," p. 59)均指出测字占卜与字谜的机制正好相反。然而,笔者相信这种释梦的技巧出现相对较晚,这是因为指示"表意分析"的中文表达往往与"拆"字而非"拼"字有关。

② 梦中谜的前半部分并未被明确释读,这是因为它可能并不适用于表意分析。相反,它可能只是用来形容吴蜚卿"外边凶"的窘境。该句的存在可能主要是为了与下半句形成照应,而增加破译梦中谜的难度。

③ 蒲松龄在故事中以其字"元亮"称呼周亮工,这位明末清初的著名文人曾于1642—1643 年间任山东潍县知县。见 Hummel, *Eminent Chinese of the Ch'ing Period*, p. 173。

表达对周亮工的敬意。① 不管如何,颇具讽刺意味的是解开梦中谜语要比理解周的破案经过简单得多。事实上,在吴韑卿明了梦中神仙所言的内在含义后,他仍不知周亮工是如何破解疑案,还其清白的。最终还是周亮工,以福尔摩斯与华生间的方式,向本地士绅解说破案过程,由此对读者而言,谜团方才得以解开。"细阅爱书,贺被杀在四月上旬。是夜阴雨,天气犹寒,扇乃不急之物,岂有忙迫之时,反携此以增累者,其嫁祸可知。向避雨南郭,见题壁诗与箓头之作,口角相类,故妄度李生,果因是而得真盗。"因此,在这一故事中,对梦中神人话语的破译,远不如对谋杀案理性的剖析来得精妙。

相比之下,《老龙舡户》中,解梦对于破案就显得更为关键了。

> 朱公徽荫巡抚粤东时,往来商旅,多告无头冤状。千里行人,死不见尸,数客同游,全无音信,积案累累,莫可究诘。初告,有司尚发牒行缉;迨投状既多,竟置不问。公莅任,历稽旧案,状中称死者不下百余,其千里无主,更不知凡几。公骇异恻怛,筹思废寝。遍访僚属,迄少方略。于是洁诚熏沐,致檄城隍之神。已而斋寝,恍惚见一官僚,搢笏而入。问:"何官?"答云:"城隍刘某。""将何言?"曰:"鬓边垂雪,天际生云,水中漂木,壁上安门。"言已而退。既醒,隐谜不解。辗转终宵,忽悟曰:"垂雪者,老也;生云者,龙也;水上木为舡;壁

---

① 鲍吾刚认为《字触》是清代同类著作中最为出名的一部,并指出周亮工"被后世作家推崇为十分优秀的拆字专家"(Bauer, "Chinese Glyphomancy," pp. 75 - 76)。哈佛大学燕京图书馆的资料显示,《字触》包含"轶事、谐谑、讽刺、占卜等各类文本"。《字触》不仅收录了包括王同轨《耳谈》在内的志怪集中的轶事,亦有历代历史故事,诸多丛书均收录了这部书。

上门为户:岂非'老龙舡户'耶!"①

朱公解谜的方法,并不是以分析汉字的结构为基础,而是通过语义的迂回,每四字短语隐藏着一个汉字,将四个汉字连起来就是最终谜底。

这则蒲松龄笔下的故事,依据的是发生在 1689 年的一桩臭名昭著的案件。一伙在老龙津冒充船夫的盗匪图财害命,以舟渡之名,将客商骗上船去,用蒙药或闷香将客商迷倒,再剖腹放入石块,将尸体沉至水底。如此,尸体便再也无法寻到。而侦破此案的是蒲松龄好友兼热心读者朱缃(1670—1707)的父亲朱宏祚。②值得注意的是,该故事后附有现存的《朱公祭城隍文》和《各省士民公启》。③《聊斋志异》中的故事与《各省士民公启》中描述的事件十分相近,但将顺序进行了调整以制造悬念,凶手的身份只在最后才被揭开。④《各省士民公启》中确实把朱宏祚勘破迷案归功于城隍神的托梦:"神鉴公忠诚,随示梦于公,始知凶恶者即'老龙舡户'也。"但是这份布启并没有说明此梦的具体形式。因此,在《聊斋志异》对这一案件的改写中,梦中神人的言说以及朱公的阐释很可能是一种修饰,借以增加故事的神秘感,并渲染朱宏祚的才智和侦破案情的决心。

---

① "垂雪"形容白发,故而指"老";"生云"指"龙",因在中国,龙为雨神;"水中漂木"指"舡",因船往往为木制浮舟;而"壁上安门"为"户","户"字亦作表示职业之后缀,如"船户""店户"等。

② 关于蒲松龄与朱缃的关系,以及朱缃对《聊斋志异》的强烈兴趣,见第一章,第 32 页脚注③,以及袁世硕,《蒲松龄事迹著述新考》,第 220—243 页。袁世硕认为蒲松龄从朱缃处得悉此案(第 241 页)。

③ 在三会本中,故事的最后同时附以这两则文书,见《聊斋》,12. 1613—1614。

④ 此处颇为反常:中国公案小说通常开端便交代凶犯身份,读者的阅读愉悦来自跟随办案官吏勘破案件,而非猜测何人为凶犯。另一则《聊斋》故事《诗谳》亦未遵循这一传统写法。

无论是《诗谳》还是《老龙舡户》均承袭了著名的唐代公案小说《谢小娥传》的传统,其中梦境与解梦成为故事的本质所在。这一案件中,梦中谜语隐藏着谋杀谢小娥父亲和丈夫的凶手之名。谢小娥将梦中所得的费解词句记于纸上,四处寻求博学之人帮其解惑:"车中猴,门东草/禾中走,一日夫。"[1]但此谜难度极大,多年未有人猜破其意。最终,正是本故事的叙述者,据说也是作者的李公佐,破解了梦中谜语。他用很长的篇幅对凶手的名字进行了表意分析,破解了谜底,故事真正的高潮出现了:

>"'车中猴',车字去上下各一画,是'申'字,又申属猴,故曰'车中猴';'草'下有'门','门'中有东,乃兰字也;又'禾中走',是穿田过,亦是'申'字也。'一日夫'者,'夫'上更一画,下有日,是'春'字也。杀汝父是申兰,杀汝夫是申春。"[2]*

在诸多的公案故事中均不乏解梦的情节,这并非巧合,因为公案小说总是需要破译谜团而拨云见日。正如阿尔伯特·哈特(Albert Hutter)在西方侦探小说与梦的解析间所做的类比:"它们都让一组支离破碎的不完整事件变得更有序和易于完整理解。"[3]将解开梦境中的谜语作为勘破谋杀案的有效手段,由此难免使得中国公案文学落入了窠臼。[4]《聊斋》中的公案故事《胭

---

[1] 英译见 Wang, *Traditional Chinese Tales*, pp. 87。原文见汪辟疆,《唐人小说》,第93页。

[2] 英译见 Wang, *Traditional Chinese Tales*, pp. 88 - 89。汪辟疆,《唐人小说》,第94页。

* "车"的繁体字为"車";"门"的繁体字为"門";"东"的繁体字为"東";"兰"的繁体字为"蘭"。——译者注

[3] Hutter, "Dreams, Transformations and Literature," p. 231.

[4] 元杂剧《钱大尹智勘绯衣梦》即为其中一例。剧中,府尹钱可祈祷梦中获知凶手身份,终得神灵示以包含凶手姓名的隐语。见庄一拂,《古代戏曲存目汇考》,第163页。

脂》便巧妙地利用了文学惯例,利用神明托梦以破案。时任当地官吏的施闰章(1619—1683)审理杀人案,假托了一个梦,以诱使凶手暴露自己。其拘捕一干疑犯,带至城隍庙中,严正通告:曩梦神告,杀人者不出汝等四五人中。但凶手拒不招认,施闰章进而与凶手打心理战,命疑犯袒露后背,并告知他们"杀人者当有神书其背"。瞒着疑犯,施闰章事先命人用灰涂抹墙壁。杀人的真凶害怕神来指认,故将后背紧靠于墙上,如此正中施闰章下怀,只得认罪。此"梦"同之前讨论的"梦刍狗"皆为假托,虽然角度不尽相同,但证明了假梦具有与真梦一样的效用。这精妙绝伦的破案方法让主理此案的施闰章声名远扬。蒲松龄应童子试时,曾受其奖掖。该故事附有一段长文,表达了蒲松龄对施闰章诚挚的敬慕之情。① 与在《诗谳》篇中一样,传统"异"的观念受到了挑战:主政官员的精明强干与体恤民情远比神人托梦,抑或占梦的本领更为令人赞叹和出人意料。

然而最为诡异的梦是不可解的。如《小棺》一篇:

> 天津有舟人某,夜梦一人教之曰:"明日有载竹笥赁舟者,索之千金;不然,勿渡也。"某醒,不信。既寐,复梦,且书"願 靦 顳"三字于壁,嘱云:"倘渠吝价,当即书此示之。"某异之。但不识其字,亦不解何意。次日,留心行旅。日向西,果有一人驱骡载笥来,问舟。某如梦索价。其人笑之。

---

① 蒲松龄在故事中以"愚山"称施闰章。施闰章不仅是著名的教育家,亦是诗人、史家以及翰林院学士。1656 年任山东提学金事,并于 1658 年授蒲松龄童子试一等。见 Hummel, *Eminent Chinese of the Ch'ing Period*, p. 651。

反复良久,某牵其手,以指书前字。其人大愕,即刻而灭。①
搜其装载,则小棺数万余,每具仅长指许,各贮滴血而已。

事后,棺材在故事中被解读为随后发生的一场血腥暴乱的预
兆;舟人将这三个神秘的字传示遐迩,却无人能解。而此梦也成
为小棺出现的一个注脚。对于梦中所书三字,故事始终没有做出
任何的解释,原因在于这三个字引出了一个更大的谜团:"未几吴
逆叛谋既露,党羽尽诛,陈尸几如棺数焉。"

梦与经历

如何裁断梦与醒之间的界限,中国思想界对之的探索有着悠
久的传统,认为梦中所历与客观现实是一致的。《列子》(公元 4
世纪的道家哲学著作)一书中对这一主题有所旁及,葛瑞汉(A.
C. Graham)曾这样描述道:"感知和梦境是同等重要的。如果清
醒的经历并不比梦境更为真实,那么梦就如同清醒的经历一般真
实。当一个物与我们的身体接触时,我们就会感知到它,而当它
与我们的心灵相接触时,便会出现在我们的梦境之中,我们无法
在这两种体验中做出选择。"②

尽管我们可能最终也无法区分梦境与现实,但中国的哲学家
们一直在尝试寻找可行之法。如众所周知的"庄周梦蝶"便是一
个很好的例子:"不知周之梦为胡蝶与? 胡蝶之梦为周与?"这则

---

① 这些文字可能作驱邪之用。此类文字法术或与在符箓上书写"程式化而变形的繁
　复文字"的传统有关,见 Mark,"Orthography Riddles, Divination, and Word
　Magic,"p. 63. 有趣的是,李林德在其书中收录了一张 1973 年的符箓,这张符箓
　来自香港,用以保佑船只与车辆的交通安全,其上文字与《小棺》故事里主人公梦中
　所得文字有所类同。
② Graham,*Lieh-tzu*,p. 59. 此处笔者参照葛瑞汉对《列子》成书时间的推断。

寓言的重点似乎在于说明,清醒与梦境之间的区别是难以确定的,然而,在引用者常忽略的这段讨论的最后,《庄子》转而去解决这一困境:"周与胡蝶,则必有分矣。此之谓物化。"①

《列子》中有一起案件,亟需现实的解决办法,以解燃眉之急。

> 郑人有薪于野者,遇骇鹿,御而击之,毙之。恐人见之也,遽而藏诸隍中,覆之以蕉。不胜其喜。俄而遗其所藏之处,遂以为梦焉。顺涂而咏其事。傍人有闻者,用其言而取之。既归,告其室人曰:"向薪者梦得鹿而不知其处,吾今得之,彼直真梦矣。"室人曰:"若将是梦见薪者之得鹿邪?讵有薪者邪?今真得鹿,是若之梦真邪?"夫曰:"吾据得鹿,何用知彼梦我梦邪?"薪者之归,不厌失鹿。其夜真梦藏之之处,又梦得之之主。爽旦,案所梦而寻得之。遂讼而争之,归之士师。士师曰:"若初真得鹿,妄谓之梦,真梦得鹿,妄谓之实。彼真取若鹿,而与若争鹿。室人又谓梦仞人鹿,无人得鹿。今据有此鹿,请二分之。"以闻郑君。郑君曰:"嘻!士师将复梦分人鹿乎?"访之国相。国相曰:"梦与不梦,臣所不能辨也。欲辨觉梦,唯黄帝孔丘。今亡黄帝孔丘,孰辨之哉?且恂士师之言可也。"②

尽管这一复杂而荒谬的案件陷入僵局而无法明断,但最终案情上诉后,那位所罗门式的士师的裁决,被认为是最可行的折中方案。

与梦境相关的故事,通过证明梦中经历的物质实在性,而倾向于解决难以解决的问题。为达此目的,《聊斋志异》给读者提供

---

① 英译见 Watson, *Complete Works of Chuang Tzu*, p. 45。原文见《庄子》,2.7。
② 英译见 Graham, *Lieh-tzu*, p. 70。原文见《列子》,3.36—37。

了各种各样的证据,包括从梦中世界带回的实物,如手镯或戒指,抑或是一些较模糊的证据,比如醒后忆起梦中所作文章,或者脏污被褥的梦遗等。在一则《聊斋》故事中,梦境为真的证据竟然是一个婴儿,其据说是男主人公在梦中与神女交合所生,名唤"梦仙"。甚至于梦中的事件和现实生活中的事件之间有着离奇的巧合,这也可以用来验证梦的真实性。

在极少数情况下,区分梦境与现实的困境可能会以相反的方式解决,即证明梦者并非身处梦中。《天宫》故事中,仪容修美的男主人公郭生遭遇诈术,遇一位老妪献美酒,郭生饮后大醉。其自以为在天宫中得此艳遇,后来发现自己是被偷运进明朝大奸臣严嵩家女眷的内室中,供其姬妾寻欢作乐。身份隐秘的老鸨利用梦境是穿梭于一个世界与另一世界的既有说法,而成其奸事。主人公昏醉后,睡梦中被带至他处,醒来发现自己竟身处地下洞穴之中,于是幻想这是在做梦;直至很久之后,他在自己的床上才清醒过来,恍惚中以为这是自己第一次醒来。但是凡人的力量毕竟无法压缩梦境的时间,当意识到自己已离家三个月而非一晚后,郭生确信这绝不是梦,为避严东楼报复,携家眷出逃了。①

总而言之,梦与醒在《聊斋志异》中似乎具有同等的真实性。这两者之间的区别通常表现为形式上的,而非实质性的。例如,在《婴宁》篇中,男主人公梦见一个鬼魂(其妻子的养母)前来称谢,感谢他重新安葬她的尸骨。醒后,他把自己的梦告诉妻子,他的狐仙妻子解释道:"妾夜见之,嘱勿惊郎君耳。"由此我们可以推断出,鬼魂早已直接在妻子面前现身了,而怕吓着男主人公,以梦

---

① 凯卢瓦指出,马可·波罗曾描述过一则伊斯兰地区的妙计,即通过营造虚假梦境而招揽刺客,这则轶事为17世纪西班牙的名剧《人生如梦》(*Life is a Dream*)提供了蓝本。见 Caillois, "Logical and Philosophical Problems," pp. 46-47。

境为遮掩，向其表达谢意。可见，所历之事被视为梦境与否，也取决于托梦者和做梦者。

在某些《聊斋》故事中，梦境和现实世界之间似乎仅悬着一层可转化的隔膜。有些东西虽在梦里是一个样子，在平常的生活中又是另一个样子，但仍然被认为是同一事物的两种面目。例如，《莲花公主》中"蜂国公主"和她的"蜂王国臣民"在主人公的梦境中均是人的模样，但当主人公醒来听到"嘤嘤"声时，臣民们已恢复为蜜蜂的本态。同样地，只有在梦中，《石清虚》中的石头方以人形现身，与爱石者惺惺相惜。

在蒲松龄的时代，梦境与现实区别的缺席似乎已不再是一个尖锐的哲学或宗教问题；相反，成为一种文学妙语（literary conceit）和一系列问题的隐喻性速记（metaphoric shorthand）。蒲松龄在《聊斋志异》中致力于复活这一古老的梦境套语（dream formulas）。蒲松龄最青睐的一种手法，便是将过度使用的比喻格加以反转，恢复其原有的新奇感，这是其处理与人生如梦有关的陈词滥调时的一种手段。《连琐》一篇的高潮是死去二十余年的主人公女鬼连琐戏剧性地复活。故事在女主人公面对其情郎发出感慨之时，竟戛然而止，"二十余年如一梦耳"，这是《聊斋志异》中一个异乎寻常的开放式结尾。[①] "人生如梦"的文学妙语已经被"人死如梦"的观念取代，如此而充满了对梦境的挽歌，宛如

---

① 《聊斋》的评点者们谈及这一不同寻常的开放式结尾。王士禛指出"结尽而不尽"（《聊斋》，1.337）。冯镇峦则对这种意犹未尽略带微词，他对此给出了一种解释，金圣叹可能再清楚不过："渔洋独赏结句之妙，其实通篇断续即离，楚楚有致。"（《聊斋》，1.337）

一个隐喻，暗示着消逝的过往。①

梦 与 情

关于梦之起源问题，中国最具影响力的理论认为梦是现实生活中所思、所感、所忆之产物。这无疑大大激发了学者们运用弗洛伊德精神分析理论阐释中国梦境文学的热情。② 但需要注意的是，思想与感情本身乃由文化和历史所建构，不同社会对其的认知亦不尽相同。在传统中国，"心"被视为兼具思想和感情的双重功用，思与情并非截然对立的概念。

中国人早就意识到思想和感情对肉体的影响。这个概念被文树德表述为"灵与肉的完美统一"。在文树德看来，"情感由人体产生同时又反过来影响人体，所谓怒伤肝，恐伤肾。反之，这种情感与人体的统一性也意味着起初纯粹是身体反应，终会引致精神紊乱"③。依陈士元对梦的起源的一种说法，由梦中所现某一特殊情感可诊断相应器官的症候，故其说道："肝气盛，则梦怒；肺气盛，则梦恐惧。"④

而 5 世纪《世说新语》中的一则轶事，对梦、疾与思虑之间的关系亦有所洞悉。

> 卫玠总角时，问乐令梦，乐云："是想。"卫曰："形神所不

---

① 17 世纪中叶，如张岱、董说等明遗民常谈及梦与往昔的关联，以及人生如梦的弃世观。尽管在《聊斋》中，梦不具有特定的遗民象征，但正如在此故事中，梦确实常有一种伤感忧郁的味道，唤起对前朝的追念。

② 如 Hales, "Dreams and the Demonic," p. 216。

③ Unschuld, *Medicine in China : Ideas*, p. 216.

④ 陈士元，《梦占逸旨》，2. 13。关于古希腊时期对梦与疗疾联系的讨论，见 Hippocrates, *Regimen* Ⅳ , pp. 441 – 447。

接而梦，岂是想邪?"乐云："因也。未尝梦乘车入鼠穴，捣齑
啖铁杵，皆无想无因故也。"

表面看来，乐令的论断颇为直接：梦为思所致，且必有因。但
故事并未就此结束，继而揭示了思与疾之间的因果关系。

卫思因，经日不得，遂成病。乐闻，故命驾为剖析之，卫
既小差。乐叹曰："此儿胸中当必无膏肓之疾!"①

正如梦由心生，疾亦可生于思。为说明思虑潜在的危险性，
该故事展示了心理过程对肉体以及物质现实的影响程度。面对
乐令对梦的新解，早慧的卫玠百思而不可得，遂成病。得乐令之
剖析，卫玠病稍解。心结一旦打开，身体也便康复了。

然而，降及明代，随着"情"这一概念地位的抬升，知识界愈加
关注凸显梦纯粹情感化的维度，早期对梦的分类比如"思梦""记
想""意精"在陈士元的书中皆被归入"情溢"一类。②这一梦的理
论及其对情欲之力的解释成为小说与戏曲的主题。在这些文学
作品中，诸如爱、怒、怨等强烈情感通常会引发疾患，郁积于心而
致死。如《金瓶梅》中李瓶儿在其子遭潘金莲暗算而夭折后，愤恨
而终。《牡丹亭》中女主人公杜丽娘因梦中之情而死，也正缘于情
而又起死回生。

《聊斋志异》中的痴男怨女常相思成疾；但疾患也促使父母满
足子女的心愿，同意其婚事。倘若情能至诚至坚，梦亦可成为牵
线人。在这些例子中，梦不仅因情欲而生，也成为持续满足情欲

---

① 英译见 Mather，*New Tales of the World*，p. 98。
② 这三类源自王符，《潜夫论笺校正》，第 315—316 页。陈士元的分类见《梦占逸旨》，
2.13。通过陈士元的例证可以发现，他所谓的"情"指情欲、情感（如"过恐，则梦
匿"）。

的手段。《王桂庵》中，主人公对妙龄女子一见倾心，却无从得知其名氏居处。"行思坐想，不能少置。一夜，梦至江村，过数门，见一家柴扉南向，门内疏竹为篱，意是亭园，径入。"这一诗画般的美景本身便已预示着一场艳遇。其来到女子闺闼前一株"夜合"下，但见红丝满树。"夜合"这一树名亦暗示了其欲望。而内亦觉之，有奔出瞰客者，粉黛微呈，正是其日思夜想之人。而后，方将狎就，女父适归，倏然惊觉，始知是梦。尽管梦中景物历历，如在目前，但王桂庵心中一直守着这一秘密，恐与人言，破此佳梦。所虑不虚，又年余，误入小村，道途景象，仿佛平生所历。一门内，马缨一树，梦境宛然。王桂庵犹豫不决，恐又是春梦一场。其又见梦中女子，历述其梦，终赢得美人芳心。历经磨难，有情人终成眷属。

《寄生（附）》是《聊斋》唯一出现的续篇故事。王桂庵之子对其表妹相思成疾；病中，另一女子入其梦，与其结缘。这一幸运的男子，一个不同寻常的梦者，最终一夫而享二美。故事结尾提到，将该故事与之前故事联系在一起的是梦中情缘："父子之良缘，皆以梦成，亦奇情也。故并志之。"

在《聊斋》故事中，情欲之梦有时会突变为一场焦虑的噩梦，如《凤阳士人》所叙。该故事在唐代有几种版本，而蒲松龄的再创作则最有可能借鉴了《独孤遐叔》。[①] 在这一版本中，某羁旅异乡的商贾返乡途中，夜宿野寺。是夜，月色如昼，商贾欲偃卧之际，一群聒噪的行乐者来寺中赏会。令商贾诧异的是，其妻竟杂坐其间，唱曲助兴。因妒火中烧，商贾怒将砖头朝人群击去。砖才至

---

① 李昉等，《太平广记》，281. 2244—2245。《唐人小说》汇集了这则故事在唐代的不同版本（汪辟疆，《唐人小说》，第108—112页）。《独孤遐叔》亦被冯梦龙改编为话本小说，载于《醒世恒言》（卷25）。

地,人群,包括其妻,倏然而逝。翌日清晨,商贾至家,发现其妻并未如其所担心的那样死去了,而是卧床而眠。妻子醒来告诉丈夫,她做了一个噩梦,而梦中场景与商人在庙中所历竟完全吻合。

白亚仁对此曾做过精彩的文本细读。蒲松龄对《独孤遐叔》最重要的改写是其转换了叙事视角:以妻子而非丈夫的视角来叙述故事。[1] 视角的转换也激发出蒲松龄对《独孤遐叔》故事又一个关键性的创新之处:将原故事中一群无名的狂欢者压缩成了一个颇有手段的女性形象。蒲松龄的故事开篇以散文的样式呈现了诗歌中的一个经典比喻:妇人在思念远行的丈夫,举眉望月,相思愈切。一夜,妻子才就枕,纱月摇影,离思萦怀。辗转反侧之际,一女子,珠鬟绛帔,掀开门帘走了进来。笑问:“姊姊,得无欲见郎君乎?”

在这一美丽女子的怂恿下,这个梦悄无声息地开始了。踏着月色,她带着妻子去见丈夫,但见丈夫跨白骡而来。然而,这个女子恶意破坏了这对夫妻的久别重逢。以设酒果贺鸾凤重聚为由,女子引诱了丈夫。实际上,这个美丽的女子既是妻子的化身,亦是妻子的情敌,兼具妻子欲望与恐惧的双重本质。

这一“双重”主题被付诸一个反复出现的意象:一双鞋子。在中国想象中,鞋子表征女性的性身份。“鞋”与“谐”同音,构成双关语;解梦时,“鞋”象征婚姻。[2] 由于女子步履迅速,妻子脚步迟

---

[1] Barr, "Pu Songling and *Liaozhai*," p. 273.

[2] “簪花者,言定之象。鞋者,谐也。君将娶孙氏,吾死无日矣。”见《李邦直梦》,载洪迈《夷坚志·甲志》,11.94。与“鞋”“谐”双关语有关的释梦,亦可见于汤显祖所作传奇《紫钗记》中,载《汤显祖戏曲集》,1:94。日本学者野崎诚近指出,女子嫁妆中常备绣鞋一双,寓意“同谐到老”,见野崎诚近,《中国吉祥图案》,第 262—263 页。尽管蒲松龄在故事中用了“履”而非“鞋”字,但是笔者认为我们仍然可以断定“鞋”这一意象所蕴含的“谐”的双关义。

缓,欲归着复履。这是故事里出现的第一个迹象,表明夫妻二人恐难以相聚,因为妻子并不是女子的对手。女子不同意让妻子折回换鞋,而是将自己的鞋子借与妻子。妻子发现女子的鞋子正合脚,行走起来,健步如飞。但是当二人见到丈夫时,女子索回并穿上了自己的鞋子。事实上,鞋子代表了妻子所期待的欢爱之夜。当三人在月下共饮时,女子竟不知羞耻,"履舄交错",用自己的脚缠绕住丈夫的脚来勾引他。① 她还充满挑逗意味地唱了一支曲子,倾诉一个女子是如何思念爱人以及独守空房是何等怨怼。这正是妻子的处境。在该故事的唐代版本中,曲子是由妻子唱的,然而在蒲松龄的故事里,是被这个美丽的女子唱来勾引丈夫的。②

醉酒后,丈夫被女子迷得神魂颠倒。二人一起离席而去,独留妻子一人。不知归途而又羞愤不堪的妻子来到窗下偷听,而此时二人正在房内云雨。殆不可遏的是,"闻良人与己素常猥亵之状,尽情倾吐"。在梦中,妻子的化身彻底篡夺了其本人的地位。③

正当愤懑不堪的妻子准备结束自己的性命之际,其弟突然出现了。听罢姊姊诉说自己的委屈,弟大怒,举巨石如斗,抛击窗棂,三五碎断。而在唐代版本中,举石的是丈夫。内大呼曰:"郎君脑破矣!奈何!"正当妻子恸哭埋怨其弟杀了丈夫之时,弟厉声斥责她,挥姊仆地。这时妻子从梦中惊醒,方发现自己不过是做

---

① "履舄交错"一词引自《独孤遐叔》,在原文中形容宴席粗鄙,见汪辟疆,《唐人小说》,第111页。蒲松龄对这一表达的借鉴或可解释他为什么用"履"而非"鞋"字。

② 但明伦指出:"句句字字,皆翘盼时所想到者,而出自丽人歌之,虽曰效颦,适成为钩搭其夫之语,真是难堪!"(《聊斋》,2.188—189)

③ 关于做梦者认为其"个性被其梦中化身所篡夺"的讨论,见 Caillois,"Logical and Philosophical Problems,"p. 33。

了一场噩梦。

然而翌日,丈夫如梦中一样,乘白骡而归。这个梦清晰的心理根源并未削弱其潜在的预兆性。戏曲家张凤翼在其所作的《梦占类考序》中曾尝试理清心理机制与预测未来之间的关系,其言道:"心发于机,机征于梦。机有善恶,梦分吉凶。以机触机言皆先觉。"①彼此交流后,夫妻二人发现不止双方,连妻弟也做了同样的梦。蒲松龄技胜一筹,将原本的二人同梦转化为了前所未有的三人同梦,从而给该故事平添了神秘离奇的色彩。

《聊斋》评点者但明伦认为故事中的梦是妻子情欲与焦虑的投射。但其认为妻子有如此之梦是正常而非离奇的,在其看来,真正离奇的是结局的三人同梦:"翘盼綦切,离思萦怀,梦中遭逢,皆因结想而成幻境,事所必然,无足怪者。特三人同梦,又有白骡证之,斯为异耳。"

梦中遇鬼与做梦人的精神和情感状态有关,诡异之梦反映心理病源,但是这种认知并非否认鬼神的现实存在。关于冤魂如何刺激梦的产生,陈士元曾做过解释。该解释结合了有鬼论以及陈士元关于思维活动如何影响梦境的敏锐洞察。其指出,噩梦源于人精神的不安,而鬼魂于是乘虚而入。② 很多学者和陈士元持有同样的看法。晚明时期的学者沈德符(1578—1642)亦曾以同样的逻辑来解释噩梦的产生:"总之心志狂惑。鬼神因而侮之。"③

《聊斋》中只有很少一部分故事带有恐怖色彩。④ 梦境中所

---

① 张凤翼,《梦占类考序》,载《梦林玄解》,2a—b。
② 陈士元,《梦占逸旨》,2.15。
③ 沈德符,《万历野获编》,28.720。
④ 在《〈聊斋志异〉早期与晚期故事比较研究》("A Comparative Study of Early and Late Tales")一文中,白亚仁认为恐怖主题仅出现在一些最早的《聊斋》故事中。

涉鬼魂大部分是为友情与爱情，只有一小部分是因复仇而现身。《梦别》中，一个刚辞世者的灵魂出现在挚友梦中，与之道别。这个故事充分展现了二人间深厚的友情，很大程度上是由友人对梦境的确信无疑，而非辞世之人专程前来告别而体现出的。梦醒之后，友人并未派人前往探听朋友是否真已故去，而是直接换上素服赶往朋友家。到达后发现，正如梦中所示，其友确已故去了。蒲松龄写《梦别》意在纪念其叔祖和友人之间的深厚情谊。这个故事再现了真挚友谊的文学传统。此类传统中，最著名的当属《后汉书》中所记范巨卿与张元伯间的友情。巨卿梦元伯已逝，醒来之后，投其葬日，驰往赴之，却还是未能赶上元伯的葬礼。然而，葬礼被推迟了，因为非常离奇地，就在人们要落棺下葬之时，棺材却不肯再往前了，直至巨卿赶来。[1]　在《梦别》结尾的评论中，蒲松龄表达了对这一友谊的赞赏，认为其叔祖与友人可谓是当世的范巨卿和张元伯之交。蒲松龄写道："呜呼！古人于友，其死生相信如此；丧舆待巨卿而行，岂妄哉！"这一评论让人联想到异史氏在故事《叶生》结尾所发的感想："魂从知己竟忘死耶？闻者疑之，余深信焉！"

正如前所言，蒲松龄高度颂扬超越生死的友情，《聊斋》中有大量的故事可以为证。蒲松龄曾作过两首志梦诗，这两首诗表明在《梦别》和《叶生》结尾评论中，蒲松龄对超越生死的友情的肯定，并不仅仅是修辞性的。第一首为悼亡诗，题为《梦王如水》，作于1702年。蒲松龄对其友王如水深怀愧疚，缘于王如水曾经在荒年为蒲松龄解囊葬母，虽然他自己并无余资（蒲松龄在作于

---

[1] 这则轶事出自《后汉书·独行传》，干宝《搜神记》（11.144）中亦有收录。冯梦龙将此轶事改编为话本小说，见《古今小说》，第6卷。另见谭正璧，《三言两拍资料》，1：90—91。

1685 年的诗中表达了羞愧与懊悔,因为即使是在王如水急需银两时他都不曾偿还)。① 这首悼亡诗前的小序颇为感人,其言道,蒲松龄梦遇友人魂魄,而消胸中块垒,并最终通过作这首悼亡诗来抒发内心愧疚之情:

> 如水病瘵,半年不复见之。八月十九日,自济门归,闻其复病,因迂道拟一握手;及门,则已成今古。入哭而行,将挽以诗,久之未就。重阳后三日,忽梦如水至,相见如平生。笑曰:"君欲贻何迟也?"顿忆其亡,持哭而寤。呜呼,悲如何矣!②

另一首诗作于蒲松龄辞世前的第四年,即 1711 年,该诗和《梦别》有异曲同工之处。蒲松龄作此诗来悼念诗人同时也是达官的王士禛。王士禛在当时文坛负有盛名,蒲松龄与其有些许的交情。该诗题目颇长,兼作小序:《五月晦日,夜梦渔洋先生枉过,不知尔时已捐宾客数日矣》。

蒲松龄和王士禛在世时,二人的社会地位与文学声誉判若云泥。事实上,尽管二人也算是同乡,但似乎只有一面之缘。王士禛对蒲松龄的诗稿和《聊斋志异》中的故事做了一些赞赏性的批语,甚至曾为《聊斋志异》题诗,但他婉拒为之作序。这二人确有书信往来,但似乎只有蒲松龄非常珍视与王士禛的交往,保留了给王的诗和信。③ 这似也能说明籍籍无名的蒲松龄与大名鼎鼎的王士禛之间的友情其实是单方面的。蒲松龄的诗能证明,这段难以考证的友情,对蒲松龄来说在情感上有着重要的意义。蒲松

---

① 见袁世硕,《蒲松龄事迹著述新考》,第 89—90 页。袁世硕的观点基于蒲松龄的另一首诗,该诗载《蒲松龄集》,1:531。

② 《蒲松龄集》,1:580。

③ 见袁世硕,《蒲松龄事迹著述新考》,第 187—220 页。袁世硕认为蒲松龄在其中一封信中,请王士禛为《聊斋》作序。

龄用文字记录下他最后一次梦遇王士禛的情景。梦中王士禛的
魂魄来向他告别，由此，蒲松龄找到了他期待已久的能证明二人
真挚友情的证据。同时，通过将其本人置于悼亡诗的中心位置，
他坚信二人的友情能够超越生死：

> 昨宵犹自梦渔洋，谁料乘云入帝乡！
>
> ……
>
> 衰翁相别应无几，魂魄还将订久要。①

　　所有的这些线索——不论是梦的情感力量还是超越生死的
友情——均被巧妙地融进了《成仙》篇中。② 故事开篇，成生与周
生结为好友。成生家中贫穷，终岁常依靠周生接济。在周生被冤
下狱并差点丧命之际，成生竭尽全力为周生平反昭雪。面对恶霸
横行、贪官枉法的人世，成生心灰意冷，决定出家求仙。周生拒与
成生同去，却在成生离去后尽力接济成家。

　　蒲松龄细致而令人信服地描述了平凡生活中的牢狱之灾和
真挚友情，这无疑为故事后半部分颇带玄幻色彩的寻道之旅做了
铺垫。③ 构成整个故事核心的是三场梦，但是细细观来，又并不
是真正的梦；它们是梦境式的寓言，有些现实色彩。得道成仙的
成生为了点化被蒙骗的周生，回来一手制造了这些梦。这些梦打

---

① 《蒲松龄集》，1：632—633。
② 这则故事的标题有两种译法"Becoming an Immortal"和"Cheng the Immortal"（即
　"成姓仙人"）。这则故事与《褚生》颇为相似，笔者在引言中曾论及后者。
③ 在唐寅手卷《梦仙草堂图》的一端，绘有一男子在草堂中入梦，而在其另一端，同一
　人在虚无缥缈的山水中漫游，见 Li, "Dream Visions," pp. 54 - 55。用高居翰
　（James Cahill）的话来说，"我们神奇地从物质世界转移到了另一个境界，前者着意
　地描绘山水、精妙地表现细节，而后者则是浅峰环绕中的深邃之境"（Cahill,
　Chinese Painting, p. 139）。《成仙》中亦体现了这种物质世界和玄妙境界的强烈
　对比。

破了梦与醒、幻与真之间的界限。

在第一场梦里，周生梦见成生赤身伏于自己胸上，气不得息。醒来，发现自己正卧于成生榻上并且不觉中附到了成生身上，成生却不知所踪。发生在模糊梦境之事，在周生醒后仍在继续。其实这并非周生的自我幻想：其弟坚信他是成生而非周生，故不许其接近周妻。周生揽镜自照，不禁大惊失色："成生在此，我何往？"周生无法，只得启程往崂山觅成生，寻回真正的自我。周生失去自我身份与认知，而当周生面对成生身体里的真我，却不能认出时，这一切达到高潮，其惊呼道："怪哉！何自己面目靦面而不之识！"

正如某些印度神话中幻化的相肖者，在这一稍有情色意味的梦里，通过与周生互换身份，成生动摇了周生对其"现实中人格面具独特性和稳定性的信心"①。这颇具深意的自我迷失是后来周生悟道的先决条件。然而在周生找回自我后（通过又一个"类梦境"），其依然对娇妻割舍不下。为劝说周生彻底远离红尘，成生再次编织了一场神奇的梦。梦中，周生发现自己和成生"觉无几时"便至家中，并发现其可以通过意念控制自己的身体，飘过自家院墙。舐窗以窥，却发现妻子正与仆人私通。周、成二人直抵内寝，砍掉了妻子的头，悬其肠于庭树间。这充满暴力且有着厌女症意味的一幕恰似《水浒》中落草为寇者的行径。

蓦然醒来，周生发现自己正身在山中卧榻上。确信自己不过是做了场噩梦，惊而言曰："怪梦参差，使人骇惧！"但成生让周生的自信化作了泡影，他拿出溅有血迹的剑，向周生释梦道："梦者

---

① O' Flaherty, *Dreams*, *Illusions*, *and Other Realities*, p. 89.

兄以为真,真者乃以为梦!"①二人此次辗转到家,结果发现梦是真的:周生的妻子事实上已经被残忍地杀害了。最后,意识到与这个世界最后的情感联系已然被斩断,周生顿悟了,"如梦醒",隐世而得道,和成生一同终老山中。他们之间的友谊确实可谓是"超越生死"。

最终,千变万化的梦境、醒悟、虚幻的把戏和现实的证据均被否定了。传统上对梦中之旅和现实之旅的描写,在时空方面是有差异的。虽然周生两次返乡之旅依循了这一传统写法,但是二者的区分在此并无意义。读者无法断定梦起于何处,现实又终于何方。这似乎是故事的关键:披着哲学与宗教外衣的顿悟之梦其实是一场纯粹的文字和图像游戏。所有严肃的信息均被故事的结尾证明是虚假的。该故事并非以周生隐喻性的醒悟收尾,亦不曾描述周、成二人重聚,而是呈现了一个"粲粲"的意象,没有过多展示道教炼丹术的法力,而更多的是展现了尘世欲望和世俗梦想的强大:周生为家人送来"爪甲一枚,长二指许",能够点石成金。

梦与虚构

在中国文学传统中,虚构这一概念虽真实存在却难以被接受。这一点,为数不少的当代学者均有所论及。对这一问题,笔

---

① 另一则《聊斋》故事《伍秋月》中也有类似的反转(《聊斋》,5. 671)。梦中,男主人公杀死冥役,从阴间救出其女鬼恋人伍秋月,梦醒后发现自己已回到客栈。正当他惊异于幻梦之凶,却看见秋月立于身旁。当他告之以梦时,秋月言道:"真也,非梦也。"

者在本书第一章梳理《聊斋》阐释史时亦曾提及。[①] 私以为,众多
17 世纪的作家、评论家和出版商均曾试图将小说和戏曲理解为
一种特殊话语,有其自身的规则和属性。对于蒲松龄及其同时代
的作家而言,梦最吸引人之处在于借此可以深入探索小说所具有
的悖论特质。若小说与梦一样被定义为"虚"与"幻",那么又该
从何种意义上理解小说的存在呢?

　　文学人物的本体论地位似乎以最迫切的方式提出了虚构性
这一普遍存在的问题。[②] 17 世纪出版商汪淇曾在一封颇有趣味
的信札中提出了这些问题:

> 　　王遂东先生尝言天下无谎,谓才说一谎,世间早已有是
> 事也。即如汤临川"四梦"多属臆创,然杜丽娘梦柳生而死,
> 世间岂无杜丽娘? 霍小玉遇黄衫客而复圆,世间岂无黄衫
> 客? 故曰天下无谎。诚哉是言也!
>
> 　　今之传奇、小说,皆谎也。其庸妄者不足论,其妙者,乃
> 如耳闻目睹,促膝而谈,所谓呼之或出,招之欲起,笑即有声,
> 啼即有泪者,如足下种种诸刻是也。今读者但觉其妙,不觉
> 其谎。神哉,技至此乎![③]

---

① 宇文所安曾提及中国诗歌传统中普遍反对将诗歌内容理解为虚构,对这种偏见的
讨论见 Owen, *Traditional Chinese Poetry*, pp. 14 - 15。浦安迪(Andrew Plaks)亦
曾指出中国小说中史书模式的主导地位,见 Plaks, "Toward a Critical Theory,"
pp. 310 - 328。

② 有一点笔者感到并不意外。在文言中,最能清晰指称"虚构性"(fictionality)的表达
有"子虚"和"乌有先生",这些都是与寓言人物名字有关的典故。其他诸如"小说"
"野史"等亦用于表示与事实相对的虚构,但是这些表述与"寓言"一样,均比较
模糊。

③ 英译基于 Widmer, "*His-yu cheng-tao shu*," pp. 44 - 45。在此文中,魏爱莲讨论了
汪淇的小说出版经历。著名官员、诗人、幽默家王思任曾对《牡丹亭》加以评点,关
于其生平,见 *Dictionary of Ming Biography*, pp. 1420 - 1425。另见王思任,"批
点玉茗堂牡丹亭词叙",载毛效同《汤显祖研究资料汇编》,2:856—888。

私认为，汪淇意在说明真实人物与虚构人物之间并无本质差异。一旦虚构人物被塑造并进入公众视线，在读者心目中便成为一种真实存在。如在《牡丹亭》和《紫钗记》等经典文学作品中，虚构人物的感染力是如此强烈，以至于读者会与之休戚与共，而倾向于认为其是真实存在的。① 故此，汪淇书信中所表达的悖论性含义，就是优秀的小说与戏曲能让"谎言成真"。

苏珊·斯图尔特在关于无意义话语（nonsense）的精深研究中曾指出："小说显著的特点在于可逆性。其以嬉戏的形式既存在又不存在于这个世界上，是重要的，又是非重要的。"② 可逆性，在斯图尔特看来是一种常见的说法，即虚构的事件具有可收回性，因为它们"可以被收回，只要讲述者说上一句'这仅仅是个故事'或'我只是在开玩笑'"——抑或是，我们可以加一句"这仅仅是个梦"。汪淇书信中关于小说这一概念的理解至少和斯图尔特所给出的"既存在又不存在于这个世界上"的定义是如出一辙的。但是起码由读者的角度观之，汪淇的理解否认了小说的可逆性。据其设想，一旦虚构的人物或故事被创作出来，他（它）们不可能被撤回或收回。这些虚构的人与事自有意义，因为其已进入了读者的世界，不再单单受创作者的操控了。③

这些针对虚构语言可逆性的刻意否定在诸多《聊斋》故事中形成了一种特定模式，通过夸大语言在日常生活与文本中的不同

---

① 这一时期小说最大的吸引力之一，即在于它们能够激发读者的不同情感。因此，署名汤显祖的《虞初志》序高度称赞了此书，认为"读之使人心开神释，骨飞眉舞"。英译见 Barr, "Pu Songling and *Liaozhai*," p. 200。张潮续《虞初志》，编《虞初新志》，在自叙中也表达了类似的观点："读之令人无端而喜，无端而愕，无端而欲歌欲泣。"
② Stewart, *Nonsense*, p. 81.
③ 在《梦林玄解·人物》（卷 5）中，何栋如解释了各种关于著名历史和虚构人物的梦境，其中包括杨贵妃、谢小娥和崔莺莺。当这些人物进入他人梦中，其便摆脱了作者的操控。

运用方式,该模式凸显了《聊斋》故事的虚构性。在《聊斋》中,字面义与比喻义之间的界限不断被模糊,由此无伤大雅的谎言、隐喻和笑话——就像梦一样——成为现实。在《聊斋》故事中,不论人物有何意图,句句掷地有声,无法收回。因为话一旦说出,它便不可避免地会自我发展。① 比如在《戏缢》中,一个轻佻无赖与其友打赌,说能博得正骑马而来的少妇一笑。他突然跑至少妇马前,连声哗曰:"我要死!"然后引颈作缢状。无赖打赌赢了,少妇确实朝其一笑。但是当朋友们止了笑声而上前查看时,却发现无赖误把自己吊死了。在《聊斋》中,说玩笑话有时也能一语成谶。

蒲松龄笔下的痴人(他们通常是恶作剧所钟情的对象)似乎完全没有意识到字面语与比喻语之间的区别,亦不能根据言说者和语境来选择不同的阐释方式。这些痴人正应了那句古话,"不与痴人说梦"(因为痴人会以梦为真)。然而吊诡的是,正因为他们不能区分真实与谎言,谎言最终才能成真并让始作俑者自食恶果。比如在《婴宁》中便有如此痴人,因一个不知名氏居处的神秘女子而相思成疾。因忧其身体,表兄扯谎说这女子是其表妹,家住西南约三十里外的山中。这个傻小子竟信了表兄的话,起身前往其所说的荒郊。结果你瞧,傻人有傻福:在一处村落,见到了朝思暮想的女子,而女子正是其姨母的养女。尽管女子其实是狐仙,而姨母是鬼,但这并不影响表兄假话无心言中的事实。在《聊斋》的奇异世界里,不存在"真实的谎言"一说,因为谎言一旦有人相信,总能成真。

---

① 当然,《聊斋》的叙述者能够且时常进行反转,例如《浙东生》(《聊斋》,17.1701)。在这则滑稽故事中,擅长吹嘘其胆力的书生房某,就像被击倒复又弹起的玩具一般,屡次被吓昏又复生。故事中,包括死亡在内的所有事物皆可逆。而没有任何一事成真。通过夸大这种可逆性,故事以另一种方式强调了它的虚构本质。

《齐天大圣》这个故事描述了福建人对小说和戏曲《西游记》中猴王孙悟空的膜拜。小说与戏曲的盛行引发了英雄崇拜,这在蒲松龄时代的中国是真实存在的社会现象,而在这一故事中,蒲松龄展示了虚构人物暧昧不明的地位。[①] 一位品行端正的山东商贾来到福建,入庙后惊奇地发现庙中供奉的神像竟为猴头人身。"孙悟空乃丘翁[②]之寓言,"其不屑道,"何遂诚信如此? 如其有神,刀槊雷霆,余自受之!"接下来的故事预言性地讲述了这个不信神的商贾又是如何转而信仰齐天大圣的。在文学世界中,又有哪位神灵会对这种挑战其权威的狂言置之不理呢?[③] 病痛接二连三地袭来,商贾皆不为所动,直至其兄因病离世。商贾之梦证实了齐天大圣的存在,梦中他被召去拜见大圣,大圣允诺:若商贾愿做其弟子,便可在地府暗中相助,令其兄还阳。商贾梦醒,棺中尸体确实复活了,商贾从此也成为齐天大圣的虔诚信徒。但是,与信仰转变的传统叙事不同的是,这个故事并未就此结束。商贾与大圣的二次相遇更多的是在展现《西游记》中悟空顽劣的性情。在一个如梦般的插曲中,商贾得遇微服出游的大圣,好似走进了《西游记》中的一幕,大圣施展筋斗云,带商贾至天宫,后又

---

① 关于 17 世纪这一福建悟空信仰的相关记载,以及该信仰与小说《西游记》的关系,见 Dudbridge,*The His-yu chi*,pp. 159 - 160。杜德桥(Glen Dudbridge)赞同"这一信仰源自小说主人公的可能性"。在成书于康熙年间的志怪集《坚瓠集》(《余集》,2.7a)中,褚人获亦记载了福建地区这一信仰的存在,他讽刺道:"无论西游记为子虚乌有,即水帘洞,岂在闽粤间哉?"

② "丘翁"指道士丘处机(1148—1227),据传为《西游记》的作者。浦安迪指出:"在清代很长一段时间内,丘处机为《西游记》作者的说法广为流传。"见 Plaks,*Four Masterworks*,p. 194。汪淇《西游记证道书》所附虞集序中亦提及此事。而现在认定吴承恩为《西游记》作者亦颇为立不住脚。

③ 这种改变信仰的故事与"鬼魅寓言"(the ghostly apologue)的传统有关,此类寓言中,鬼魂往往以肉身出现,破除不信鬼魅之人的怀疑。见 Yu,"Rest, Rest Perturbed Spirit"。

将其送回地面。

在故事末尾的评论中,回应商贾在故事开头之所问,异史氏给出了备选答案:

> 昔士人过寺,画琵琶于壁而去;比返,则其灵大著,香火相属焉。天下事固不必实有其人;人灵之,则既灵焉矣。何以故?人心所聚,而物或托焉耳。若盛之方鲠,固宜得神明之佑;岂真耳内绣针、毫毛能变①,足下筋斗,碧落可升哉!卒为邪惑,亦其见之不真也。

商贾不再认为齐天大圣仅仅是"丘翁之寓言",历经模糊的梦以及类似《西游记》中的腾云驾雾之旅,其已然认定猴王是真实存在的了。尽管评论的最后几句表达了儒生对民间信仰特有的傲慢,但故事说明精神力量并不取决于鬼神或虚构人物真实存在与否,而是取决于信仰与欲望的虚幻之力。

一位名为钱宜(1671—?)的妇人曾以第一人称讲述过一个有趣的故事,其中她通过多人同梦的方式,自觉地探讨了虚构人物的影响力问题。钱宜曾作有汤显祖戏曲评点本《吴吴山三妇合评牡丹亭》,故事则附录书中。该书于 1694 年首次付梓。② 元夜月上,钱宜置净几于庭,装褫完该书刻本,设杜小姐位,折红梅一枝,贮胆瓶中。燃灯陈酒果,祭奠杜丽娘。钱宜之夫,与其同评《牡丹

---

① 这些都是在小说中孙悟空常常使用的神技。为了方便起见,孙悟空将其金箍棒缩成绣针大小,藏于耳内。

② 这一版本目前仍然存世。由其在 18、19 世纪的不断重刊可知它在读者中的受欢迎程度,见傅惜华,《明代传奇全目》,第 63—66 页。在康熙年间刊行的原本中,钱宜的故事以《还魂记纪事》为题。张潮在其《虞初新志》中以《记同梦》为题收录了此则故事。这则故事,以及与此本评点有关的一系列材料,亦被收录于张潮的《昭代丛书》中。包括故事在内的这些材料,见毛效同,《汤显祖研究资料汇编》,2:889—906。

亭》的吴吴山(1647？—1697 年后)，见状，笑曰：

> "无乃大痴？观若士自题，则丽娘其假托之名也。且无
> 其人，奚以莫为？"予曰："虽然，大块之气寄于灵者。一石也，
> 物或凭之；一木也，神或依之。屈歌湘君，宋赋巫女①，其初
> 未必非假托也，后成丛祠。丽娘之有无，吾与子又安能
> 定乎？"②

钱宜提出了两个相关的说法，然而并不完整。其一，引用《庄
子》中的典故③，钱宜指出如果无生命之物可有神依之，那虚构人
物为什么不能呢。其二，钱宜认为即使作者本人宣称其作品是虚
构的，读者依然有自由依其喜好挪用、膜拜作者笔下的虚构人物。
该观点似乎与书商汪淇不谋而合。汪淇认为，一旦作者将其笔下
的虚构人物带进公众的视野，这些虚构人物便在读者的生活中有
了独立的存在。

尽管钱宜之夫当即承认自己错了，但是她的这番说辞还需更
进一步的证明。是夜，她与丈夫做了一个同样的梦：他们梦至一
园，仿佛如红梅观者，亭前牡丹盛开，五色间错，俄一美人自亭后
出，艳色眩人，花光尽为之夺。叩其名氏居处，皆不应，回身摘青
梅一丸，捻之。钱宜又问：若果杜丽娘乎？美人但衔笑而已。须
臾风起，吹牡丹花满空飞搅。夫妻二人皆醒。

这个梦显然交织着对《牡丹亭》的影射与其中大量出现的象
征符号。比如，杜丽娘初梦情郎柳梦梅时，其梦在一阵花雨中落

---

① 前者见《湘君》，英译见 Hawkes, *Songs of the South*, pp. 104-107。后者见(传)宋
玉，《高唐赋》，载《文选》。
② 毛效同，《汤显祖研究资料汇编》，2：902—903；张潮，《虞初新志》，15.223。
③ "大块噫气，其名为风。"见《庄子》，2.3。英译见 Watson, *Complete Works of
Chuang Tzu*, p.36。

幕。正是在梅花观,她死后的魂魄与柳梦梅重逢。然而最重要的是,钱宜插梅于瓶中以祭奠杜丽娘这一举动和夫妻二人梦醒前的一阵花雨均再现了《牡丹亭》中的核心场景。在第二十七出,杜丽娘尸骨埋于梅花观,观中道姑将一枝红梅插入瓶中为丽娘招魂。成为孤魂的杜丽娘为瓶中红梅所动,降花雨于祭坛上以示谢忱。① 由于钱宜在"现实生活"中为祭其书而再现了这一折"插梅招魂",杜丽娘为其诚所动,现身其梦中以示赞赏。

然而,对于钱宜之夫吴吴山而言,此梦与《齐天大圣》中商贾之梦一样有着明显意图:将怀疑者变为信徒。吴吴山将二人共梦的惊人巧合视为先前争执的答案。他援引另一部作品即六朝故事集《搜神记》加以比附,放弃了先前的怀疑:"昔阮瞻论无鬼,而鬼见。然则丽娘之果有其人也,应汝言矣。"②但是这一证明杜丽娘存在与否的梦很是模糊,在梦中,杜丽娘拒不肯将自己的身份和盘托出,但衔笑转身而去。因为夫妻二人皆明了,关于虚构之人是否存在这一问题没有确切答案。

钱宜与出版商汪淇均以戏曲中的虚构人物为例并非偶然。在 17 世纪,关于戏曲的历史真实性和创造性问题一直是文人激烈争论的话题。拥护者认为剧作家有权在创作时充分发挥想象力,因为戏本身就是一个虚构的媒介。这类学者常将戏比作梦,把观众比作做梦之人,以此来说明戏与梦共有的虚幻本质。李渔,17 世纪著名的剧作家和剧评家,曾在《审虚实》中写道:"凡阅

---

① "魂游",见《汤显祖戏曲集》,1;349—352。英译见 Birch, "Spirit Roaming," *The Peony Pavilion*, pp. 147-155。笔者认为此处的梅应不译作"梅子"(apricot)而是一般的"梅花"(flowering plum)。

② 干宝,《搜神记》,16.189。

传奇而必考其事从何来、人居何地者，皆说梦之痴人，可以不答者也。"①

　　持有类似观点的尚有晚明学者谢肇淛。② 他将那些受吉凶梦影响的做梦人比作为戏中悲喜场景所动的观众。谢肇淛自称从不相信任何一种梦，他作比说："戏与梦同。离合悲欢，非真情也；富贵贫贱，非真境也。人世转眼，亦犹是也。"③

　　谢肇淛的三重类比认为梦中、戏中和人生中的幻象是等同的，这一点在《聊斋》故事《顾生》中亦有所体现。在这个故事里（该故事在翟理斯的英译本中有一个颇具爱德华时代特色的标题：《眼疾奇症》④），笔者想象故事或以中国的皮影为原型，眼睑成了幕布，合眼之后，梦境上演。⑤ 江南顾生，客住稷下，眼暴肿，疼痛难忍。令其惊奇的是，合眼时每每得见一座偌大的宅院。一日，方凝神注之，忽觉身入宅中，宅中正奏鼓乐唱戏。而在早先的唐传奇《枕中记》中，主人公在梦中度过了自己的一生。与《枕中记》中颇具点化意味的梦不同，顾生更像是这场戏的观众，没有真正参与其中，而是见证了梦中人生的流逝。

　　该故事分为两幅。前幅中，顾生来到满是婴儿的房间。后被一位年轻英俊的王子邀去看戏，演的是《华封祝》，典出《庄子·天地》，即祝寿、祝富、祝多男子。该戏名表明这出戏表征着人们对

---

① 李渔，《闲情偶寄》，第 20—21 页。
② 谢肇淛认为当某人试图诉病戏曲中的历史谬讹时，便是"痴人前说梦也"。见《五杂组》，15. 308。
③ 谢肇淛，《五杂组》，15. 308。
④ Giles, *Strange Stories*, p. 327.
⑤ 在中国的皮影戏中，鲜艳的剪影通过灯光投射至幕布之上。例如，可见白玲安的精彩讨论，Berliner, *Chinese Folk Art*, pp. 125 - 134。

青春的渴望。① 仅三折戏后，顾生便被客店主人唤醒了。他发现自己正躺在客栈的床上，而当其再有机会独处时，又闭上眼进入梦乡。循故道而入，经过原先全是婴儿的房间，却发现里面尽是蓬首驼背的老妪，她们对顾生恶语相向。戏已过七折矣，整出戏几近谢幕。已是髯翁的王子让顾生再点一出戏：《彭祖娶妇》。彭祖是中国的玛士撒拉（Methuselah），一位长寿者，这出戏无疑暗示了垂暮之年。一折戏似乎有十年之长，顾生的两次梦旅之间竟然隔了七十年。如同大多数《聊斋》故事一样，时光"转瞬"即逝，这原本常见的比喻以其字面义呈现了出来。②

　　该故事试图消弭梦与现实间的界限。尽管《聊斋》中的梦通常不会被如此明确地引出，但是在故事结尾，做梦人均会意识到其刚才是在梦中。故事没有提及顾生究竟是进入了梦境抑或是产生了幻觉③，然而有大量线索暗示了这一点。顾生第一次从梦中醒来时发现其正卧于榻上，"始悟未离旅邸"。第二次醒来的场景也符合中国传统的梦境理论：做梦人身处的环境可影响其梦境的内容。④ 故而，顾生在梦中世界听到的第二出戏结尾的"鸣钲镗鞳"，其实是客店里的狗舐油铛发出的嘈杂声。⑤

---

① 《华封祝》这一剧名暗指《庄子·天地》中所载的一则轶事。学者指出，像《金瓶梅》《红楼梦》这类小说中所提及的剧名往往具有象征意义。《顾生》中的两个剧名可能均为蒲松龄附会以适应故事需要。笔者以及其他《聊斋》评点者，均无法在戏曲著目中寻到它们的出处。

② 正如何守奇所评论的："目幻，一转瞬少者已老。"见《聊斋》，8.1155。

③ 笔者并未发现任何中文记载中将梦与幻觉区分开来。董说的《病游记》从梦的角度，描述了他神志不清时的经历，见《丰草庵集》，3.14b—15。

④ 该理论与陈士元《梦占逸旨》中的"体滞"一类相对应，见《梦占逸旨》，2.13。王符的《潜夫论》中并无此类，但是《列子》中举了与该理论有关的例子："借带而寝则梦蛇，飞鸟衔发则梦飞。"英译见 Graham, *Lieh-tzu*, p. 66。另见 Ong, *Interpretation of Dreams in Ancient China*, pp. 47-54。

⑤ 王珍瑶提及《酉阳杂俎》中的一则故事。故事中，男子梦见有人击鼓，醒来后发现其兄弟正猛烈叩门。见 Ong, *Interpretation of Dreams in Ancient China*, p. 54。

　　客店中现实世界和梦中虚幻世界的妙合无垠未必会削弱顾生眼中的"现实"感。梦中,顾生的目疾被王子唤来的太医治愈。待其从梦中醒来,发现目疾真已痊愈。但这也并不能证明顾生之梦是真的,传统中医理论认为,梦可由疾患导致的生理失衡引起,并有疗救的效力。① 从这一理论来看,太医医好顾生的眼疾同样是虚幻,顾生的"眼疾奇症"被治愈后,令其悔之不及的是,他再闭眼,一无所睹。

　　顾生的经历如同看戏一般,剧情的发展非其所能操控。这个故事最引人入胜之处在于梦者与其梦境是相互独立的,最重要的是这种独立性展现了梦中人物的真实性。值得注意的是,这个故事的主旨也在明清笑话集中有所体现:"一人梦赴戏酌,方定席,为妻惊醒,乃骂其妻。妻曰:'不要骂,趁早睡去,戏文还未半本哩。'"②尽管这则笑话与《聊斋》故事有同样的叙事逻辑——梦中时光飞逝,而做梦人渴望回到被打断的梦中——二者的结局却不尽相同。笑话从怀疑的角度,印证了那句古语"莫与痴人说梦"。这则笑话颇有趣,因为丈夫和妻子都愚蠢地相信梦中场景为真。笑话所揶揄的虚幻之事,在故事中,顾生已然意识到,使得这个故事非但不能解颐,反令人倍感惊悚。

---

① 王符对梦的分类中有一类为"病",见《潜夫论》,第 315—316 页。陈士元在探讨梦端时,对这一分类进一步细分为"气盛""气虚"和"邪寓",见《梦占逸旨》,2.13—15。另见 Fang-tu, "Ming Dreams"。在《聊斋》故事《杨大洪》中,杨公梦中得诗,其内容正好预示其病愈。

② 同一则笑话一字不差地收录于晚明浮白主人的《笑林》与康熙末年咄咄夫原本、嗤嗤子增订的《笑倒》中。王利器的《历代笑话集》收录了这两部书,见第221、444 页。关于这些书的断代和作者,见《历代笑话集》,第 204、442 页。

图7　《明状元图考》卷三

　　由黄应澄所绘的这幅版画表现了一个状元的预兆之梦。画面右侧的书生伏在书案上,进入梦乡,却又一次出现在画面左侧表现梦境的泡影中,手持写有"状元"二字的匾额。图片来源:顾祖训,《明状元图考》,卷3。

　　《聊斋》中还有一则类似的志怪故事,题为《张贡士》。安丘张贡士因病卧床。忽见一儒冠儒服的小人从其心头出,举止若歌舞艺人,唱昆山曲。说白自道名贯,一与张贡士同,所唱节末,皆张贡士生平所遭。四折戏毕,小人吟诗而没,而张贡士看罢犹记戏文梗概。① 尽管该故事没有明确表明这是一场梦，但小人所唱带有自传意味的戏文正印证了温迪·奥弗莱厄蒂（Wendy O'Flaherty）所谓的"梦中的经历具有异常的模糊性，梦者倾向于将自己同时看作梦的主体与客体"②。此则故事的主旨颇肖明清时期的版画，画中做梦人头上盘旋生出一个卡通式的气泡，梦者同时又是梦中的主角（见图 7）。③ 这个简单的故事之所以离奇，是因为人生、梦与戏之间的界限完全被消弭了。

论《狐梦》

《狐梦》是《聊斋》中仅有的一篇明显具有自我指涉性的故事。尽管其他故事也是基于真实事件和历史人物，或是由其他文学作品比如唐传奇改编而来④，唯有《狐梦》是对先前一篇《聊斋》故事的呼应。该故事鲜明的自我意识似乎是为了突显其虚构性并将《聊斋》的虚构性与作者身份加以问题化。

---

① 王士禛《池北偶谈》几乎一字不差地收录了这则轶事，并以《心头小人》为题。（二十四卷本的《聊斋》抄本收录了王士禛对该故事的评论："岂杞园耶？大奇。"但是三会本中不见此批语。）尽管白亚仁认为《聊斋》和《池北偶谈》同时记录这则故事"并不能说明作者相互借鉴，而是基于各自的素材"，但是两者在遣词造句上的相似性，足以说明蒲松龄和王士禛之间存在着某种意义上的借鉴，白亚仁的讨论见 Barr, "Pu Songling and *Liaozhai*," p. 260。如果我们相信王士禛在二十四卷抄本中批语的真实性，那么我们可以断定王士禛或从蒲松龄处借鉴了这则故事。无论如何，这种同时记录均说明此类故事受欢迎的程度。

② O' Flaherty, *Dreams, Illusions, and Other Realities*, p. 89.

③ 何栋如警告说，即便是吉兆之梦，梦见俳优的话，这种吉兆亦没有任何意义，这可能是与戏剧表演的非真实性有关。见"俳优戏弄之类，虽吉成虚"条，载《梦林玄解》，1. 3a。

④ 例如，《织成》的主人公柳生在龙王面前，为其受到的不公待遇鸣不平，因为同样一名柳姓书生，即唐传奇《柳毅传》中的主人公柳毅，在故事中遇到仙女后有幸成仙，而柳生却面临被处死之不幸。

　　亦步亦趋地遵循"志怪故事直笔实录的传统"①，故事主人公毕怡庵被说成是蒲松龄的友人，亦是其馆东毕际有的侄子。当代《聊斋》研究专家袁世硕先生曾试图在毕氏族谱中寻找号为怡庵之人，虽然未果，但仍倾向于认为毕怡庵确有其人，因为《聊斋》中许多纯属虚构的故事也是以蒲松龄之友或是当世之人为原型的。② 有些学者并未依循袁世硕先生的思路，而将之单纯视为一个有明确信息提供者和创作日期的故事。③ 白亚仁便曾指出故事中有多处取笑了毕怡庵，还试探性地提出也许《狐梦》是由蒲松龄与其友"共同创作"的。④ 尽管蒲松龄或许会为其友人选用鲜为人知的"号"，将其友身份作为一个只有知情人才懂的笑话，但是根据故事内容，颇具讽刺意味的是，同其他虚构人物一样，毕怡庵不能被明确视作真实人物。

　　正因为毕怡庵非常向往能见到另一篇《聊斋》故事《青凤》中的美丽狐仙，才有了这篇《狐梦》：

　　　　余友毕怡庵……尝以故至叔刺史公之别业，休憩楼上。传言楼中故多狐。毕每读《青凤传》，心辄向往，恨不一遇，因于楼上摄想凝思。

　　《聊斋》第一篇序文的撰者、蒲松龄之友高珩也向往能见到小说中的人物，曾在所作的一本侠客传记序文中说道："予少而好读唐人传奇诸书。于剑侠及诸义烈人，恨不旦暮遇之。"⑤在《聊斋》故事《书痴》中，主人公有一个颇为稚气的愿望：见到书中人物。

---

① Campany，"Chinese Accounts of the Strange，" p. 153.

② 袁世硕，《蒲松龄事迹著述新考》，第 453 页。

③ 例如见马瑞芳，《蒲松龄评传》，第 173 页。

④ Barr，"Pu Songling and *Liaozhai*，" p. 253.

⑤ 高珩，《刘显之传》，载《栖云阁集》，卷 12。

然而,这个愿望成真了。一日,读《汉书》至八卷,卷将半,见纱剪美人夹藏其中。在主人公的热切注视下,这个美人竟变成了真人,而颇具讽刺意味的是,她成了男子读书之外的"私塾先生"。

钱宜祭奠杜丽娘的举动以及蒲松龄的《狐梦》均能反映出读者欲与书中虚构人物谋面的愿望。钱宜的梦境叙述原本并无特别之处,但是鉴于有《牡丹亭》以及《吴吴山三妇合评牡丹亭》做背景,钱宜的梦则非比寻常了。相反,蒲松龄的故事层垒式地嵌套了不同的梦,让人难以梳理,难分虚实。如同一系列不断扩展的双重否定,故事中层垒式的梦境似乎又在不断地自我擦抹。故事结构模仿了某种负逻辑悖论,而这又经常出现在中国的梦境话语中,比如何栋如曾在为《梦林玄解》所作的序中说道:"循是而知非非幻,非非真。非非真而不幻,非非幻而不真。"[1]

与《顾生》相比,《狐梦》叙事的复杂性是显而易见的。虽然在《顾生》中,蒲松龄也试图模糊掉梦与现实之间的界限,但其所用的叙事结构仍然可以一分为二,故事依然可以由客店中的世界与王府中的世界,以及梦与现实的范畴来加以探讨。但是在《狐梦》中,读者找不到能表征主人公清醒状态的稳定参照系;故事中没有用以衡量现实的标准。就像一颗洋葱,读者可以一层一层地剥离,却寻不到硬核。根本不存在最终的清醒与最终的解决方案。

毕怡庵第一次见到狐仙时的描述很是模糊:"既而归斋,日已寝暮。时暑月燠热,当户而寝。睡中有人摇之。醒而却视,则一妇人,年逾不惑,而风雅犹存。"妇人当即自报家门:"我狐也。蒙君注念,心窃感纳。"尽管叙述者指出狐仙的出现是毕怡庵"摄想凝思"所致,以此提示读者毕怡庵已经"醒来",但是狐仙说正是由

---

[1] 何栋如,《梦林玄解序》,载《梦林玄解》,3a。

于毕怡庵注念，她才出现在毕的面前。这是由传统分类中所说的"情感流溢"和"玄思冥想"导致的一场梦。尽管毕怡庵可能仅仅梦到他醒来了，但是这一突然逆转是叙述者为欺骗读者而扯的谎。其目的在于将自己由一个声称"直笔实录"的历史学家式的叙述者转变为一个"想象的叙述者"，如斯图尔特所谓，"不必为其所言说而负责——可以随心所欲地改变游戏规则，颠覆读者的设想"①。

由于年纪偏长，狐仙拒绝了毕怡庵的求欢，并提出让小女前来侍奉："有小女及笄，可侍巾栉。明宵，无寓人于室，当即来。"狐仙并未食言，次日晚，她果然带着自己态度娴婉、旷世无匹的女儿来了。毕怡庵终得偿所愿。"毕与握手入帷，款曲备至。事已，笑曰：'肥郎痴重，使人不堪。'未明即去。"

如果我们视毕怡庵第一次见狐妇的场景为一场梦，那么毕怡庵与狐女接下来度过的两晚则是同一梦的延续，因为文中并未提及毕怡庵从梦中醒来。第三个晚上，毕怡庵进入了一个梦中梦："良久不至，身渐倦惰。才伏案头，女忽入曰：'劳君久伺矣。'"

狐女带着毕怡庵去见了自己的三个姐妹，她们盛宴款待毕怡庵。宴会热闹的场景更加印证了这只是一场梦，如同《爱丽丝漫游仙境记》，度、量、衡乃至物品质地无不发生了变形。四个淘气的狐女互不相让，用一些颇具色情意味的器皿盛酒，调笑间毕怡庵越喝越多——大姐用头上的髻子盛酒给毕怡庵，未想那髻子竟是一荷盖；二姐拿出的胭脂盒竟然是个巨钵；狐女给了毕怡庵一个莲花样小杯，未想那竟是一只绣花鞋。② 这些小把戏使得这个

---

① Stewart, *Nonsense*, p. 73.
② 整个宴会中，毕怡庵以各种女性贴身之物把酒言欢，这一场景读起来就好像是对青楼宴饮的一种戏谑模仿。

梦中梦变得更加虚幻,眼见不一定为实。

这个故事游戏般的叙事结构体现在构成整个梦境的嵌套式故事中。与其他情节紧凑且无赘言的《聊斋》故事不同,《狐梦》枝节散蔓,场景与场景之间联系松散。毕怡庵与狐女间的风月之事并未过多着墨,这一核心情节仅仅流于形式,从属于一系列的小插曲,比如打情骂俏、行令饮酒和二人对弈。宴会上的各式游戏彰显出人物的身份如游戏一般,可以通过不断地违反和更改规则而被随意推翻。① 这一点,从狐女们给毕怡庵的饮酒器皿一直在不停地变换形态中便可看出。此外,当年纪最小的四妹怀抱一狸猫出现时,众人决定执箸交传,"鸣处则饮"。当毕怡庵连饮几大杯后,方才意识到自己被戏弄了。每当筷子传至毕怡庵处,四妹便故意让猫叫。

当毕怡庵离席后,才终于醒来:

> 瞥然醒寤,竟是梦景;而鼻口醺醺,酒气犹浓,异之。至暮,女来,曰:"昨宵未醉死耶?"毕言:"方疑是梦。"女曰:"姊妹怖君狂噪,故托之梦,实非梦也。"

直至狐女再次出现,读者才确定毕怡庵是由哪一层梦中醒来。但是狐女对毕怡庵所说又是自相矛盾的。她解释道:"故托之梦,实非梦也。"此正与出版商汪淇所谓的小说让"妄言成真"有异曲同工之处。狐女指出,姐妹们托给毕怡庵的梦境"非梦",是在暗示毕怡庵这一不断演进的梦和她本人均是真实存在的。她这一复杂的说辞贯穿全文,直到几年之后,狐女被西王母征去做花鸟使,而不得不与毕怡庵分别。

---

① 对游戏与自我否定话语的讨论,见 Stewart, *Nonsense*, pp. 72 - 76。

蒲松龄将此故事命名为"狐梦"，颇具反讽意味。标题本应提纲挈领，但实际上，该题恰好暴露了故事的模糊性和其意欲削弱自身真实性的倾向。"狐"与"胡言乱语"之"胡"以及"糊涂"之"糊"一语双关。由此暗示，这个故事其实是虚构的。尽管如此，这个标题还是会让读者陷入两难的境地，难以判断该故事是真还是假，因为故事说毕怡庵并非在做梦，标题却暗示这是一场梦。对故事逻辑上的难题百思不得其解，19世纪《聊斋》评点者何守奇最终也陷入了僵局："狐幻矣，狐梦更幻；狐梦幻矣，以为非梦，更幻。语云：'梦中有梦原非梦。'其梦也耶？其非梦也耶？吾不得而知矣。"而另一位评点者但明伦通过研读《狐梦》揭橥了故事结构中的负逻辑命题，做出了更为复杂的解读：

> 为读《青凤传》凝想而成，则遇女即梦也。设筵作贺，而更托之梦，复以为非梦。非梦而梦，梦而非梦，何者非梦，何者非非梦，何者非非非梦？毕子述梦，自知其梦而非梦，聊斋志梦，则谓其非梦，而非非非梦。

无论如何，狐女所言并不可信。因为一个梦中之人所言并不能证明此梦的真实性。一个梦是不能在梦中被解释或否定的。这一说法早在《庄子》中就被提出过："方其梦也，不知其梦也。梦之中又占其梦焉。"[1]另一则《聊斋》故事《莲花公主》则明确指出梦中人物这种类似的肯定性话语其实是具有欺骗性的。主人公窦生担心其与公主的洞房花烛其实是梦一场，带围公主腰，布指度其足，以为证。公主笑曰："明明妾与君，那得是梦？"窦生答道："臣屡为梦误，故细志之。"《莲花公主》改编自唐传奇《南柯太守》。

---

[1] 英译见 Graham, *Chuang-tzu：The Inner Chapter*, pp. 59 - 60。

故事中主人公窦生担心自己是在做梦,在梦中徒劳地求证,此其实是在巧妙地暗示读者所熟知的故事情节:窦生终将醒来,并发现所谓的飞黄腾达和琴瑟和鸣不过是一场梦,而其辉煌的王国不过是一蜂巢而已。

但是《狐梦》将所有关于梦的叙事传统均视作了笑谈,故事结尾最出乎意料。结局并不是毕怡庵的梦醒或者顿悟,而是环回至故事开头:

> 怅然良久,曰:"君视我孰如青凤?"曰:"殆过之。"曰:"我自惭弗如。然聊斋与君文字交,请烦作小传,未必千载下无爱忆如君者。"
>
> 康熙二十一年腊月十九日,毕子与余抵足绰然堂,细述其异。① 余曰:"有狐若此,则聊斋之笔墨有光荣矣。"遂志之。

在此,蒲松龄巧妙地给出了关于虚构人物问题的答案:作者笔下的人物并非由作者,而是由读者的冥想所创造或再创造的。比如在《顾生》中,梦者与梦是相互独立的。《狐梦》的前提是这个故事的发展并不受作者的明显操控。这一点突出表现在读者与故事人物的关系上,这一关系总是隐蔽而通常是被抑制的。这让我们想起了钱宜与其丈夫争论时,主张读者有权力忽略作者的说明,而把虚构人物视作真实存在的人来崇拜。正如钱宜通过祭奠杜丽娘来表达其对杜丽娘的信仰与忠诚,《狐梦》中的狐女也希望

---

① 康熙二十一年即 1683 年。有趣的是,这一年份与地点同样也是《绛妃》中蒲松龄之梦的年份与地点。

千载之后,有人能通过读蒲松龄的故事来爱之、忆之。① 前一种情况下从读者视角提出的观点,在后一种情况中从虚构人物的视角再次被提出。关于虚构性的话语由虚构作品之外被移入其内。《狐梦》成为一篇关于小说的小说。

16世纪的哲学家李贽曾创构出一个虚构的传记作者,为自己立传。蒲松龄反弹琵琶,以一个虚构人物的真实传记作者的身份,将自己嵌入了故事中。李贽假托传记作者孔若谷,这一名字显然具有双关寓意,表明这是一种虚构。与《狐梦》一样,李贽在自传结尾也呼应式地提及孔若谷应李贽之请以志嘱。② 尽管这篇传记并无半点喜剧意味,但是李贽与蒲松龄一样,亦嘲弄了历史话语规则,戏仿了在文本中来证明真实性的做法。在上述两例中,通过刻意模糊传者与传主、作者和述者的界限,非但未削弱反而增强了作者在创作过程中的创造性。

通过这一章,我们可以了解到蒲松龄是如何试图模糊梦与醒、幻与真之间的界限。在《狐梦》中,这一尝试有了进一步的发展,通过模糊话语本身的界限,演绎了虚构与现实之间的一场游戏。通常在《聊斋》中表征现实的两个参照物——清醒状态和历史话语——在《狐梦》中均被自我消解了。嵌入式的梦境叙事渗入通常具有区分性的框架中,使得真实生活与文学文本之间的分离被打破,并最终指向人生、梦境和文本共有的虚构性本质。

---

① 狐女无名,可能暗示了她的虚构身份,这使得如何合适地"纪念"她变得更加困难。如果一定要在这则传记式的故事中寻出一个主角的话,那自然是毕怡庵,而他亦让人捉摸不透。毕生貌丰肥、多髭,当属"狂生"。

② 李贽,《卓吾论略》,载《焚书》,第86—87页。英译与讨论见 Wu, *Confucian's Progress*, pp. 19-24,特别是 pp. 20-21。吴百益将孔若谷的姓氏译为"aperture"(孔穴之意),且有力地指出孔为虚构人物。

结语 论《画壁》

人知梦是幻境，不知画境尤幻。梦则无影之形，画则无

形之影……然不以为幻，幻便成真。

——《吴吴山三妇合评牡丹亭》

越　界

一些读者认为《画壁》不过是《聊斋志异》中又一类型的梦境
叙事而已。[1] 在此笔者将之单列出来以为结语，因为《画壁》可使
我们最为深入地洞悉《聊斋志异》中对界限的复杂运用，而这引致
了"异"的出现。正如蒲松龄笔下其他优秀的故事，《画壁》以紧凑
的结构和精准的语言营造了颇为丰富的层次。叙述中三次主要
的跳跃，后一个凭附于前一个，有效地将读者引导至故事结尾令
人震惊的解决方案。故事如此开篇：

江西孟龙潭，与朱孝廉客都中。偶涉一兰若，殿宇禅舍，
俱不甚弘敞，惟一老僧挂搭其中。见客人，肃衣出迓，导与随

---

[1] 例如，法国社会学家凯卢瓦将翟理斯删改过的《画壁》译文收入其世界梦境文学选
集《梦境奇遇记》中（见第 37—39 页）。故事原文出自《聊斋》，1.14—17。该篇全英
译文，见本书附录。

喜。殿中塑志公像。两壁图绘精妙,人物如生。东壁画散花
天女,内一垂髫者,拈花微笑,樱唇欲动,眼波将流。朱注目
久,不觉神摇意夺,恍然凝想。身忽飘飘,如驾云雾,已到
壁上。

这是第一次越界,冯镇峦在评点中将其解释为"因思结想,因
幻成真"。叙述者运用诸如"如(生)""欲(动)"等一连串虚词,不
露声色地描绘了壁画;加之以一见钟情式的语言传达出朱孝廉对
天女画像的强烈反应,由此我们料想天女将从画中走下。[①] 其
实,我们可以从许多关于绘画与雕像活现的中国传奇故事中推测
出这样的情节发展。比如《聊斋志异》中的另一则故事《画马》,画
妖复活并来到人间,马主人惊诧不已,而最终发现这匹非凡的马
源自元代著名画家赵孟頫的一幅画作。在唐传奇《朱敖》中,男子
朱敖(亦是朱姓)随一女子进入庙中,之后发现女子消失在了壁画
之中。而后,累夕与画妖梦交,精气大溢。经道行高深的道人数
次做法之后,画妖方被永久祛除。[②] 但《画壁》并未按如此预期展
开,画像并未复活;相反,朱孝廉进入了画中。故事开篇即预示了
这一逆转:画中人凝望观看者,而非观看者观望画中人。

进入壁画之后,但见殿阁重重,非复人世。一老僧于座上说

---

① 在《牡丹亭》第二十六出中,柳梦梅渴望地端详杜丽娘的自画像时,他感觉到她在回
  盼。《吴吴山三妇合评牡丹亭》(1;846)中的一条旁注解释道:"注视则静物若动,果
  然似回盼也,似提掇也,似欲下也。"在第二十八出中,柳梦梅恨不得也化作画中人
  物,与她一起:"恨单条不惹的双魂化,做个画屏中倚玉兼葭。"(英译见 Birch,
  Peony Pavilion, p. 157)
② 《〈聊斋志异〉资料汇编》列出《朱敖》(李昉等,《太平广记》,334.2655)并节录褚人获
  在《坚瓠集》(《余集》卷 4)中所录该故事,作为《画壁》"本事"。《情史类略》(卷 9)涉
  及一小部分"画幻"内容,讲述与画像有关的故事——主要是仕女图——应观看者
  之愿来到人世。但《朱敖》不在此列。泽田瑞穗(《鬼趣谈义》,第 325—326 页)收
  录《太平广记》和《夷坚志》中的四则故事,均涉及寺庙壁画上的天女活现。

法,朱孝廉杂立于听者之中。忽觉有人轻拉其衣襟,竟是一垂髫
少女,向其嫣然一笑。少女挥手中花,招其入一舍内。四顾无人,
遂相欢爱。如此二日,少女同伴察觉到这一风流秘事,同来探视,
并戏谓女曰:"腹内小郎已许大,尚发蓬蓬学处子耶?"催其行已婚
之礼将长发挽为发髻,而后笑着离开,独留下这对情人。

> 生视女,髻云高簇,鬟凤低垂,比垂髫时尤艳绝也。四顾
> 无人,渐入猥亵,兰麝熏心,乐方未艾。忽闻吉莫靴铿铿甚
> 厉,缧锁锵然;旋有纷嚣腾辨之声。女惊起,与生窃窥,则见
> 一金甲使者,黑面如漆,绾锁挈槌,众女环绕之。使者曰:
> "全未?"
>
> 答言:"已全。"
>
> 使者曰:"如有藏匿下界人,即共出首,勿贻伊戚。"
>
> 又同声言:"无。"使者反身鹗顾,似将搜匿。女大惧,面
> 如死灰,张皇谓朱曰:"可急匿榻下。"乃启壁上小扉,猝遁去。
> 朱伏,不敢少息。俄闻靴声至房内,复出。未几,烦喧渐远,
> 心稍安;然户外辄有往来语论者。朱局蹐既久,觉耳际蝉
> 鸣,目中火出,景状殆不可忍,惟静听以待女归,竟不复忆身
> 之何自来也。

情人间的欢爱突然间变成了一场噩梦。搜匿中,少女从"壁
上小扉"遁去,而独留下朱孝廉一人。这最后的细节十分有趣:当
少女从第二堵"壁"中消失,朱孝廉滞留暗中,无复得见。彼时因
"注目"而推动其进入壁画之中,而如今,却无复得见,朱孝廉别无
他法,只得诉诸听觉:"惟静听以待女归,竟不复忆身之何自来
也。"似乎在朱孝廉进入的画壁中又竖起了另一堵墙壁,而其现正
被囚禁于壁画内外两个世界之间的黑暗地带。因朱孝廉对外界

的记忆早已消退，当此危急时刻，唯一的想法便是回到壁画这一方才熟悉的世界。

直至此时，叙事依然聚焦在朱孝廉身上，关注其感受与知觉。对叙事视角的操控使读者相信朱孝廉在壁画中的经历是主观且私密的。的确，朱孝廉进入画壁，由字面而言，即可谓之"神游"（mental flight）——欲望与沉思使其"如驾云雾"般飘至画壁之中。借由对朱孝廉在搜匿时所闻嘈杂声的详致叙述，以及对其耳目不适的真切描写，读者产生了宛如亲临其境之感。读者随其进入了画壁，而后又进入画壁中的秘密畛域，此时则又与之痛苦地被悬置而茫然无措。为了延长悬念，叙事突然闪回。随着叙述次序的改变，叙事视角彻底发生转换，故事回至友人孟龙潭和朱孝廉所无法忆起的地方：

> 时孟龙潭在殿中，转瞬不见朱，疑以问僧。僧笑曰："往听说法去矣。"
>
> 问："何处？"
>
> 曰："不远。"

老僧充满反讽意味而又含糊其辞的话语表明唯有其本人知晓朱孝廉身在何方。孟龙潭依然毫不知情，而他的无知和焦急则成为叙事的又一推动力。尽管我们已然被告知朱孝廉不在场时所发生的一切，新的主题却将故事带至孟龙潭所在的殿中。

> 少时以指弹壁而呼曰："朱檀越！① 何久游不归？"旋见壁间画有朱像，倾耳伫立，若有听察。僧又呼曰："游侣久待矣！"遂飘忽自壁而下，灰心木立，目瞪足𫎟。

---

① "檀越"指捐赠者或施舍者，是僧人对俗众的礼貌称谓。

　　故事的第二次越界较之朱孝廉进入壁中更为令人震惊。客观观察者孟龙潭猛然间目击到了朱孝廉在画壁上的主观存在。画壁，对朱而言是通往另一个世界的入口，对孟来说则是一块透明的屏幕，透过这一屏幕其瞥见朋友被扁平化为一个二维影像，困于画壁之中。① 因此，朱孝廉在画壁中"倾耳伫立，若有听察"这一姿态描写，可以从两个维度加以解读。一方面，被困于两个世界的中间地带，朱孝廉仅保留了听力，不仅可听到画中的声音，亦得闻画外老僧以指弹壁之声；另一方面，其友孟龙潭无法听闻任何画中的声音却可看到画内所发生的变化。相对于其在画中所感知到的栩栩如生的嘈杂声与脚步声，朱孝廉在画中夸张的倾听姿态则凸显了从壁下世界看来画壁内的无声与静止。

　　朱与其惊骇不已的友人唯有在其回返人世时方可交流。故事再次循迹回至朱在画壁中的最后时刻："盖方伏榻下，闻叩声如雷，故出房窥听也。"朱、孟以及老僧三人最后再视画壁："共视拈花人，螺髻翘然，不复垂髫矣。"

　　这是最后一次转折——三人共同见证了朱孝廉在画壁中所历的清晰证据：拈花女子发式的改变。在故事最奇异的这一幕中，读者意识到少女为朱孝廉献出了贞操，并被刻在了画上。②

---

① 朱的二维影像令人想起《聊斋》中许多能困住影像的魔镜。在故事《八大王》(《聊斋》，6.868—875)中，冯生将公主之影困于镜中，而后与之成婚。在《冯仙》(《聊斋》，9.1177—1184)中，貌美的狐狸精立于镜中，这样其鲜活如生的镜影就可以在她不在时督促其情人闭户攻读。

② 蒲松龄似是从一则著名的唐传奇中获得启发而写出这样一个故事的转折情节。故事中，一男子爱上了软障上所画女子，女子因其召唤而活现，男子纳其为妻，终岁生一儿。当男子友人建议其祛"妖"时，女子哭着回到了软障之上。睹其障，唯添一孩童。见《画工》，载《太平广记》，286.2283。与之有关的两则重要典故出现于《牡丹亭》第十四出和第二十六出，与杜丽娘自画像相关联。这一故事亦被收录于《情史类略》卷九"画幻"部分。

在这一最终的情色扭结中，幻与真合二为一。正如奥斯卡·王尔德（Oscar Wilde）小说《道林·格雷的画像》（*The Picture of Dorian Gray*）那样，《画壁》有些令人局促难安，因为时间与经历在一幅画上显现了出来，按理说绘画所铭记的应是永恒与不变。"朱惊拜老僧，而问其故。僧笑曰：'幻由人生，贫道何能解。'朱气结而不扬，孟心骇而无主。即起，历阶而出。"

幻 非 幻

位于北京西郊山中的法海寺，于 1439—1444 年间由明廷出资修建，殿堂内有保存完好的精美壁画。在后檐墙左侧，一组神仙画像的末端，有一垂髻的拈花天女，微笑着仿佛直直地盯着我们（见图 8）。其左侧为帝释天及两侍女，盘着精美的发髻。她们

图 8　垂髻拈花天女壁画局部
图为北京法海寺垂髻拈花天女壁画细部。图片来源：《北京法海寺明代壁画》，图版 29。

的左侧则是面目狰狞的天王,披着厚重的铠甲(见图 9)。尽管据我们所知,蒲松龄从未踏足此处,但法海寺的壁画给人一种强烈的冲击力,佛教壁画上的画像一定极大地激发了蒲松龄的想象。除了老僧(容后文再论),故事里所有的佛教人物类型均在壁画中得以呈现:魅惑人心的拈花少女,梳着精致发髻的女伴,以及令人生畏的天神。透过昏暗的光线中这些渐次出现的人物画像,我们几乎可以看到,当思绪深陷于这些壁画时,故事是如何悄然开启的。

图 9 明代壁画
　　图为北京法海寺后檐墙左侧的明代壁画神仙群像。图片来源:巫鸿手绘。

人世和画像在时空上的区别类似于梦境与现实间的不同。

在壁画这面镜子中,人世被放大了。① 现实中荒僻而不甚弘敞的禅舍在画像世界中变为了熙熙攘攘的重重殿阁。在凝结的梦境时间里,世间数刻抵得上画里的两日之久。最终,从世间传来的以指弹壁的微弱之声在画中犹如雷鸣一般。人世和画中的时间差,在最后拈花人螺髻翘然的静态影像中被否定了。但在佛殿中的朱孝廉看来,这一影像所凸显的是不可逾越的鸿沟,将其与情人分隔开来。

故事是关于幻境的,却着力于一幅画,此绝非偶然。因为与梦境一般,画境长期以来一直象征着真与幻之间界限的模糊。正如宋代学者洪迈在其笔记《容斋随笔》中所揶揄道:

> 世间佳境也,观者必曰如画。故有"江山如画","天开图画即江山","身在图画中"之语。至于丹青之妙,好事君子嗟叹之不足者,则又以逼真目之⋯⋯以真为假,以假为真,均之为妄境耳。人生万事如是,何特此耶?②

人们在欣赏一件伟大的艺术品时,所产生的"身在图画中"的感觉在《画壁》故事中得以直接实现,尽管是朱孝廉的情欲而非审美情感促使其进入画壁。

当代中国学者张少康曾指出,将画境比作现实场景,或将现实场景比作画境,这种修辞趋向,始于唐代并至少延续至明代。③尽管文人的审美价值观在明清艺术界居于主导地位,贬抑形似和绘画中的幻化,但对彼时的作家而言,画境依然象征着比现实更

---

① 翟理斯将朱孝廉进入壁画的故事比作爱丽丝在镜中的历险。见 Giles, *Strange Stories*, p. 6 n1.
② 洪迈,《容斋随笔》,1:218。参见张少康,《中国古代文学创作论》,第176页。
③ 张少康,《中国古代文学创作论》,第175—178页。

真实的幻境。这种矛盾的看法在 17 世纪对白话小说的评点中得到了进一步的发展：形象的叙述场景通常都会被赞为"逼真如画"或者简称"如画"。睡乡居士《二刻拍案惊奇·序》（作于 1632 年）甚至援引有关古代绘画神奇的致幻性的传说，作为白话小说中出现的新现实主义倾向而加以辩护：

> 尝记《博物志》云："汉刘褒画《云汉图》，见者觉热；又画《北风图》，见者觉寒。"①窃疑画本非真，何缘至是？然犹曰：人之见为之也。甚而僧繇点睛，雷电破壁；吴道玄画殿内五龙，大雨辄生烟雾。② 是将执画为真，则既不可，若云赝也，不已胜于真者乎？③

由此暗示了一个道理，即画中之幻（引申开来即小说中的幻境）表征着高于现实本身的某种存在，这指向了《画壁》中一个潜在的主题：对宗教画像的沉思可以达到超然之境。正如在其他几则《聊斋》故事中，《画壁》中的想象之旅与顿悟的进程相关。老僧神奇地引导着朱孝廉的幻境之旅，唯其知晓朱孝廉的神游并唤他回到寺中。但这位老僧究竟是何许人也？与画壁中说法的老僧可能是同一人吗？一旦提出这个疑问，我们马上会意识到故事里不是只有两位僧人，而是三位。画壁所在的兰若中塑有志公像，

---

① 《博物志》乃张华（232—308）所编撰的一部百科全书式的博物学集，原书已佚，今本由后人搜辑而成。刘褒是汉代画家。根据黄霖、韩同文所述（《中国历代小说论著选》），这则轶事并不见于现存的《博物志》中，而收录于 9 世纪张彦远所作《历代名画记》卷四。

② 龙是中国传统的神祇，常与水和暴风雨相联系。张僧繇是六朝时期著名的壁画画家；这个故事也保存于张彦远《历代名画记》中。吴道子是唐朝最有名的画家之一，张彦远评价他说："曾于禁中画五龙堂，亦称其善，有降云蓄雨之感。"（英译见 Bush and Shih, *Early Chinese Texts on Paintings*, p. 56）

③ 黄霖、韩同文《中国历代小说论著选》录入并注释，见第 259—260 页。序文由托名为睡乡居士者所作，其真实身份学界尚无法考定。

志公禅师是南朝时期禅宗的一位"疯和尚",后被奉为宝志大士,受人香火。① 尽管关于志公像,文中只是一带而过,但这一线索足以表明寺中供奉的是志公,其操控着寺中所发生的一切。此外,老僧最后一番话也断然是充满禅机的。寺里以及画壁中的老僧均可以说是志公的现身。在中国宗教传说中,菩萨来到人间点化受苦之人是常见的母题,在故事结尾的"异史氏曰"中也明显提及了这一点。

然而,蒲松龄并未在故事中创造宗教寓言;相反,他探索了传统佛教智慧中隐含的悖论,即佛家常言大千世界无非幻象。从一方面而言,无论真与幻,若以超然淡漠之心观照万物,那么所有的虚幻之念便也不复存在了。从另一方面而言,为渡人超离幻境,首先须召唤出各种"相"(images),"相"越是具有魅惑力与迷惑性,人所受点化便会愈加震撼与深刻。而《画壁》之"相"尽管可能是虚幻的,却远胜于宗教启悟。

在故事中,朱孝廉错失了五次顿悟的时机,每一次皆以极富象征性的语言加以传达:(1)朱在搜匿过程中精神和身体的不适("朱局踏既久,觉耳际蝉鸣,目中火出");(2)雷鸣;(3)他回到人世时的震惊和失落;(4)画壁上发生的变化;(5)老僧所谓的"幻由人生"。故事自始至终,宗教与幻境相互角力。这场冲突是画壁之"相"本身所固有的。正如朱孝廉和孟龙潭在故事开端以及

---

① 关于这位僧人的传说,参见李昉等,《太平广记》,90.594—597。文中别称"释宝公"。

结尾所做的——"面壁"——这是参禅的一个固定说法。① 但在故事中，墙壁布满了画像，如此夺人眼目，使得自我了悟和觉醒最终都相形见绌了。故事结尾，"朱气结而不扬，孟心骇叹而无主。即起，历阶而出"，表明了"相"或者说"幻"的得胜。朱孝廉听闻老僧话后而"气结"，显然是由于看到画中拈花人，螺髻翘然，不复垂髫。这似乎超越了个人的想象力抑或菩萨的传统法力。因此，画壁成了"幻非幻"，这同样依循了在前面章节中所发现的关于"异"的悖论性逻辑：梦而非梦，谎而非谎。

在《画壁》结尾的"异史氏曰"中，异史氏趋向于支持老僧理性的观点："'幻由人生'，此言类有道者。人有淫心，是生亵境；人有亵心，是生怖境。菩萨点化愚蒙，千幻并作，皆人心所自动耳。"这段评论的关键是"类有道"，这就说明了老生常谈的观点有可能并不完全是真理。

评论的第二部分便证实了这一疑惑："老婆心切②。惜不闻其言下大悟，披发入山也。"朱孝廉并不曾归隐山林；他的心思深

---

① 蒲松龄一生钟情于"面壁"一词。他不仅于 1679 年所作《聊斋·自志》中使用该词，言其前身为瞿昙，而且于 1697 年创作了题为"斗室落成，从儿辈颜之面壁居"的四首律诗（《蒲松龄集》，1：567）。诗作描述了其五十七岁时所建"如拳"茅屋。谭雅伦指出，正如《自志》所表明的，"斗室名暗示了蒲松龄本人相信其前身为面壁病瘠瞿昙"（Hom, "The Continuation of Tradition," p. 96 n12）。但诗的前半部分颇为诙谐，玩笑式地感喟"只恐蒲团日日空"。我们似可径直将这一典故看作具有讽刺意义的笑话；茅屋太小且狭窄，所以居住者势必要"面壁"。据白亚仁考证，《画壁》作为蒲松龄早期的作品，在创作时间上更接近《自志》写作的时间（1679 年），而非茅屋建造的时间（1697 年）。

② 白亚仁的发现对笔者启发很大，他认为"老婆心切"（"太心切以至于看不到结果"）这一词明显缺失主语，有些费解，指的应是老僧。事实上，青柯亭本下有"僧"字（"老僧婆心切"），想必是要明确主语并使意思更为晓白。"老婆心切"一语源自《景德传灯录》中的一则轶事，该书是由宋朝和尚道原编纂的一部禅宗语录。吕湛恩（《聊斋志异》，1.17）为该故事注曰：《传灯录》义元禅师问黄檗，如何是祖师西来意。三问三打。遂辞去。黄檗指往大愚。愚曰：黄檗怎么老婆心切？师大悟，返黄檗。黄曰：汝回太速。师曰：只为老婆心切。黄檗哈哈大笑。

陷于幻境之中,而幻境的魅惑力是如此之强大,足以抵抗单纯的理性和宗教真义。

异史氏对朱孝廉窘况模棱两可的态度,使得我们想起《聊斋·自志》中颇具象征意味的一段话。蒲松龄说道:"每搔头自念:勿亦面壁人果是吾前身耶? 盖有漏根因,未结人天之果;而随风荡堕,竟成藩溷之花。"正如他故事中的主人公朱孝廉,尽管蒲松龄充满了失落,也意识到了这一点,但还是为自己没有归隐山林加以开脱。如朱孝廉一般,蒲松龄也深陷与理性相颉颃的"相"与"幻"之中。正是出于对幻境的爱好,他创作了《聊斋志异》。

"异"的清晰化

以画壁这一意象作结,来探寻《聊斋志异》中"异"之视界,这是颇为适宜的。由定义而言,墙壁是区别两个不同畛域间的界限,一个在内,另一个在外。然而,正如杜德桥曾指出的,界限不仅"定义了自治区域的隔离,还有其接触点"[1]。画壁完美地包含了界限的这一双重本质——宛如瞬间可穿透的一层膜,成为朱孝廉进入与世隔绝的画壁之境的入口,但当其再次穿过墙壁回到人世时,它又变成了永远分隔两个情人的坚硬障碍。

马克梦(Keith McMahon)曾指出在 17 世纪的白话小说中,墙壁是一个重要的情爱文学主题。他选择了"墙上的缝隙或者缺口"这样充满色情意味的意象,认为这常用以建立经典的诱惑场面,并提醒我们早在《诗经》和《孟子》中,"逾墙"一语便指不正当

---

[1] Dudbridge, *Tale of Li Wa*, p. 63.

的行为。① 在一个实行或者至少宣扬女性隔离的社会,墙壁明确地为女性界定了一个禁止外来男性入内的空间。② 因此,墙壁上任何裂缝都令人暗自兴奋,并可能会造成越界。在《聊斋志异》的诸多故事中,墙壁亦具有这样的意义。例如,在《人妖》中,马万宝于墙缝中窥见寄居邻人家的出亡"女子",随之便开始秘密策划他的诱惑阴谋。与其他白话小说不同的是,在《聊斋》的世界里,墙上的入口不必是先在的,而是可以回应男主人公的欲求和想象而倏然立现的。在《锦瑟》中,年轻的书生本想自缢,忽见土崖间一婢出,睹生急返。书生扣壁求入,崖间忽成高第,静敞双扉。③《画壁》进一步发挥了这一情节,当朱孝廉看到嵌在墙壁上的少女画像时,其并未逾墙或者跨越任何明显存在的墙缝——而是直接进入墙壁之中。④

然而,一旦进入画壁,朱孝廉便进入了另一个隐秘而禁入的内部空间("舍内寂无人"),其界限是由另一堵墙壁来划分的,女"乃启壁上小扉,猝遁去"。此处的第二层界限亦是具有两面性的,因为它同时扮演着双重角色:幽闭朱孝廉的壁垒与少女借以逃离的通道。然而,这条新界限的出现擦抹了朱孝廉之前对旧界

---

① McMahon, *Causality and Containment*, p. 20 n40, p. 26. 马克梦尤为欣赏冯梦龙《警世通言》卷三十四《王娇鸾百年长恨》,娇鸾和曹姨及侍儿明霞在后园打秋千,墙缺处一美少年正舒头观看。生见园中无人,逾墙而入。其猎艳冒险就此开始。

② 古代中国的房子一般都是由围墙围起来的。

③ 在《青娥》(《聊斋》,7. 929—937)中,一道士授霍生一神奇小镜,即以斫墙上石,"落如腐",霍生以之穴两重垣而达所钟情女子的闺房。

④ 在《劳山道士》(《聊斋》,1. 40—41)中对这一幻觉有十分滑稽的模仿,读之令人捧腹。故事中,一愚蠢的学道者被哄骗,自认为学得了穿墙术。当然,当其返回家中向妻子展示这门新学的法术时,头触硬壁,额上坟起如巨卵。在另一则故事《寒月芙蕖》(《聊斋》,4. 580)中,一道教术士于壁上绘双扉。以手挝之。内有应门者,振管而启。共趋觇望,则见憧憧者往来于中。既而旨酒散馥,热炙腾熏,皆自壁中传递而出。

限的记忆,其竟不复忆身之何自来也。朱孝廉被幽闭于兰若画壁,壁中之壁内,由此也显示出《聊斋》故事中界限的另一重要特性——它们能够扩散,并且在扩散中至少可以暂时消除之前存在的界限。可以说,《聊斋》中的所有界限本身之中又暗含着更多的界限,正如所有的世界层层暗含于另外的世界之中。①

《章阿端》极为精彩地展现了概念界限和空间界限的增殖并进行自我消除的取向。故事的主人公是一个女鬼,患了重病。病榻旁,其世间的情人戚生得知她惧怕一个叫作"聻"的东西。生曰:"端娘已鬼,又何鬼之能病?"答曰:"人死为鬼,鬼死为聻。鬼之畏聻,犹人之畏鬼也。"尽管蒲松龄由"聻"字作为辟邪之用以驱魔除怪的习俗中得悉这一词,但在其笔下,"聻"却呈现出全新的样式。② 通过建立另一个区分鬼与"聻"的界限,他有效地取代和擦抹掉了用以区别生者和死者的旧界限。重划界限是为了吸纳而非清除传统中的"异"(the anomalous)这一类别;至少,新边缘地带的划界拓宽了本应属于中心的领域。出于对这一转换的认同,作为主人公的女鬼悖论性地又死了一次,而作为重新为人的标识,其骸骨则以"生人礼"被重新埋葬。③

重新安葬的主题也出现在《石清虚》中,这一主题既是作为重划界限的方式,也是赋予物以人之身份的方式。第一次是遵照逝

---

① 此处,笔者受苏珊·斯图尔特启发(Stewart, *Nonsense*, pp. 116 - 128)。斯图尔特将这一操作归入"无限嬉戏"(play with infinity),特别是"嵌套"(nesting)这一范畴下。

② 故事中对"聻"的定义与金代韩道昭在其《五音集韵》中所给出的定义十分相像:"人死作鬼,人见惧之。鬼死作聻,鬼见怕之。若篆书此字贴于门上,一切鬼祟远离千里。"段成式在《酉阳杂俎》中云:"时俗于门上画虎头,书聻字,谓阴府鬼神之名,可以消疟疠。"见《中文大辞典》,第 11659 页。

③《聊斋》中人鬼相恋,鬼的再投胎通常表征某种死亡,因为这意味着永远的离别,正如世间有情人阴阳两相隔。

者的遗愿,作为其生前所珍爱之物将石瘗墓中。但第二次将石头的碎片埋于墓中时,石与爱石之人取得了平等地位:石头遵照自己的遗愿,甘愿为知己殉葬,由此为自己的碎片谋得了最后一处安息之所。颇具象征意味的是,第二次安葬标志着石头从客体变为主体。当石头和爱石之人永远葬在一起时,分隔二者的最后界限也就此而被取代和消逝了。

然而,作为实体的同时也是观念上的界限,画壁本身可以标识传统固定范畴的转换。它不是普通的空白墙壁,而是布满了画像;正如《画壁》故事文本,是"充满意义的一个表面"(a surface replete with significance)。[1] 因此,从画壁之下看去,朱孝廉猛然间被化约成了一个画像,其在画中异常的状态被刻在了墙壁上。但这仅仅是暂时的,一旦返回人世间,其画像便消逝了。最重要的是,最后画壁上出现的拈花人螺髻翘然的影像,这是恒久的,表明画境与人世之间的界限是可以跨越与再跨越的,而且明显是可以改变的。

《画壁》这一例子警示我们,"异"(或曰"异"之效果)在《聊斋志异》中通常是通过这一观念而产生的:即便事物的秩序看似恢复正常,传统的界限和范畴早已通过某种方式被扭曲或者改变了。因此,我们在前一章所注意到的对梦境的"证明"(proving),或者蒲松龄在《自志》中提及的与其先父所梦一致的"果符墨志",在不断地被反复强调。然而,为故事中界限的改变提供有形的标记,这一必要性绝不局限于与梦境有关的叙事,而是《聊斋志异》中最为强大的一种内驱力。

在《织成》中,一书生发现自己醉卧洞庭湖的一舟上,水神暂

---

[1] Stewart, *Nonsense*, p. 86.

借舟而行。有一侍女不曾留意,立于书生脸旁。侍女着翠袜的三寸金莲不经意间展现在书生的面前,书生却忍不住去咬她的翠袜。在水神及随从消逝、书生登岸许久之后,书生又一次邂逅舟上的侍女,翠袜紫履,"更无少别"。令其惊叹的是,袜后齿痕宛然。正如《画壁》中拈花人螺髻翘然的形象,这一内在本质上与性相关的痕迹见证着《聊斋志异》中"异"与情色常见的扭结。① 在这一点上,《人妖》走得更远,对性别范畴永久性的侵扰而导致了"异"的爆发,其特点最终表征为"缺席"(absence)而非"在场"(presence)。性界限被跨越且改变的有形标记即人妖生殖器官被阉割后所留下的空白,这一切由村媪隔裳探其隐而得以揭示。然而,这一证据的模糊本质指向了处于故事核心的能指和所指之间的裂缝。作为妾这一新的身份,人妖死后葬于马氏墓侧("今依稀在焉"),最终从仪式上终结了界限的改变,从而弥合了这一裂缝。

在记叙"异"的故事中,常以与身体有关的方式记录奇异之事,这一自反性趋向在《巩仙》中表现得尤为突出。书生的情人被召入王府,苦无由通。后二人神奇地被道士纳入袖里乾坤②,绸缪臻至,书生言道:"今日奇缘,不可不志。"二人以对联形式纪念这不可思议的相遇,并书于壁上。情人分别,书生从袖中出来后,

---

① 见史恺悌《冯梦龙的浪漫之梦》(Swatek,"Feng Menglong's Romantic Dream")第四章,《牡丹亭》中语言与意象所体现出的"异"与情色的联系。浦安迪注意到"在最为优秀的文言小说《聊斋志异》以及其他同类小说集中透着的声色之味和隐约的色情"(Plaks,"Toward a Critical Theory",p. 329)。
② 在中国,衣袖亦作口袋之用。

道士解衣反袂示之，书生审视，隐隐有字迹，"细裁如虮"。[①] 这一令人惊奇的譬喻将"虮"（lice）与"书写"（writing）两个貌似不相容的范畴相联结，为袖里和袖外两个世界一小一大间的剧烈转换建立了一个必要的参照点。[②] 同时，这一修辞手法突显了这对情人在另一世界的奇特经历是"内面向外式"（inside-out）的，因为理所当然的是"虮"而非人与其所留字迹寄居于衣服的褶内。如同《画壁》一般，故事中人物对之前所记符号的"再审视"—— 一个是微型的，另一个是平面的——引致了界限确已被越过且永远被更易这一观念。正是再次审读带来了"异"的清晰化。

《聊斋志异》反复地坚持"证明"故事中"异"的存在，很明显，其出发点在于志怪和传奇对史实性的宣称。纵观中国志怪文学，不变的是一本正经地去讲述离奇的事件，这可以说是出奇地一致。其最终旨在说服读者相信故事中所发生的怪异之事；因此，我们似可将其视为总体验证性修辞（rhetoric of verification）的一部分。就此而言，我们更为欣赏《狐梦》的创新性，故事貌似有意避免提供任何具体的符号，以验证这一嵌套式梦境的真实性。相反，在该篇末尾，作者应允所记下的故事本身成为"异"循环式的验证记号。在这一极个别的故事中，"异"的证实和书写之间的断

---

① 就此巧妙构思而言，《西游记》第七回中也有狂欢化的一幕。猴王与佛祖打赌赛，一筋斗可打出佛祖右手掌。当其行时，见有五根肉红柱子，以为此乃天尽头。悟空留下"记号"，在中间柱子上写下"齐天大圣到此一游"，然后在另一根柱子根下撒了一泡猴尿。径回本处，仍可从佛祖中指上辨认出细小的字迹，大指丫里，还有些猴尿臊气，由此证明其从未离了佛祖无边的手掌。英译见 Yu, *Journey to the West*, 1：173 - 174。

② 蒲松龄十分擅长运用意想不到却完美的比喻手法。作为一种文体上的技巧，有力地增强了故事语言的效果。例如，在志怪故事《蛇癖》中（《聊斋》，1.130），王蒲令之仆性嗜蛇，每得小蛇，则全吞之"如唉葱状"，正如《巩仙》中将书写与虮相对等，这一充满泥土气息的比喻立即使反常之事变得熟悉而令人信服。

裂完全消失了。借助于消弭叙述和话语以及生活和文本之间的界限，故事指向了"异"所具有的深度混杂性本质，作为一种文学范畴，栖息于历史与虚构之间。

正如我在本书引言中所说，"异"作为一种文学范畴无法以某个固定的定义解释清楚，也不可能一劳永逸地得以解决，而必须不断赋予其新的解释。志怪故事在某种程度上与色情文学有些相似：文学作品中臭名昭著的性描写很容易变得单调，由此无法再唤起读者的性兴奋，因此"异"也会很容易变为习常、易于预见以至于失去其奇异性和引起惊奇的效力。一旦志怪故事变得僵化，其消失殆尽也就迫在眉睫了。康儒博曾认为，六朝早期的志怪作家通过共同的书写行为，将"异"确立为一种新型的、令人兴奋的文化范畴。他指出，唯有后来"继承并发展了这一文类的作家才可以被真正认为是'发现''异'"这一业已确立并先在的范畴。[1] 降及明末清初，早期的志怪和传奇故事集大量再版，同期也涌现出很多故事集，数量众多的志怪故事不可避免地开始失去新颖性，在主题范围和文学表达方面也变得千篇一律。[2] 因此，尽管人们依然认为"异"是主观认识问题而非根植于事物本身的客观存在，正如郭璞在晋代所首次提出的，但在这些作品中"异"其实已经变得与某些特定主题和特定表达模式不可离析。这类文学中"异"的问题并无新意或任何不同之处，很显然，这佐证了17世纪为白话小说张目的说法，在第一章中我曾探讨过，并得出了这样的认识，即以日常语言讲述日常生活的故事比一些所谓的"志异"更为奇特。

---

① Campany, "Chinese Accounts of the Strange, ",p. 454.
② 向固定叙述传统发展的倾向在志怪故事中尤甚，当然是由于这一文类宣称讲述的是听到或看到的事件，而非鼓吹文学创造性。

探讨至此,无非试图表明蒲松龄是如何在其作品中通过不同的方式操控界限,从而持续地更新了"异"这一范畴。首要的是,蒲松龄继承并突破了先前志怪文学所设立的界限。《聊斋志异》中的故事可以说是新颖或不同,故而才奇特,因为它们与从志怪故事中发展而来的一整套规范性传统和期待背道而驰,正所谓有比较才有鉴别。当我们读了其他故事,本以为画像要变幻为人时,人却进入了画中;读了公案小说,当我们期待案件大白于天下,凶犯被正法时,男扮女装的采花贼却被阉割而得以善终。这些均不可不谓之"异"。尽管可以说,某一文类中任何伟大的作品要通过将自身置于某些被认可的参数内,或者通过添加或重置参数来进行自我界认①,但对志怪文学而言,需要持久地激起读者的惊愕并挫败其期待,这一过程对如《聊斋志异》这样的作品来说尤其关键。

追根溯源,《聊斋志异》中的"异"可能会通过跨越语言固有的界限而形成。在《巩仙》的末尾,正如《聊斋志异》中诸多故事一样,异史氏显然将我们的注意力引至隐喻的字面实现上来,此亦是潜隐于整个《巩仙》以及诸多《聊斋志异》故事中的:"袖里乾坤,古人之寓言耳,岂真有之耶? 抑何其奇也!"②蒲松龄继而想象这袖中的乐园,"中有天地、有日月,可以娶妻生子,而又无催科之苦,人事之烦,则袖中虮虱,何殊桃源鸡犬哉"③。我们可以将"袖里乾坤"这一类比进一步加以发挥:《聊斋志异》中字面语和修辞性语

---

① 可比较一下姚斯对"期待视野"的强调:"这一新文本唤起了读者(听者)的期待视野和由先前文本所形成的准则,而这些则处于不断变化、修正、更易,乃至于再造之中。对于文类结构而言,变化和修正决定其范围,而更易和再造决定其界限。"(Jauss, *Toward an Aesthetic of Reception*, p. 23)姚斯所考虑的是读者而非作者的体验,当然,所有的作者都首先是读者。
② 这一评论本身便是重复或回顾,因为袖中情人早已将此说法写入对联并书于壁上。
③ 陶潜,《桃花源记》,载《陶渊明集》,第 165—168 页。Stein, *World in Miniature*, pp. 52-58. 该书对中国传统关于微缩宇宙和其他单个的隐秘世界有所论述。

言之间界限的模糊,使我们对封闭于文本微型空间内语言的无限
可能性有了新的理解。① 正如天地本身在中国宇宙观中被认为是
变动不居而处于不断转化中的,《聊斋志异》中的"异"和语言亦是
极其灵活而千变万化的,正是在其烛照下,它们自身才显得清晰
可辨。

---

① 探讨"显微术"(micrographia)或曰"微缩文本"(miniature texts)这一现象,斯图尔
特将"小中见大"与"语言的微型化"联系起来,因为"它展示了语言能够归纳世俗世
界多样性的能力"(Stewart,*On Longing*,p. 52)。

附录一 《聊斋·自志》英译文

Liaozhai's Own Record

"A belt of wood-lotus, a cloak of bryony"—the Lord of Three Wards was stirred and composed "Encountering Sorrow"; Ox-headed demons and serpent gods"—of these the Long-Nailed Youth chanted and became obsessed. The pipes of Heaven sound of their own accord, without selecting fine tones; in this there is precedence.

I am but the dim flame of the autumn firefly, with which goblins jockeyed for light; a cloud of swirling dust, jeered at by mountain ogres. Though I lack the talent of Gan Bao, I too am fond of "seeking the spirits"; in disposition I resemble Su Shi, who enjoyed people telling ghost stories.

What I have heard, I committed to paper, and so this collection came about. After some time, like-minded men from the four directions dispatched stories to me by post, and because "things accrue to those who love them, " what I had amassed grew even more plentiful.

Indeed, within the civilized world, things may be more

wondrous than in "the country of those who crop their hair;" before our very eyes are things stranger than in "the land of the flying heads."

My excitement quickens; this madness is indeed irrepressible, and so I continually give vent to my vast feelings and don't even forbid this folly. Won't I be laughed at by serious men? Though I may have heard wild rumors at "Five Fathers Crossroads," I could still have realized some previous causes on the "Rock of Past Lives." Unbridled words cannot be rejected entirely because of their speaker!

At the hour of my birth, my late father had a dream; a gaunt, sickly Buddhist monk whose robe left one shoulder bare, entered the room. A plaster round as a coin was pasted on his chest. When my father awoke, I had been born, with an inky birthmark that corroborated his dream. Moreover, as a child I was frequently ailing, and when I grew up, my fate was wanting. The desolation of my courtyard resembles a monk's quarters and what "plowing with my brush and ink" brings is as little as a monk's alms' bowl. I often scratch my head and ask; "Could 'he who faced the wall' have really been me in a former's existence?" In fact, there much have been a deficiency in my previous karma, and so I did not reach transcendence, but was blown down by the wind, becoming in the end a flower fallen in a cesspool. How murky are the "six paths of existence!" But it cannot be said they lack coherence.

It's just that here it is the glimmering hour of midnight as I am about to trim my failing lamp. Outside my bleak studio the wind is sighing; inside my desk is cold as ice. Piecing together patches of fox fur to make a robe, I vainly fashion a sequel to *Records of the Underworld*. Draining my winecup and grasping my brush, I complete the book of lonely anguish. How said it is that I must express myself like this!

Alas! A chilled sparrow startled by frost clings to frigid boughs, an autumn insect mourning the moon hugs the railing for warmth. Are the only ones that know me "in the green wood and at the dark frontier?"

Spring, in the year *jimo* [1679] during the reign of Kangxi

附录二 《石清虚》《颜氏》《狐梦》《画壁》英译文

The Ethereal Rock (Shi Qingxu; 11. 1575 – 1579)

Xing Yunfei, a native of Shuntian, was a lover of rocks. Whenever he saw a fine rock, he never begrudged a high price. He once happened to be fishing in the river when something caught in his net. As the net began to grow heavy, he drew it out, and there was a rock barely a foot high. All four sides were intricately hollowed, with layered peaks jutting up. He was as delighted as someone who has received a rare treasure. After he got home, he had a piece of dark sandalwood carved into a stand for the rock and placed it on his desk. Whenever it was going to rain, the rock would puff out clouds; from a distance it looked as though it were stuffed with new cotton wool.

A rich bully called at his door and asked to see the rock. As soon as he clapped eyes on it, he handed it over to his muscular servant, then whipped his horse, and galloped straight away. Xing was helpless; all he could do was stamp his foot in sorrow and rage. Meanwhile, the servant carried the rock until he reached the banks of a river. Tired, he was just resting his arms on the railing of the bridge when he suddenly lost his grip, and the rock toppled into the river. When the bully learned of this, he flew into a temper and whipped the servant; then he brought out gold to hire skilled swimmers, who then tried a hundred different ways to find it. But in the end the rock was not located, and the bully posted a reward notice and went away. From then on, seekers of the rock daily filled the river, but no one ever found it.

Some time later, Xing went to the spot where the rock had fallen in. Looking out at the current, he sighed deeply. All of a sudden, he noticed that the river had turned transparent and that the rock was still lying in the water. Xing was overjoyed. Stripping off his clothes, he dove into the water and emerged cradling the rock in his arms. Once he got home, he didn't dare set the rock in the main hall, but instead cleansed his inner chamber to receive it.

One day, an old man knocked on his gate and asked permission to see the rock. Xing made the excuse that it had been lost long ago. The old man smiled and asked: "Can't I at least come in?" So, Xing invited him into the house to prove that the rock wasn't there. But when they got inside, the rock was once again displayed on the desk. Xing was speechless with shock. The old man patted the rock and said: "This is an heirloom that belongs to my family. It's been lost for a long time, but now I see it's here after all. Since I've found it, please give it back to me." Xing was really hard-pressed and began to argue with him over who was the owner of the rock. The old man smiled and said: "What proof do you have that he belongs to you?" Xing could not reply. "Well, I definitely recognize him," said the old man. "He has 92 crannies altogether and in the largest crevice are seven characters that read: OFFERED IN WORSHIP:ETHERAL, THE CELESTIAL ROCK.

Xing inspected it closely, and in the crevice were indeed tiny characters fine as grains of rice. Only by squinting as hard as possible could he make them out. He then counted the crannies, and they numbered exactly as the old man had said. Xing had no way of refuting him. Still, he held onto the rock without giving it up. The old man smiled and then addressed the rock:"It's up to you to decide whom you belong to." He joined his hands politely and went out. Xing escorted him beyond the gate. When he returned, the rock had disappeared.

Xing raced after the old man, who was strolling at a leisurely pace and had not gone far. Xing ran over and tugged at his sleeve, begging him to give back the rock. "Amazing!" said the old man. "How could a rock almost a foot high be hidden in my sleeve?" Xing realized he was a god, and tried to forcibly drag him back home. Then he prostrated himself before the old man and implored him. "Does the rock really belong to you or to me?" asked the old man.

"It really belongs to you, but I beg you to surrender what you love."

"In that case," said the man, "the rock is certainly there." Xing went into his chamber and found the rock already back in its former place. "The treasures of the world should belong to those who love them," said the old man. "I do indeed rejoice that this rock can choose his own master. But he was in a hurry to display himself and emerged too early so that his demonic power has not yet been eradicated. I was actually going to take him away and wait three more years before I presented him to you. If you wish to keep him, you must forfeit three years of your life; only then can he remain with you forever. Are you willing?"

"I am."

The old man then used two fingers to pinch together one of the rock's crannies, which was soft like clay and closed up with the touch of his hand. After closing three of the crannies, he stopped and said: "The number of crannies on this rock now equals the years of your life." The old man then said good-bye and prepared to leave. Xing desperately tried to detain him, but he was adamant. Xing then asked his name, but he refused to say and departed.

A little more than a year later, Xing had to go away from home on business. That night robbers broke into his house; nothing was stolen except for the rock. When Xing returned, he was stricken with grief over his loss and wanted to die. Though he made a thorough investigation and offered a reward, not the slightest clue turned up.

Several years later, he went by chance to the Baoguo temple. He noticed someone selling rocks and there discovered his old possession among the wares. He identified the rock as his, but the seller refused to acknowledge his claim, so the two of them took the rock to the local magistrate. "What evidence do you have that the rock is yours?" the magistrate asked the rock seller. The man was able to recite the number of crannies, but when Xing challenged him by asking if there was anything else, he was silent. Xing then mentioned the seven-character inscription in the crevice as well as the three fingermarks. He was thus proven to be the rock's true owner. The magistrate was going to flog the rock seller, but the merchant insisted that he had bought it in the market for twenty pieces of gold and so he was released.

When Xing got the rock home, he wrapped it in brocade cloth and hid it in a casket. He would only take it out from time to time to admire it, and even then he would burn rare incense beforehand. There was a certain government minister who offered to buy the rock for 100 pieces of gold. "I wouldn't exchange it even for 10,000 pieces of gold," said Xing. Furious, the minister plotted to implicate him on a trumped-up charge. Xing was arrested and had to mortgage his land and property to cover his expenses. The minister sent someone to hint at what he desired to Xing's son, who then communicated it to his father. Xing said he would rather die and be buried along with the rock, but in secret, his wife and son contrived to present the rock to the minister. Only after he had been released from prison did Xing discover what they had done. He cursed his wife and beat his son and tried repeatedly to hang himself, but a member of the household always discovered him and saved him in time.

One night he dreamed that a man came to him and said: "I am Mr. Ethereal Stone." He cautioned Xing not to be sad, explaining: "I'll only be parted from you for about a year. Next year on the twentieth day of the eighth month, you may go to the Haidai gate just before daybreak and redeem me for two strings of cash." Xing was overjoyed at receiving this dream and carefully made a note of the date. Meanwhile, since the rock had entered the official's household, it had ceased its miraculous puffing of clouds, and in due course the official no longer valued it very highly. The next year the official was discharged from his post on account of some wrongdoing and sentenced to death. Xing went to the Haidai gate on the appointed day. It turned out that a member of the official's household who had stolen the rock had come out to sell it, and so Xing bought it for two strings of cash and brought it home.

When Xing reached the age of 89, he prepared his coffin and funerary garments and also instructed his son that the rock must be buried along with him. After his death, his son respected his last wishes and interred the rock in his tomb.

About half a year later, grave robbers broke open his tomb and stole the rock. His son learned of this, but there was no one he could question. Several days later, he was on the road with his servant, when he suddenly saw two men run toward him, stumbling and dripping with sweat. Staring up at the sky, they threw themselves to the ground and pleaded: "Mr. Xing, don't hound us! We did take your rock, but we got only four ounces of silver for it!" Xing's son and his servant tied up the two men and hauled them off to the magistrate. The moment the two men were interrogated, they confessed. When asked what had happened to the rock, it turned out they had sold it to a family by the name of Gong. When the rock arrived in court, the magistrate found that he enjoyed toying with it. He conceived a desire for it and ordered it placed in his treasury. But as one of his clerks picked up the rock, it suddenly fell to the ground and smashed into a hundred pieces. Everyone present turned pale. The magistrate had the two grave robbers severely flogged and then sentenced them to death. Xing's son gathered up the shattered pieces and buried them again in his father's tomb.

The Historian of the Strange remarks: "Unearthly beauty in a thing makes it the site of calamity. In this man's desire to sacrifice his life for the rock, wasn't his folly extreme! But in the end, man and rock were together in death, so who can say the rock was unfeeling? There's an old saying 'A knight will die for a true friend. ' This is no lie. If it is true even for a rock, can it be any less true for men?"

Miss Yan (Yanshi; 6. 766 - 769)

A certain young scholar from an impoverished family in Shuntian followed his father south to Luoyang to avoid a famine year at home. He was such a dunce by nature that although he was already seventeen he still could not write a composition. Yet he was handsome and winning, capable of witty repartee, and gifted at calligraphy. No one who met him realized he had nothing of substance inside.

Before long, his parents died in succession, and he was left an orphan completely on his own. He found work teaching schoolboys in the Luorui region. At that time there was an orphaned girl in the village by the name of Miss Yan, the daughter of a renowned scholar. From childhood, she had displayed precocious intelligence. When her father was still alive, he taught her how to read, and she was able to commit anything to memory at a single glance. In her early teens she studied poetry composition from her father. "There is a female scholar in this family," he used to say. "What a pity she can't simply cap her hair like a man when she comes of age." He doted on his daughter and cherished high hopes of finding her a distinguished husband. After her father's death, her mother held fast to this ambition. But three years later, Miss Yan was still unbetrothed when her mother too passed away. Some urged the girl to marry a fine gentleman, and although the girl had consented, she had not yet taken any steps in that direction.

It so happened that a neighbor woman came over and struck up a conversation with the girl. The neighbor had with her some embroidery thread wrapped in a piece of paper with calligraphy on it. The girl unfolded the paper to have a look, and it turned out to be a letter in the hand of the young man from Shuntian, which he had sent to the neighbor's husband. The girl perused the letter several times and became enamored of it. The neighbor detected the girl's feelings and whispered: "He's a very charming and handsome young man, an orphan like yourself. He's the same age too. If you're interested, I can ask my man to arrange the match." The girl remained silent, but her eyes were filled with longing.

The neighbor went home and told her husband, who had long been on good terms with the young man. When the neighbor's husband mentioned the match to the young man, he was overjoyed. He had a gold bracelet left him by his mother, which he presented as a betrothal gift. The couple set a date, went through the marriage ceremony, and were as happy together as fish are in water. But when the girl examined his essays, she said, smiling: "You and your writing seem like two entirely different people. If you go on in this vein, when will you ever be able to establish yourself?" Day and night she urged him to devote himself to his studies, as strict as a teacher or a concerned friend. As dusk fell, she would trim the candle, go over to the desk, and first begin chanting by herself to set a model for her husband. Only when they had heard the third watch would they stop. After more than a year like this, the young man's essays had improved somewhat, but when he sat for the examinations he failed again. His reputation was at a nadir, and he couldn't even provide for their food. He felt so desolate that he started to cry. "You aren't a man!" scolded Miss Yan. "You're betraying your cap of manhood! If you'd let me change my hairbuns for a hat, I'd pick up an official post with ease!" Her husband was feeling miserable and disappointed. Hearing his wife's words, he glared at her and burst out angrily: "A person in the women's quarters like you, who's never been to the examination hall, thinks that winning rank and reputation is as simple as fetching water and making plain rice porridge in the kitchen! If you had a hat on your head, I'm afraid you'd be just like me!"

"Don't get so angry," she said with a laugh. "I ask your permission to switch my clothes and take your place at the next examination session. If I fail like you, then I'll never again dare to slight the gentlemen of this world!" Her husband in turn laughed and replied: "You don't know how bitter the flavor is. It really is fitting that I give you permission to taste it. But I'm afraid that if anyone sees through you, I'll become the laughingstock of the village."

"I'm not joking," said Miss Yan. "You once told me that your family has an old house in the north. Let me follow you there dressed as a man and pretend to be your younger brother. You were in swaddling clothes when you left; who will know the difference?" Her husband acquiesced to the plan. The girl went into the bedroom and emerged in male garb. "How do I look?" she asked. "Will I do as a boy?" In her husband's eyes, she seemed the spitting image of a handsome young man. He was delighted and went off to make his farewells in the village. Some friends presented him with a small sum of money, with which he purchased an emaciated donkey. The couple returned to Shuntian, Miss Yan riding on the donkey.

An older cousin of the young man's was still living there and was overjoyed when he set eyes on a pair of cousins as refined as the jade ornaments on a scholar's hat. He looked after them from dawn to dusk. When he also observed how late into the night they labored at their studies, he cherished them twice as much. He hired a little servant boy, who still cropped his hair in childish fashion, to tend to their needs, but they always sent him away after dark.

Whenever anyone from the village came to pay respects, the elder brother would emerge alone to receive them, while the younger brother put down the curtain and simply went on studying. Even after they had lived there for half a year, hardly anyone had ever seen the younger's face. If a visitor requested to meet the younger, the elder brother always declined on his behalf. But anyone who read the younger brother's writings was stunned by their brilliance. If some visitor forced his way in and confronted the younger brother, he would make a single bow and escape. The visitor, however, attracted by the youth's elegant appearance, only admired him all the more.

From then on the younger brother's reputation became the talk of the district. Old and honorable gentry families vied to secure him as a son-in-law who would marry into his wife's family. But whenever the cousin tried to bring up the matter, the younger brother would burst out laughing. If his cousin forced the issue a second time, then he would say:"I've set my ambitions on empyrean heights; until I pass the highest examination, I shall not marry. "

When it was time for the education commissioner to administer the examinations, both brothers went together. The older brother once again failed, but the younger, having passed first on the list for the licentiate degree, went on to sit for the prefectural examinations and passed fourth in all of Shuntian prefecture. The next year he passed the jinshi exam, and was appointed magistrate of Tongcheng, where he achieved a distinguished record. Before long he was promoted to censor in charge of the circuit of Henan and became as wealthy as a prince or a lord. Then he begged leave to retire on the grounds of illness and was granted permission to return home.

Would-be protégés jammed his gate, but he firmly declined to take any of them on. From the time he became a licentiate until he became famous and distinguished, he never spoke of taking a wife. Everyone thought this peculiar. After he returned to his village, he gradually purchased a number of maidservants. Some people suspected he was having an illicit affair with them, but when his cousin's wife investigated the matter, it turned out there was nothing at all improper in their relations.

Before long, the Ming dynasty fell, and the empire was engulfed in chaos. Miss Yan then said to the cousin's wife: "Let me tell you the truth: I'm really the wife of my 'elder brother.' Because my husband was a weakling and couldn't make a name for himself, in a fit of pique I decided to do it myself. I've been deeply afraid that rumors would circulate, causing the emperor to summon me for questioning, and I'd become the laughingstock of the nation." The cousin's wife refused to believe her, so Miss Yan pulled off her boots and displayed her feet. Astounded, the cousin's wife looked inside the boots and discovered they were wadded with old cotton.

After that Miss Yan arranged for her husband to assume her titles, shut her door, and secluded herself as a woman. But since throughout her whole life she was unable to conceive a child, she purchased a concubine for her husband from her own funds. "People who make an illustrious career generally buy concubines to wait upon them. I was an official for ten years, but I'm still on my own. Why do you have the good fortune to enjoy such a beauty?" Replied her husband: "Go ahead and take thirty handsome men as concubines if you wish, like that princess of the Southern Dynasties." And this circulated as a joke. During Miss Yan's tenure in office, the emperor had showered her husband's parents with honorary titles. When the local gentry came to pay their respects, they honored Miss Yan's husband with the courtesies due a censor. He in turn was ashamed of having inherited his wife's titles and was satisfied to be treated like a licentiate. It is said that he never once went out in a sedan chair with a canopy like that of a high official.

The Historian of the Strange remarks: "That parents-in-law should be granted honorary titles through their daughter-in-law can be called amazing! But what age has ever lacked censors who were women? Women who actually were censors, however, have been few. All those wearing scholar's hats in this world who call themselves men ought to die of shame!"

A Fox Dream (Humeng; 5.618 - 622)

My friend Bi Yi'an was an unrestrained romantic, above the crowd and content in himself. He cut a rather fleshy figure and sported a heavy beard, being well known among the literati. He once paid a visit for some reason to the villa of his uncle, the district magistrate, and retired upstairs. It was said that the building had long been haunted by foxes. Now whenever Bi had read my "Biography of Blue Phoenix," his heart always went out to her, and he regretted that it was impossible to meet her, even just once. So he sat upstairs, lost in deep contemplation and longing for her. By the time he returned to his studio, it was growing dark. Since it was summertime and the weather extremely hot, he made up his bed facing the door.

Someone shook him out of his sleep. He awoke and looked up, and there was a woman past forty but who still retained her charms. Startled, Bi asked who she might be. She smiled and said:"I'm a vixen. Having received the honor of your deepest thoughts, I was secretly moved to befriend you." He was delighted to hear this and made some ribaldries toward her. The woman laughed and said:"I'm afraid I'm a little too old for you. Even if you don't despise me, I'd be ashamed myself. I have a young daughter of fifteen who can serve as your wife. Tomorrow night let no one remain in your bedchamber, and she will come to you." With that, she departed. When the next night fell, he burned incense and sat up waiting. As she had promised, the women led in her daughter whose manner was refined and winning, without equal in the entire world. "Master Bi and you were predestined for each other," said the woman to her daughter, "so you must remain with him. Tomorrow morning, come home early. Don't be too greedy for sleep." Bi took her hand and led her through the bed curtains where all the intimacies ensued. When the act was over, she laughed and said:"Mr. Plump weighs such a lot, it's too much for any woman to bear!" And she left before it was light.

The next evening she appeared unattended and told him: "My sisters wish to congratulate the groom. Tomorrow let's go together." He inquired where they were going, and she replied: "My eldest sister is playing hostess. It's not too far from here."

So the next night Bi waited for her as arranged, but since she didn't come for quite some time he began to grow sleepy. Scarcely had he laid his head upon the table than she suddenly appeared, saying, "I'm sorry to have kept you waiting so long." She took his hand and led the way. Soon they reached a large courtyard. They mounted directly to the first building, and he saw candles and lanterns glittering like stars.

Before long their hostess came out. She was about twenty, and though casually attired, exceedingly beautiful. After she had gestured politely and congratulated him, they were about to proceed to the banquet when a maid entered and announced: "The Second Lady is here." He saw a young lady between eighteen and nineteen years old enter grinning: "So my little sister has lost her cherry! I hope the groom was to her liking!" The girl rapped her shoulder with her fan and turned up the whites of her eyes. "I remember when we were children," said the Second Lady, "and we would wrestle with each other for sport. You were so afraid of a person tickling your ribs that if I even blew on my fingers from afar you'd go into hysterics. And you got so cross at me and said I'd marry a tiny prince from the land of the pygmies. I told you that someday you'd marry a bearded man whose whiskers would prick your little mouth. Today I see it's come true." The Eldest Lady laughed: "I wouldn't blame our sister for showing you her temper. Even with her new husband at her side, you've certainly lost no time in teasing her!" Soon she was urging them to be seated

251

according to rank, and the banquet was in full swing.

Suddenly a little girl appeared with a cat in her arms. She couldn't have been more than eleven or twelve—why, her downy feathers weren't even dry yet—but her seductive beauty pierced right to the bone. The Eldest Lady spoke up:"Does our little sister also wants to meet her brother-in-law? There's no place for you." So she p ulled her onto her lap and fed her tidbits. After a while she transferred her to the Second Lady's lap saying:"You're crushing my thighs and making them smart!"

"You're too big," complained the Second Lady. "Why, you must weigh three thousand pounds! I'm too delicate and weak to bear it. You wanted to see our brother-in-law. Since he's strong and manly, let him hold you on his more than ample lap." And she took the little girl and placed her on Bi's lap.

Sitting on his lap, she was fragrant and soft and so light that it felt as though nobody were there. Bi embraced her and they drank from the same glass. "Don't drink too much, little maid," said the Eldest Lady. "If you get drunk, you'll misbehave, and I'm afraid our brother-in-law will laugh at you." The little girl giggled and toyed with her cat, who meowed. The Eldest Lady said:"What, you still haven't gotten rid of her? You're still carrying around that bag of fleas and lice?"

"Let's use the feline for a drinking game," said the Second Lady. "We'll pass around a chopstick, and whoever is holding it when the cat meows will drink a forfeit. "

The group followed her suggestion. But whenever the chopstick reached Bi, the cat always meowed. Bi drank heartily and downed several large goblets in succession before he realized that the little girl had been deliberately making the cat meow. They all laughed uproariously. Finally, the Second Lady said: "Little sister, go home and go to sleep. You're crushing our brother-in-law to death, and I'm afraid the Third Lady will blame us for it. " The little girl left then, still carrying the cat.

Seeing that Bi was a good drinker, the Eldest Lady took off her hairbun cover, which she filled with wine and offered to him. It looked as though the cover could hold only a pint, but when he drank it seemed as much as several gallons. When it was empty, he examined it and discovered it was really a lotus leaf.

The Second Lady also wished to drink with him. Bi excused himself on the grounds that he could drink no more. The Second Lady then produced a rouge box a little larger than a pellet into which she poured out the wine and toasted him: "Since you can drink no more, just have this one for sentiment's sake. " It looked to Bi as though it could be drained in one sip, but he took a hundred sips, and it was still never empty. The girl by his side exchanged the box for a tiny lotus cup, saying: "Don't let yourself be tricked by that wicked woman!" She placed the box on the table and it turned out to be a huge basin. "What business is it of yours?" said the Second Lady. "He's been your lover for just three days, and already you're so love struck!" Bi took the cup and instantly emptied it into his mouth. In his grasp it felt silky and soft. He looked again, and it was no glass but a silk slipper padded and decorated with mar velous skill. The Second Lady snatched it away and scolded: "Crafty Maid! When did you steal my slipper? No wonder my feet are icy cold!" And she rose and went inside to change her shoes. The girl arranged with Bi that he should leave the feast and make his farewells. She escorted him out of the village but had him return home alone.

Suddenly, he awoke. In the end, it had been a dream. And yet, he was still intoxicated, and the smell of wine was still strong. He thought this extraordinary. That evening the fox-maiden came to him and asked: "So you didn't die of drunkenness last night?"

"I had suspected it was a dream," said Bi.

The girl smiled. "My sisters appeared to you in dream because they feared you were a wild carouser. Actually, it was no dream."

Whenever the girl played chess with Bi, he always lost. "You're so addicted to this," said the girl with a smile, "that I considered you must be a player with great moves. But now I see you're just rather average." Bi begged her to instruct him, but she replied: "Chess is an art that depends on one's own self-realization. How can I assist you? If you soak it up gradually, morning and night, perhaps there will be a change." After several months, Bi felt that he had made a little progress. The girl tested him, then told him, laughing, "Not yet, not yet." But when Bi went to play with his former chess partners, everyone could feel the difference, and all marveled at it.

As a person, Bi was frank and honest and unable to keep anything buried inside, and so he let news of the girl's existence slip out. The girl learned of this and chided him: "No wonder my colleagues don't associate with wild scholars! I told you to be careful so many times, how could you do this to me?" She was about to go off in a huff, but Bi hastily apologized for his faults, and the girl was somewhat mollified. But from that day on she came less often.

Several years went by. One night she came, and they sat on a bench facing each other. He wanted to play chess with her, but she wouldn't play; he want to lie with her, but she wouldn't lie down. She sat dispiritedly for quite some time and then asked: "How do you think I compare with Blue Phoenix?"

"You probably surpass her," he said.

"I was ashamed that I fell short of her. You and Liaozhai have a literary friendship. If you would be so kind as to trouble him to write a short biography of me, then one thousand years hence there may still be one who loves and remembers me as you do."

"I've long harbored this ambition," said Bi, "but because of your past instructions, I kept it secret."

"In the past I did instruct you to keep quiet. But now that

we're going to part, why should I still inhibit you?"

"Where are you going?" he asked.

"My little sister and I have been sought by the Queen Mother of the West to fill the office of 'flower and bird emissary.' I won't be able to come to you anymore. There was once someone in my older sister's generation who had an affair with your cousin. Before she left, she had borne him two daughters; today they are still unbetrothed. You and I are fortunate to have no such entanglements."

Bi implored her for some words of advice. "Keep calm and commit few errors" was her reply. Then she arose and took his hand. "Please see me off," she said. After nearly a mile, she let go of his hand and wept. "If both of us have the intent, perhaps we'll meet again." And with that, she departed.

On the nineteenth day of the first month, in the twenty-first year of Emperor Kangxi's reign [1683], Master Bi and I stayed together in Spacious Hall, and he told me this strange tale in detail. I said: "Liaozhai's pen and ink would be glorified by such a vixen." And so I recorded it.

The Painted Wall (Hua bi; 1.14 - 17)

Meng Longtan of Jiangxi was sojourning in the capital along with Zhu, a second-degree graduate. By chance they happened to pass through a Buddhist temple, none of whose buildings or rooms were very spacious and which were deserted except for an old monk temporarily residing there. When he saw the visitors, he respectfully adjusted his robe, went to greet them, and then led them on a tour of the temple. In the main hall was carved a statue of Lord Zhi, the Zen monk. Two walls were covered with paintings of such exceptionally wondrous skill that the figures seemed alive. On the eastern wall, in a painting of the Celestial Maiden scattering flowers, was a girl with her hair in two childish tufts. She was holding a flower and smiling; her cherry lips seemed about to move; her liquid gaze about to flow. Zhu fixed his eyes upon her for a long time until unconsciously his spirit wavered, his will was snatched away, and in a daze, he fell into deep contemplation. Suddenly his body floated up, as though he were riding on a cloud, and he went into the wall.

He saw many layers of halls and pavilions and realized he was no longer in the human world. An old monk was seated preaching a Buddhist sermon surrounded by a large crowd of monks watching him, and Zhu mingled among them. In a little while, it seemed as though someone were secretly tugging at his robe. He turned around, and there was the girl with her hair in tufts. She smiled at him and walked away. He followed after her. She passed through a winding balustrade and entered a small chamber. Zhu hesitated outside, not daring to come in. The girl turned her head and, raising the flower in her hand, waved it back and forth beckoning him inside. Only then did he hasten in. Since the chamber was deserted, he immediately embraced her. She didn't offer much resistance, and so he made love to her. When they were finished, she closed the door and left, warning him not even to so much as cough and saying she'd come again that night. This went on for two days.

The girl's companions got wind of what was going on and came along with her to find the young man. "When a little boy has grown quite big in your belly, will you still be wearing your hair uncombed like a virgin?" they teased her. They presented her with hair ornaments and earrings and persuaded her to go through the married woman's ceremony of putting up her hair. The girl bashfully kept silent throughout. Finally, one girl piped up: "Sisters, we'd better not stay too long, lest a certain person be unhappy." The group giggled and went away.

Zhri looked at the girl. With her tresses piled up like clouds and some phoenix-like coils dangling, she was even more bewitching than when she had worn her hair in tufts. There was not a soul around, and slowly they entered into intimate embraces. The scent of orchid and musk inflamed their hearts, but their pleasure had not yet reached its height. Suddenly, they heard the heavy thud of leather boots and the clanging of chains and then the sound of uproar and heated discussion. The girl leaped up startled, and the two surreptitiously peered outside. They saw a gold-armored envoy, with a face black as lacquer, holding chains and brandishing a hammer, surrounded by a group of maidens. "Is everyone here yet?" asked the envoy.

"We're all here," they replied.

"If there's anyone hiding someone from the world of men, let her publicly confess; don't let her be sorry!" said the envoy.

"There's no one here," they replied again in one accord. The envoy turned around and peered eagle-like around him, as though he were going to make a search. The girl grew deathly afraid, her face turning ashen. In a panic, she told Zhu: "Quick, hide under the bed!" Then she opened a small door on the wall and abruptly darted away. Zhu crouched under the bed, not even daring to breathe. Suddenly, he heard the sound of boots come into the room and then go out again. Before long, the clamor gradually receded into the distance, and he calmed down somewhat, but there were still people coming and going and talking outside the door. Having been constrained for so long, Zhu felt his ears buzzing and his eyes on fire. The situation was almost unendurable, but all he could do was quickly strain his ears for the girl's return, for in the end he could no longer remember from where he came.

All this time, Meng Longtan was in the temple, and when in a flash Zhu disappeared, he wondered about it and asked the monk. The monk laughed and said: "He's gone to hear Buddhist doctrine expounded."

"Where?" asked Meng. "Oh, not far away."

After a while, the monk flicked the wall with his finger and called out: "Donor Zhu, why are you taking so long to come back?" Just then Meng saw that in the painting on the wall was a portrait of Zhu, standing stock-still and cocking his ear as though he were listening for something. Again the monk called out:"Your companion has been waiting for you for some time!" And suddenly Zhu floated down from the wall and stood there paralyzed and leaden-hearted, his eyes bulging and his legs trembling. Meng was greatly shocked but calmly asked him what had happened. In fact, Zhu had been crouching under the bed when he heard a banging like thunder, and so he had gone out of the room to listen.

They all looked up at the girl holding a flower: her coiled tresses were piled on top of her head and no longer hung down in tufts. Zhu in alarm bowed to the old monk and asked him the reason for all this. The monk gave a chuckle. "Illusion arises from oneself; how could I explain it to you?" Zhu, oppressed by melancholy, and Meng, stricken with shock, got to their feet, went down the stairs, anddeparted.

The Historian of the Strange remarks: "'Illusion arises from oneself—this saying seems to be the truth. If a man has a lustful mind, then filthy scenes will arise; if a man has a filthy mind, then terrifying scenes will arise. When a bodhisattva instructs the ignorant, a thousand illusions arc created at once, but all are set in motion by the human mind itself. The monk was a bit too keen to see results. But it's a pity that upon hearing his words, Zhu did not reach enlightenment, unfasten his hair, and withdraw to the mountains."

参考文献

中文文献

白居易、孔传:《白孔六帖》,载《景印文渊阁四库全书》第 891—892 册,台北:台湾商务印书馆 1986 年版。

白亚仁(Allan Barr):《〈聊斋志异〉中历史人物补考》,《中华文史论丛》1987 年第 2—3 辑,第 158 页。

班固:《汉书》,北京:中华书局 1962 年版。

《北京法海寺明代壁画》,北京:中国古典艺术出版社 1958 年版。

巢元方:《诸病源候论》,北京:人民卫生出版社 1955 年版。

陈士元:《梦占逸旨》,载《丛书集成初编》第 727 卷,长沙:商务印书馆 1939 年版。

陈寿:《三国志》,北京:中华书局 1962 年版。

陈曦钟等辑校:《水浒传会评本》,北京:北京大学出版社 1981 年版。

程颢、程颐撰,王孝鱼辑:《二程集》,北京:中华书局 1981 年版。

成晋征:《邹平县景物志》,清康熙三十一年(1692)刻本。

程时用:《风世类编》,明万历二十九年(1601)刻本,中国科学院图书馆藏。

程毅中:《〈虞初志〉的编者和版本》,《文献》1988 年第 2 期,第 36—38 页。

褚人获:《坚瓠集》,杭州:浙江人民出版社 1986 年版。

董说:《丰草庵集》,载《董若雨诗文集》,吴兴刘氏嘉业堂 1914 年刊本,北京:文物出版社 1987 年影印版。

杜甫撰,仇兆鳌注:《杜诗详注》,北京:中华书局 1979 年版。

杜绾:《云林石谱》,载《知不足斋丛书》第 217 卷,上海:古书流通处

1921 年版。

段成式:《酉阳杂俎》,北京:中华书局 1981 年版。

冯梦龙:《古今谭概》,北京:文学古籍刊行社 1955 年版。

冯梦龙辑,许政扬校注:《古今小说》,北京:人民文学出版社 1981 年版。

冯梦龙辑,顾学颉校注:《醒世恒言》,香港:中华书局香港分局 1978 年版。

傅惜华:《明代传奇全目》,北京:人民文学出版社 1959 年版。

干宝撰,王绍楹校注:《搜神记》,北京:中华书局 1979 年版。

高珩:《栖云阁集》,清刻本,山东省图书馆藏。

顾文荐:《负暄杂录》,载《说郛》第 2 卷,台北:台湾商务印书馆 1972 年版。

顾祖训辑,吴承恩订补,黄应澄绘:《明状元图考》,1607 年刻本,哈佛大学燕京图书馆藏。

郭登峰:《历代自叙传文钞》,上海:商务印书馆 1937 年版。

何栋如:《梦林玄解》,明崇祯九年(1636)刻本,哈佛大学燕京图书馆藏。

何良俊:《世说新语补》,明万历刻本,中国科学院图书馆藏;清康熙十五年(1676)刻本,哈佛大学燕京图书馆藏。

洪迈:《容斋随笔》,上海:上海古籍出版社 1978 年版。

洪迈:《夷坚志》,北京:中华书局 1981 年版。

胡适:《〈醒世姻缘传〉考证》,载西周生撰《醒世姻缘传》第 3 卷,第 1448—1495 页,上海:上海古籍出版社 1981 年版。

胡应麟:《少室山房笔丛》,上海:中华书局 1958 年版。

华淑:《癖颠小史》,载《闲情小品》,万历刻本;又载《清睡阁快书十种》,明万历四十六年(1618)刻本。美国国会图书馆藏。

皇都风月主人撰,周夷校:《绿窗新话》,上海:古典文学出版社 1957 年版。

黄霖、韩同文:《中国历代小说论著选》第 1 卷,南昌:江西人民出版社 1982 年版。

黄暐:《蓬窗类记》,明嘉靖五年(1526)刻本,载王云五辑《涵芬楼秘笈》,台北:台湾商务印书馆 1967 年影印版。

纪昀:《阅微草堂笔记》,天津:天津古籍书店 1980 年版。

《校正康熙字典》,台北:艺文印书馆 1973 年版。

孔传:《云林石谱序》,载《知不足斋丛书》第 217 卷,第 1—2 页。

李德裕:《平泉山居草木记》,载《唐代丛书》第 5 集第 38 帙,上海:赐书堂清光绪二十二年(1896)石印本。

李昉等编:《太平御览》,北京:中华书局1960年版。

李昉等编:《太平广记》,北京:中华书局1961年版。

李贺撰,叶葱奇疏注:《李贺诗集》,北京:人民文学出版社1984年版。

李剑国:《唐前志怪小说史》,天津:南开大学出版社1984年版。

李金新、郭玉安:《高凤翰年谱》,载《扬州八怪年谱》第1卷,南京:江苏美术出版社1990年版,第273—352页。

李庆辰:《醉茶志怪》,清光绪十八年(1892)津门刻本。

李清照撰,王学初校注:《李清照集校注》,北京:人民文学出版社1979年版。

李时珍:《本草纲目》,上海:商务印书馆1954年版。

李昕:《介绍孔继涵的〈蒲松龄《聊斋志异》序〉》,《蒲松龄研究集刊》1984年第4期,第349—351页。

李延寿:《南史》,北京:中华书局1975年版。

李渔:《男孟母教合三迁》,载《无声戏》,《明清小说善本丛刊》第1辑第2卷。

李渔:《肉蒲团》,康熙刻本,哈佛大学燕京图书馆藏。

李渔:《闲情偶寄》,载《中国古典戏曲论著集成》第7卷,北京:中国戏剧出版社1959年版。

李贽:《焚书》,北京:中华书局1975年版。

《列子》,载《诸子集成》第3卷,北京:中华书局1986年版。

林有麟:《素园石谱》,载大村西崖辑《图本丛刊》,东京:图本刊竹会1924年版。

刘勰撰,周振甫注:《文心雕龙注释》,北京:人民文学出版社1980年版。

刘义庆编,徐震堮校:《世说新语校笺》,北京:中华书局1984年版。

凌濛初:《初刻拍案惊奇》,上海:上海古籍出版社1985年版。

凌濛初:《二刻拍案惊奇》,上海:上海古籍出版社1985年版。

卢见曾:《国朝山左诗钞》,清乾隆二十三年(1758)刻本,哈佛大学燕京图书馆藏。

鲁迅:《鲁迅全集》,北京:人民文学出版社1956年版。

鲁迅:《中国小说史略》,北京:人民文学出版社1973年版。

陆灿:《庚巳编》,载《丛书集成初编》第2910卷,上海:商务印书馆1937年版。

《论语引得》,北平:哈佛燕京学社1940年版。

马瑞芳:《蒲松龄评传》,北京:人民文学出版社1986年版。

毛效同:《汤显祖研究资料汇编》,上海:上海古籍出版社1986年版。

梅鼎祚:《才鬼记》,明万历三十三年(1605)刻本,哈佛大学燕京图书馆藏缩微复制版。

欧阳修:《欧阳文忠公全集》,载《四部丛刊》,上海:商务印书馆 1929年版。

欧阳修、宋祁编纂:《新唐书》,北京:中华书局 1975 年版。

蒲立德:《东谷文集》,清稿本,山东省图书馆藏。

蒲松龄撰,盛伟辑:《聊斋佚文辑注》,济南:齐鲁书社 1986 年版。

蒲松龄:《聊斋志异》,作者手稿影印本,北京:文学古籍刊行社 1955年版。

蒲松龄撰,张希杰抄:《铸雪斋抄本聊斋志异》,清乾隆十六年(1751)稿本影印本,上海:上海人民出版社 1974 年版。

蒲松龄:《二十四卷抄本聊斋志异》,24 卷稿本影印本,济南:齐鲁书社1981 年版。

蒲松龄撰,张友鹤辑:《聊斋志异会校会注会评本》,上海:上海古籍出版社 1978 年版。

蒲松龄撰,路大荒辑:《蒲松龄集》,上海:中华书局 1962 年版。

蒲松龄:《异史》,清雍正(1723—1735)稿本影印本,北京:中国书店1991 年版。

钱锺书:《管锥编》,北京:中华书局 1979 年版。

秦淮寓客编:《绿窗女史》,载《明清小说善本丛刊》第 2 辑。

秦楼外史(王骥德):《男王后》,载《盛明杂剧三十种》第 84 卷,武进董氏诵芬室 1916—1922 年版。

瞿佑撰,周夷校注:《剪灯新话》,载周夷辑《剪灯新话外二种》,上海:古典文学出版社 1957 年版。

《全像新镌一见赏心》,载《明清小说善本丛刊》第 2 辑。

沈德符:《万历野获编》,北京:中华书局 1980 年版。

司马迁:《史记》,北京:中华书局 1959 年版。

《四库全书总目》,北京:中华书局 1987 年版。

宋懋澄撰,王利器校录:《九籥集》,北京:中国社会科学出版社 1984年版。

孙剑秋:《清朝奇案大观》,上海:东华书局 1919 年版。

孙一珍:《评但明伦对〈聊斋志异〉评点》,《蒲松龄研究集刊》1981 年第 2期,第 282—310 页。

谭正璧:《三言两拍资料》,上海:上海古籍出版社 1980 年版。

唐梦赉:《志壑堂集》,康熙刻本,哈佛大学燕京图书馆藏。

汤显祖撰,钱南扬校:《汤显祖戏曲集》,上海:上海古籍出版社 1982 年版。

汤显祖撰,徐朔方校:《汤显祖诗文集》,上海:上海古籍出版社 1982 年版。

陶潜撰,逯钦立注:《陶渊明集》,北京:中华书局 1979 年版。

陶宗仪:《辍耕录》,明刻本,哈佛大学燕京图书馆藏。

天然痴叟(浪仙):《石点头》,上海:上海古籍出版社 1985 年版。

汪辟疆校:《唐人小说》,上海:上海古籍出版社 1978 年版。

王符撰,彭铎校:《潜夫论笺校正》,北京:中华书局 1985 年版。

王利器辑:《历代笑话集》,香港:新月出版社 1959 年版。

王士禛:《池北偶谈》,北京:中华书局 1982 年版。

王守仁:《王文成公全书》,上海:商务印书馆 1934 年版。

王焘:《外台秘要》,北京:人民卫生出版社 1955 年影印版。

王同轨:《耳谈》,台北:伟文图书出版社 1977 年版。

王同轨:《耳谈类增》,明刻本,中国科学院图书馆藏。

王晓传辑录:《元明清三代禁毁小说戏曲史料》,北京:作家出版社 1958 年版。

王重民:《中国善本书提要》,上海:上海古籍出版社 1983 年版。

王晫:《今世说》,上海:古典文学出版社 1957 年版。

《吴吴山三妇合评牡丹亭》,康熙刻本(1694 年初刊),东京:东洋文化研究所藏。

吴震元:《奇女子传》,清刻本影印本,载《明清小说善本丛刊》第 2 辑。

仙叟石公:《花阵绮言》,载《明清小说善本丛刊》第 2 辑,台北:天一出版社 1985 年版。

谢肇淛:《五杂组》,上海:中央书店 1935 年版。

谢稚柳辑:《上海博物馆藏四高僧画集》,上海:上海人民美术出版社 1980 年版。

徐渭:《四声猿》,载《盛明杂剧三十种》第 77 卷,武进董氏诵芬室 1916—1922 年版。

徐渭:《徐文长全集》,香港:广智书局,1950 年代出版。

《续艳异编》(传王世贞编),载《明清小说善本丛刊》第 2 辑。

《荀子集解》,载《诸子集成》第 2 卷,北京:中华书局 1954 年版。

《烟霞小说十三种》,万历刻本,中国国家图书馆藏。

《艳异编》(传王世贞编),载《明清小说善本丛刊》第 2 辑。

杨家骆:《玉石古器谱录》,台北:世界书局 1968 年版。

野崎诚近:《中国吉祥图案》,台北:众文图书1979年版。

叶梦得:《平泉草木记跋》,载《唐代丛书》第9卷。

尤侗:《西堂全集》,清康熙刻本,哈佛大学燕京图书馆藏。

《虞初志》,明刻本(吴兴凌性德刊)影印本,台北:新兴书局1956年版。

俞剑华:《中国画论类编》,北京:中国古典艺术出版社1957年版。

俞剑华辑:《中国美术家人名辞典》,上海:上海人民美术出版社1981年版。

俞文龙:《史异编》,明万历刻本,法国国家图书馆藏。

袁宏道撰,钱伯城校:《瓶史》,载《袁宏道集笺校》第2卷,上海:上海古籍出版社1981年版。

袁珂校注:《山海经校注》,上海:上海古籍出版社1980年版。

袁枚:《小仓山房诗文集》,上海:上海古籍出版社1988年版。

袁枚撰,申孟、甘林校:《子不语》(又名《新齐谐》),上海:上海古籍出版社1986年版。

袁世硕:《蒲松龄事迹著述新考》,济南:齐鲁书社1988年版。

袁行霈、侯忠义辑:《中国文言小说书目》,北京:北京大学出版社1981年版。

曾祖荫等:《中国历代小说序跋选注》,武汉:长江文艺出版社1982年版。

詹詹外史、冯梦龙:《情史类略》,载《明清小说善本丛刊》第2辑。

张潮:《幽梦影》,载《昭代丛书》第164卷。

张潮:《虞初新志》,北京:文学古籍刊行社1954年版。

张潮、王晫辑:《檀几丛书》,清康熙三十四年(1695)刻本,哈佛大学燕京图书馆藏。

张潮原辑,杨复吉续辑:《昭代丛书》,清光绪二年(1876)刻本,1919年重印版。

张岱:《琅嬛文集》,载《中国文学珍本丛书》,上海:上海杂志公司1935年版。

张岱:《陶庵梦忆·西湖梦寻》,上海:上海古籍出版社1982年版。

张凤翼:《梦占类考》,明万历十三年(1585)刻本,美国国会图书馆藏。

张其昀等辑:《中文大辞典》,台北:华冈出版公司1976年版。

张少康:《中国古代文学创作论》,北京:北京大学出版社1983年版。

张万钟:《鸽经》,载张潮、王晫辑《檀几丛书》二集第50卷。

张自烈:《正字通》,清康熙九年(1670)序、清康熙二十四年(1685)刊本,美国国会图书馆藏。

赵吉士:《寄园寄所寄》,清康熙三十四年(1695)刻本,哈佛大学燕京图书馆藏。

赵善政:《宾退录》,载《丛书集成》第 2831 卷,上海:商务印书馆 1939 年版。

赵晔:《吴越春秋》,载《四部丛刊》,上海:商务印书馆 1930 年版。

郑振铎辑:《中国古代版画丛刊》第 2 册(元明戏曲叶子),上海:上海古籍出版社 1988 年版。

《中医大辞典》历史文献分册,北京:人民卫生出版社 1981 年版。

周亮工:《字触》,清康熙六年(1667)刻本,哈佛大学燕京图书馆藏。

周芜编:《中国版画史图录》,上海:上海人民美术出版社 1988 年版。

朱剑心:《晚明小品选注》,台北:台湾商务印书馆 1964 年版。

朱熹注,李庆甲辑:《楚辞集注》,上海:上海古籍出版社 1979 年版。

朱缃:《济南朱氏诗文汇编》,清刻本,山东省图书馆藏。

朱一玄:《〈聊斋志异〉资料汇编》,郑州:中州古籍出版社 1986 年。

庄一拂:《古典戏曲存目汇考》,上海:上海古籍出版社 1982 年版。

《庄子引得》,哈佛燕京学社引得特刊第 20 辑,剑桥:哈佛燕京学社 1947 年版。

《淄川县志》,乾隆八年(1743)刻本。

《邹平县志》,康熙三十五年(1696)序刊本。

《邹平县志》,清道光十七年(1837)刻本。

醉西湖心月主人:《弁而钗》,载《明清小说善本丛刊》第 18 辑艳情小说专辑。

日文文献

藤田祐賢(Yuken Fujita)、八木章好(Akiyoshi Yagi):《聊斎研究文献要覧》,東京:東方書店,1985 年。

前野直彬(Naoaki Maeno):《中国小説史考》,東京:秋山書店,1975 年。

澤田瑞穂(Sawada Mizuho):《鬼趣談義—中国幽鬼の世界》,東京:国書刊行会,1976 年。

笹倉一広(Kazuhiro Sasakura):《文献目録:蒲松齢関係文献目録 1985—1989(稿)》,《中國古典小説研究動態》1989 年第 3 期 12 月号,第 90—96 頁。

戸倉英美(Hidemi Tokura):《聊斎志異—異を志す流れの中で》,《東洋文化》1980 年総第 61 期,第 99—127 頁。

内田泉之助(Sennosuke Uchida):《玉台新詠》,東京:明治書院,

1974 年。

八木章好（Akiyoshi Yagi）:《聊斋志異の痴について》,《藝文研究》1986年总第 48 期,第 81—98 页。

西文文献

Allan, Sarah, and Alvin P. Cohen, eds. *Legend, Lore, and Religion in China : Essays in Honor of Wolfram Eberhard*. San Francisco: Chinese Materials Center, 1979.

Artemidorus (2nd c. A. D.). *Oneirocritica : The Interpretation of Dreams*. Trans. Robert J. White. Park Ridge, H. J. : Noyes, Press, 1975.

Asian Art 3. 4 (Fall 1990). "The Dream Journey in Chinese Art. "

Barr, Allan. "A Comparative Study of Early and Late Tales in *Liaozhai zhiyi.* " *HJAS* 45. 1 (1985):157 - 202.

——. "Pu Songling and *Liaozhai zhiyi* : A Study of Textual Transmission, Biographical Background, and Literary Antecedents. " Ph. D. dissertation, Oxford University, 1983.

——. "The Textual Transmission of *Liaozhai zhiyi.* " *HJAS* 44. 2 (1984):515 - 562.

Barthes, Roland. *S/Z*. Trans. Richard Miller. New York: Hill & Wang, 1974.

Bauer, Wolfgang. "Chinese Glyphomancy. " In *Legend, Lore, and Religion in China* , ed. Sarah Allan and Alvin P. Cohen. San Francisco: Chinese Materials Center, 1979, pp. 71 - 96.

Berliner, Nancy Zeng. *Chinese Folk Art*. New York: New York Graphic Society, 1986.

Billeter, J. F. *Li Zhi, philosophe maudit*. Geneva: Librairie Droze, 1979.

Birch, Cyril, ed. *Anthology of Chinese Literature* , vol. 1. New York: Grove Press, 1965.

——, trans. *The Peony Pavilion*. Bloomington: Indiana University Press, 1980.

Brandauer, Frederick. *Tung Yüeh*. New York:Twayne, 1978.

Brooke-Rose, Christine. *A Rhetoric of the Unreal : Studies in Narrative and Structure , Especially of the Fantastic*. Cambridge, Eng. : Cambridge University Press, 1981.

Bush, Susan. *The Chinese Literati on Painting: Su Shih (1037 - 1101) to Tung Ch'i-ch'ang (1555 - 1636)*. Cambridge, Mass. : Harvard-Tenching Institute, 1971.

Bush, Susan, and Hsio-yen Shih, comps. and eds. *Early Chinese Texts on Painting*. Cambridge, Mass. : Harvard-Yenching Institute, 1985.

Cahill, James. *Chinese Painting*. New York: Rizzoli, 1977.

——. *The Compelling Image: Nature and Style in Seventeenth-Century Painting*. Cambridge, Mass. : Harvard University Press, 1982.

——. *Hills Beyond a River: Chinese Painting of the Yüan Dynasty, 1279-1368*. New York: John Weatherhill, 1976.

Caillois, Roger. "Logical and Philosophical Problems of the Dream." In *The Dream and Human Societies*, ed. G. E. von Gruebaum and Roger Caillois. Berkeley: University of California Press, 1966.

——, ed. *The Dream Adventure*. New York: Orion Press, 1963.

Campany, Robert F. "Chinese Accounts of the Strange: A Study in the History of Religions." Ph. D. dissertation, University of Chicago, 1989.

Campbell, Robert J. *A Psychiatric Dictionary*. 6th ed. New York: Oxford University Press, 1989.

Certeau, Michel de. "Montaigne's ' Of Cannibals. '" In idem. *Heterologies*, trans. Brain Massumi. Minneapolis: University of Minnesota Press, 1986.

Chang, H. C. *Chinese Literature 3: Tales of the Supernatural*. Edinburgh: Edinburgh University Press, 1973.

Chaves, Jonathan, trans. *Pilgrim of the Clouds: Poems and Essays by Yüan Hung-tao and His Brothers*. New York: Weatherhill, 1978.

Ch'en, Tokoyo Yushida. "Women in Confucian Society—A Study of Three T'an-tz'u Narratives." Ph. D. dissertation, Columbia University, 1974.

Chen, Hsiao-chie, et al. , trans. *Shan hai ching*. Taipei, 1985.

Congreve, William. *Incognita*. In *Shorter Novels: Jacobean and Restoration*, ed. Phillip Henderson. London: J. M. Dent, 1949, pp. 237 - 303.

Davenport, Guy. *The Geography of the Imagination*. San Francisco: North Point Press, 1981.

DeWoskin, Kenneth J. "The Six Dynasties *chih-kuai* and the Birth of

Fiction. " In *Chinese Narrative*, ed. Andrew Plaks. Princeton: Princeton University Press, 1977, pp. 21 - 52.

Doré, Henri. *Researches into Chinese Superstitions*. Shanghai, 1914. Reprinted—Taipei, 1966.

Drège, Jean-Pierre. "Notes d'onirologie chinoise. " [Notes on Chinese dream interpretation]. *Bulletin de l'Ecole Française d'Extrême Orient*, no. 70 (1981) :271 - 289.

Dudbridge, Glen. *The Hsi-yu Chi*. Cambridge, Eng. : Cambridge University Press, 1970.

——. *The Tale of Li Wa*. London: Ithaca Press, 1983.

Egan, Ronald. *The Literary Works of Ou-yang Hsiu*. Cambridge, Eng. : Cambridge University Press, 1984.

Eight Dynasties of Chinese Paintings : The Collections of the Nelson-Gallery-Atkins Museum, Kansas City, and the Cleveland Museum of Art. Cleveland and Bloomington, Ind. , 1980.

Eliade, Mircea. *The Two and the One*. Trans. J. M. Cohen of *Mephistophèle et l'androgyne*. London: Harvill, 1965.

Elman, Benjamin. *From Philosophy to Philology: Intellectual and Social Aspects of Change in Late Imperial China*. Cambridge, Mass. : Harvard University Council on East Asian Studies, 1984.

Fang-tu, Lien-che. "Ming Dreams. " *Tsing-hua Journal of Chinese Studies*, n. s. , June 1973:55 - 72.

Faurot, Jeannette. "*Four Cries of a Gibbon*: A Tsa-chü Cycle by the Ming Dramatist Hsü Wei (1521 - 1593). " Ph. D. dissertation, University of California, Berkeley, 1972.

Freud, Sigmund. *The Interpretation of Dreams*. Trans. James Strachey. New York: Avon, 1965.

——. "The Uncanny. " In *The Standard Edition of the Complete Psychological Works of Sigmund Freud*, trans. and ed. James Strachey. London: Hogarth Press, 1955, 17:219 - 252.

Furth, Charlotte. "Androgynous Males and Deficient Females: Biology and Gender Boundaries in Sixteenth- and Seventeenth-Century China. " *Late Imperial China* 9. 2 (Dec. 1988) :1 - 31.

Garber, Marjorie. *Shakespeare's Ghostwriters*. New York: Methuen, 1987.

——. *Vested Interests: Cross-dressing and Cultural Anxiety*. New York: Routledge, 1992.

Genette, Gérard. *Narrative Discourse: An Essay in Method*. Trans. Jane E. Lewin. Ithaca: Cornell University Press, 1979.

Giles, Herbert A. , trans. *Strange Stories from a Chinese Studio*. Shanghai, 1916. Reprinted—New York: Dover, 1969.

Goodrich, L. Carrington, and Chaoying Fang, eds. *Dictionary of Ming Biography*, 1368-1644. New York: Columbia University Press, 1976.

Graham, A. C. , trans. *Chuang-tzu: The Inner Chapters*. London: George Allen & Unwin, 1981.

——. *Lieh-tzu*. London: John Murray, 1960.

Gulik, Robert H. van. *Mi Fu on Inkstones*. Peking: Henry Vetch, 1938.

Hales, Dell. "Dreams and the Daemonic in Traditional Chinese Short Stories. " In *Critical Essays on Chinese Literature*, ed. William Nienhauser, Jr. Hong Kong: Chinese University of Hong Kong, 1976, pp. 71 – 88.

Hanan, Patrick D. *The Chinese Short Story*. Cambridge, Mass. : Harvard-Yenching Institute, 1973.

——. *The Chinese Vernacular Story*. Cambridge, Mass. : Harvard University Press, 1981.

——. "The Fiction of Moral Duty. " In *Expressions of Self in Chinese Literature*, ed. Robert E. Hegel and Richard C. Hessney. New York: Columbia University Press, 1985, pp. 189 – 213.

——. "The Making of 'The Pearl-sewn Shirt' and 'The Courtesan's Jewel Box. '" *HJAS* 33 (1975): 124 – 153.

——, ed. *Silent Operas*. Hong Kong: Chinese University Press, 1990.

——, trans. *The Carnal Prayer Mat*. New York: Ballantine, 1990.

Hansen, Valerie. *The Changing Gods of Medieval China*. Princeton, N. J. : Princeton University Press, 1990.

Hawkes, David. *A Little Primer of Tu Fu*. Hong Kong: Chinese University of Hong Kong, 1987.

——, trans. *Songs of the South*. Harmondsworth, Eng. : Penguin, 1985.

————, trans. *The Story of the Stone*, vol. 1. Harmondsworth, Eng. : Penguin, 1973.

Hay, John. *Kernels of Energy*, *Bones of Earth*. New York: China Institute of America, 1985.

Henderson, John B. *The Development and Decline of Chinese Cosmology*. New York: Columbia University Press, 1984.

Hervouet, Yves. " L'autobiographie dans la Chine traditionnelle. " In *Etudes d'histories et de littérature chinoise: Offertes au professeur Jaroslav Průšek*. Paris: Bibliothèque de l'Institut des Hautes Etudes Chinoises, 1987, pp. 107 - 142.

Hippocrates. *Regimen IV*. Trans. W. H. S. Jones. Loeb ed. Cambridge, Mass. : Harvard University Press, 1957.

Ho, Wai-Kam. " Late Ming Literati: Their Social and Cultural Ambience. " In *The Chinese Scholar's Studio: Artistic Life in the Late Ming Period*, ed. Chu-tsing Li and James C. Y. Watt. New York: Asia Society, 1987, pp. 23 - 36.

Hom, Marlon. "The Continuation of Tradition: A Study of *Liaozhai zhiyi* by Pu Song Ling (1640 - 1715). " Ph. D. dissertation. University of Washington, 1979.

Hsia, T. A. "New Perspectives on Two Ming Novels: *His-yu chi* and *His-yu pu*. " In *Wen-lin: Studies in the Chinese Humanities*, ed. Chow Tse-tsung. Madison: University of Wisconsin Press, 1968, pp. 238 - 245.

Hummel, Arthur, ed. *Eminent Chinese of the Ch'ing Period (1644 - 1912)*. 2 vols. Washington, D. C. : Government Printing Office, 1943, 1944. Reprinted—Taipei: Ch'eng Wen, 1976.

Hutter, Albert. " Dreams, Transformations, and Literature: The Implications of Detective Fiction. " In *The Poetics of Murder*, ed. Glenn W. Most and W. Stowe. San Diego: Harcourt Brace, 1983, pp. 230 - 251.

Irwin, Richard. *The Evolution of a Chinese Novel*. Cambridge, Mass. : Harvard-Yenching Institute, 1953.

Jauss, Robert Hans. *Toward an Aesthetic of Reception*. Trans. Timothy Bahti. Minneapolis: University of Minnesota Press, 1982.

Johnson, Barbara. *The Critical Difference*. Baltimore: Johns Hopkins University Press, 1981.

Kao, Karl S. Y. , ed. *Classical Chinese Tales of the Supernatural and the Fantastic*. Bloomington:Indiana University Press, 1985.

Ko, Dorothy Yin-yee. "Toward a Social History of Women in Seventeenth-Century China." Ph. D. dissertation, Stanford University, 1989.

Lackner, Michael. *Der chinesische Traumuwald: Traditionelle Theorien des Traumes und seiner Deutung in Spiegel der Ming-Zeitlischen Anthologie "Meng-lin hsuan-chie"* [The Chinese world of dreams: traditional theories of dreams and their meanings as reflected in the Ming anthology *The Forest of Dreams*]. Frankfort:Peter Lange, 1985.

Laquer, Thomas. "Orgasm, Generation, and the Politics of Reproductive Biology." In *The Making of the Modern Body*, ed. T. Laqueur and Catherine Gallagher. Berkeley:University of California Press, 1987, pp. 1 – 41.

Lau, D. C. , trans. *The Analects*. Harmondsworth, Eng. :Penguin, 1979.

——. *Mencius*. Harmondsworth, Eng. :Penguin, 1979.

Li, Chu-tsing, and James C. Y. Watt. *The Chinese Scholar's Studio: Artistic Life in the Late Ming Period*. New York:Asia Society, 1987.

Li, Wai-Yee. "Dream Visions of Transcendence in Chinese Literature and Painting." *Asian Art* 3. 4 (Fall 1990):53 – 77.

——. *Enchantment and Disenchantment: Love and Illusion in Chinese Literature*. Princeton:Princeton University Press, 1993.

——. "The Rhetoric of Fantasy and of Irony:Studies in *Liao-chai chih-i* and *Hung-lou meng*." Ph. D. dissertation, Princeton University, 1987.

Lu, Xun. *A Brief History of Chinese Fiction*. Trans. Yang Hsien-yi and Gladys Yang. Beijing:Foreign Languages Press, 1976.

Ma, Y. W. , and Joseph Lau, eds. *Traditional Chinese Stories: Themes and Variations*. New York:Columbia University Press, 1978.

MacKerras, Colin. *The Rise of Peking Opera, 1770 – 1870*. London: Oxford University Press, 1972.

Mann, Susan. "Widows in the Kinship, Class, and Community Structures of Qing Dynasty China." *Journal of Asian Studies* 46 (1987): 37 – 56.

Mark, Lindy Li. "Orthography Riddles, Divination, and Word Magic." In *Legend, Lore, and Religion in China*, ed. Sarah Allan and Alvin P. Cohen. San Francisco:Chinese Materials Center, 1979, pp. 43 – 69.

Mather, Richard B. , trans. *Shih-shuo hsin-yü*: *A New Account of Tales of the World*. Minneapolis:University of Minnesota Press, 1976.

McKeon, Michael. *The Origins of the English Novel*, *1600 - 1740*. Baltimore:Johns Hopkins University Press, 1987.

McMahon, Keith. *Causality and Containment in Seventeenth-Century Chinese Fiction*. Leiden:Brill, 1988.

Montaigne, Michel de. *The Complete Essays of Montaigne*. Trans. Donald M. Frame. Stanford:Stanford University Press, 1978.

Most, Glenn W. , and William H. Stowe, eds. *The Poetics of Murder*: *Detective Fiction and Literary Theory*. San Diego: Harcourt Brace, 1983.

Mowry, Hua-yuan Li, trans. *Chinese Love Stories from "Ch'ing - shih."* Hamden, Conn. :Archon Books, 1983.

Nienhauser, William H. , Jr. , ed. *Critical Essays on Chinese Literature*. Hong Kong:Chinese University of Hong Kong, 1976.

——. *The Indiana Companion to Traditional Chinese Literature*. Bloomington:Indiana University Press, 1986.

O'Flaherty, Wendy Doniger. *Dreams*, *Illusions*, *and Other Realities*. Chicago:University of Chicago Press, 1986.

——. *Women*, *Androgynes*, *and Other Mythical Beasts*. Chicago: University of Chicago Press, 1980.

Ong, Roberto K. "Image and Meaning: The Hermeneutics of Traditional Dream Interpretation." In *Psycho-Sinology*: *The Universe of Dreams in Chinese Culture*, ed. Carolyn T. Brown. Clanham, Md. : University Press of America, 1988, pp. 47 - 54.

——. *The Interpretation of Dreams in Ancient China*. Bochum, Germany:Studienverlag Brockmeyer, 1985.

Owen, Stephen. *Remembrances*: *The Experience of the Past in Classical Chinese Literature*. Cambridge, Mass. : Harvard University Press, 1985.

——. "The Self's Perfect Mirror:Poetry as Autobiography." In *The Vitality of the Lyric Voice*, ed. Shuen-fu Lin and S. Owen. Princeton: Princeton University Press, 1986, pp. 71 - 102.

——. *Traditional Chinese Poetry and Poetics*:*Omen of the World*. Madison:University of Wisconsin Press, 1986.

Paré, Amboise. *Des Monstres et Prodiges. 1573.* Critical ed. by Jean Céard. Geneva :Librairie Droze, 1971.

Plaks, Andrew. "Allegory in *Hsi-yu chi and Hung lou-meng.*" In *Chinese Narrative*, ed. A. Plaks, pp. 163 – 202.

——. *The Four Masterworks of the Ming Novel.* Princeton:Princeton University Press, 1988.

——. "Toward a Critical Theory of Chinese Narrative." In *Chinese Narrative*, ed. A. Plaks, pp. 309 – 352.

——, ed. *Chinese Narrative.* Princeton: Princeton University Press, 1977.

Průšek, Jaroslav. *Chinese History and Literature : Collection of Studies.* Doredecht:Reidel, 1970.

Rickett, Adele, ed. *Approaches to Chinese Literature.* Princeton: Princeton University Press, 1978.

Rolston, David, ed. *How to Read the Chinese Novel.* Princeton: Princeton University Press, 1990.

Schafer, Edward. *Tu Wan's Stone Catalogue of Cloudy Forest : A Commentary and Synopsis.* Berkeley:University of California Press, 1961.

Sotheby's Catalogue of Fine Chinese Paintings. New York, Dec. 6, 1989.

Spence, Jonathan D. *The Death of Woman Wang.* Harmondsworth, Eng. :Penguin, 1978.

Stein, Rolf A. *The World in Miniature : Container Gardens and Dwellings in Far Eastern Religious Thought.* Trans. Phyllis Brooks. Stanford:Stanford University Press, 1990.

Stewart, Susan. *Nonsense:Aspects of Intertextuality in Folklore and Literature.* Baltimore:Johns Hopkins University Press, 1978.

——. *On Longing : Narratives of the Miniature, the Gigantic, the Souvenir, the Collection.* Baltimore: Johns Hopkins University Press, 1984.

Swatek, Catherine C. "Feng Menglong's Romantic Dream:Strategies of Containment in His Revision of *The Peony Pavilion.*" Ph. D. dissertation, Columbia University, 1990.

Thompson, Stith. *Motif-Index of Folk Literature.* Rev. ed. Bloomington:Indiana University Press, 1955.

T'ien, Ju-k'ang. *Male Anxiety and Female Chastity*. Leiden: Brill, 1987.

Todorov, Tzvetan. *The Fantastic: A Structural Approach to a Literary Genre*. Trans. Richard Howard. Ithaca: Cornell University Press, 1975.

Unschuld, Paul. *Medicine in China: A History of Ideas*. Berkeley: University of California Press, 1985.

——. *Medicine in China: A History of Pharmaceutics*. Berkeley: University of California Press, 1986.

Vandermeersch, L. "L'arrangement de fleurs en China" [Flower arranging in China]. *Arts Asiatiques* 11. 2 (1965):79 - 123.

Waley, Arthur, trans. *The Book of Songs*. New York: Grove Press, 1987.

Wang, Chi-chen, trans. *Traditional Chinese Tales*. New York: Columbia University Press, 1977.

Wang, John Ching-yu. *Chin Sheng-t'an*. New York: Twayne, 1972.

Watson, Burton. *Chinese Lyricism*. New York: Columbia University Press, 1971.

——. *Ssu-ma Ch'ien: Grand Historian of China*. New York: Columbia University Press, 1958.

——, trans. *The Complete Works of Chuang Tzu*. New York: Columbia University Press, 1968.

——. *Records of the Historian*. New York: New York University Press, 1969.

Widmer, Ellen. *The Margins of Utopia: "Shui-hu hou chuan" and the Literature of Ming Loyalism*. Cambridge, Mass. : Harvard University, Council on East Asian Studies, 1987.

——. "*Hsi-yu cheng-tao shu* in the Context of Wang Ch'i's Publishing Enterprise. " *Chinese Studies* 6. 19 (1988):37 - 64.

Wong, Siu-kit. "Ch'ing and Ching in the Critical Writings of Wang Fu-chih. " In *Approaches to Chinese Literature*, ed. Adele Rickett. Princeton: Princeton University Press, 1978, pp. 121 - 150.

Wu, Hung. "Tradition and Innovation: Ancient Chinese Jades in the Godfrey Collection. " *Orientations*, Nov. 1986:36 - 45.

——. *The Wu Liang Shrine: The Ideology of Early Chinese Pictorial*

Art. Stanford:Stanford University Press, 1989.

Wu, Pei-yi. *The Confucian's Progress:Autobiographical Writings in Traditional China*. Princeton:Princeton University Press, 1990.

——. "Self-Examination and the Confession of Sins in Traditional China. " *HJAS* 39. 1 (1974):5 – 38.

Wu, Yenna. "The Inversion of Marital Hierarchy:Shrewish Wives and Henpecked Husbands in Seventeenth-Century Chinese Literature. " *HJAS* 48. 2 (Dec. 1988):363 – 382.

——. "Marriage Destinies to Awaken the World:A Literary Study of *Xingshi yinyuan zhuan*. " Ph. D. dissertation, Harvard University, 1986.

Yang, Xianyi, and Gladys Yang, trans. *Selected Tales of Liaozhai*. Beijing:Panda, 1981.

Yu, Anthony. "Rest, Rest Perturbed Spirit!" Ghosts in Traditional Chinese Fiction. " *HJAS* 47. 2 (Dec. 1987):397 – 434.

——, trans. *Journey to the West*, 4 vols. Chicago: University of Chicago Press, 1977 – 1984.

Yu, Pauline. *The Reading of Imagery in the Chinese Tradition*. Princeton:Princeton University Press, 1987.

Zeitlin, Judith T. "The Petrified Heart:Obsession in Chinese Literature, Medicine, and Art. " *Late Imperial China* 12. 1 (June 1991):1 – 25.

——. "Pu Songling's *Liaozhai zhiyi* and the Chinese Discourse on the Strange. " Ph. D. dissertation, Harvard University, 1988.

译后记

　　今日收到本书著者、芝加哥大学蔡九迪教授发来的中译本新序言，至此，为期五年的《异史氏：蒲松龄与中国文言小说》的中译工作画上了一个完整的句号。

　　记得梁实秋先生以三十年之功移译《莎士比亚全集》，笑谈翻译莎翁作品须具备三个条件，其一便是必须没有学问。因为如果有学问，就去做研究了。梁先生显然是自谦和幽默，其毕生致力于莎士比亚研究，是莎翁研究方面的权威。

　　但这里引出了一个问题，对于一部学术专著而言，如果译者没有对该专著所涉及领域的相关研究，他(她)能做好翻译吗？

　　读书的时候，导师指定中外的必读书目，其中有黑格尔的《美学》，是著名美学家朱光潜先生翻译的。那时虽然是初次接触抽象的美学理论，但是读来如沐春风，倍感亲切；后来，又读一些20世纪西方文学理论著作的中译本，反复几遍，却寻不到门径。跑去问导师：这是怎么回事？导师微微一笑：都是翻译的问题。你外语好，不如直接读原文。

　　如此一前一后两相对比，我更意识到对于不懂外语的读者而言，翻译是多么重要。而译者肩上的责任又是多么重大。对译者而言，一方面，要将原著的内容准确地理解与把握；另一方面，不但要以母语准确而流畅地加以再现，以求可读性，还要尽可能使用相关领域的话语,以求学术性与专业性。这必然要求一部学术专著的合格译者,一定要是这一领域有学养的专家。

以上一直是译者本人的理想与追求。译者不才,承蒙蔡九迪教授和巫鸿教授这一对学术神仙眷侣的信任,刘东教授和江苏人民出版社的不弃,如履薄冰,小心翼翼地将蔡教授这部代表作转译为汉语。在此期间,得到本书原责任编辑卞清波老师的关怀与指导。初稿译成后,蔡教授又请巫鸿教授过目,并委托其门下博士生陈嘉艺、郑怡人二君大力协助。陈博士,通读全译稿,进行了认真而细致的校对,并补充了书中除引言与结语部分外其他注释内容的中译、插图及说明文字;郑博士,承担了中文与日文参考文献以及新版序言的翻译工作;蔡教授则提供了大量稀见古籍的引文,附录中《聊斋·自志》和四则《聊斋》故事的英译文,以及西文参考文献。译者最后又进行了通稿、校对与润饰。

这部译作,是中外学者通力合作的结晶。译者在从事"英美聊斋学研究"这一课题的过程中,得袁世硕先生指点,得悉蔡九迪教授该书在海外聊斋学界重要的学术地位。而后拜读此书,发现蔡教授的研究不同于一般的海外汉学著作,并未简单套用西方理论解读《聊斋志异》这部伟大的中国作品。其既以文本细读法,对《聊斋》做深度的文本介入;又能跳出文本,以高度语境化的处理方式,结合中国的志怪传统以及明清时期的文化语境,化用中外相关理论开展研究。这一学术运思方式,不但深深吸引着我,而且影响了后来我本人的《英美聊斋学研究》一书。热情之下,与蔡教授联系,得其支持,于是在教学科研之余,细心翻阅,开始动笔翻译。

2018 年下半年,译者辞别了工作和生活了八年之久的中国石油大学,从青岛海边来到泉城济南,正式调入山东大学儒学高等研究院下辖的国际汉学研究中心,参与国家重点文化工程"全球汉籍合璧工程"的实施工作。在中心的工作,对于我长期以来所从事的海外汉学研究,是强有力的补充与支援,因中心素以中国古典文献研究见长。有近水楼台之便,遂得以有机会向中心王承略、刘心明等各位教授和同事请教中国古典文献学知识,弥补早先翻译储备上的知识不足。特别是中心的宋恩来博士,作为"老山大",对整个校园环境十分熟悉,多次热心地带我到学校的各古籍馆藏地查阅文献,有力地促进了本书翻译工作的开展。

在本书出版过程中,卞清波、胡海弘、汤丹磊等编辑给予了大量指导。陈嘉艺博士,还有王潇萱、姚静、朱倩、司逸飞等研究生同学阅读了部分译稿,提出了宝贵的修改意见。黄卓越教授百忙中审阅了译稿,并撰写了推荐语。在此,一并致谢!

这里特别要感谢我所在的山东大学儒学高等研究院。学院领导和同事们对我的科研工作给予了莫大支持与热情帮助。没有学院一直以来的关怀鼓励,本书的翻译与出版会是无法想象的。

《异史氏:蒲松龄与中国文言小说》是我完成的第一部译著,不夸张地说,其中所倾注的时间与心血不亚于独立撰写一本专著。即便如此,其中也难免有不尽如人意之处。知我罪我,其惟春秋。作品一旦完成,著者、译者皆可沉默。功过得失,还是留由读者细加评说吧。

译者

2020 年 8 月 9 日

于泉城桂花园

79. 德国与中华民国　［美］柯伟林 著　陈谦平 陈红民 武菁 申晓云 译　钱乘旦 校

80. 中国近代经济史研究：清末海关财政与通商口岸市场圈　［日］滨下武志 著　高淑娟 孙彬 译

81. 回应革命与改革：皖北李村的社会变迁与延续　韩敏 著　陆益龙 徐新玉 译

82. 中国现代文学与电影中的城市：空间、时间与性别构形　［美］张英进 著　秦立彦 译

83. 现代的诱惑：书写半殖民地中国的现代主义（1917—1937）　［美］史书美 著　何恬 译

84. 开放的帝国：1600 年前的中国历史　［美］芮乐伟·韩森 著　梁侃 邹劲风 译

85. 改良与革命：辛亥革命在两湖　［美］周锡瑞 著　杨慎之 译

86. 章学诚的生平与思想　［美］倪德卫 著　杨立华 译

87. 卫生的现代性：中国通商口岸健康与疾病的意义　［美］罗芙芸 著　向磊 译

88. 道与庶道：宋代以来的道教、民间信仰和神灵模式　［美］韩明士 著　皮庆生 译

89. 间谍王：戴笠与中国特工　［美］魏斐德 著　梁禾 译

90. 中国的女性与性相：1949 年以来的性别话语　［英］艾华 著　施施 译

91. 近代中国的犯罪、惩罚与监狱　［荷］冯客 著　徐有威 等译　潘兴明 校

92. 帝国的隐喻：中国民间宗教　［英］王斯福 著　赵旭东 译

93. 王弼《老子注》研究　［德］瓦格纳 著　杨立华 译

94. 寻求正义：1905—1906 年的抵制美货运动　［美］王冠华 著　刘甜甜 译

95. 传统中国日常生活中的协商：中古契约研究　［美］韩森 著　鲁西奇 译

96. 从民族国家拯救历史：民族主义话语与中国现代史研究　［美］杜赞奇 著　王宪明 高继美 李海燕 李点 译

97. 欧几里得在中国：汉译《几何原本》的源流与影响　［荷］安国风 著　纪志刚 郑诚 郑方磊 译

98. 十八世纪中国社会　［美］韩书瑞 罗友枝 著　陈仲丹 译

99. 中国与达尔文　［美］浦嘉珉 著　钟永强 译

100. 私人领域的变形：唐宋诗词中的园林与玩好　［美］杨晓山 著　文韬 译

101. 理解农民中国：社会科学哲学的案例研究　［美］李丹 著　张天虹 张洪云 张胜波 译

102. 山东叛乱：1774 年的王伦起义　［美］韩书瑞 著　刘平 唐博超 译

103. 毁灭的种子：战争与革命中的国民党中国（1937—1949）　［美］易劳逸 著　王建朗 王贤知 贾维 译

104. 缠足："金莲崇拜"盛极而衰的演变　［美］高彦颐 著　苗延威 译

105. 饕餮之欲：当代中国的食与色　［美］冯珠娣 著　郭乙瑶 马磊 江素侠 译

106. 翻译的传说：中国新女性的形成（1898—1918）　胡缨 著　龙瑜宬 彭珊珊 译

107. 中国的经济革命：20 世纪的乡村工业　［日］顾琳 著　王玉茹 张玮 李进霞 译

108. 礼物、关系学与国家：中国人际关系与主体性建构　杨美惠 著　赵旭东 孙珉 译　张跃宏 译校

109. 朱熹的思维世界　［美］田浩 著

110. 皇帝和祖宗：华南的国家与宗族　［英］科大卫 著　卜永坚 译

111. 明清时代东亚海域的文化交流　［日］松浦章 著　郑洁西 等译

112. 中国美学问题　［美］苏源熙 著　卞东波 译　张强强 朱霞欢 校

113. 清代内河水运史研究　［日］松浦章 著　董科 译

114. 大萧条时期的中国：市场、国家与世界经济　［日］城山智子 著　孟凡礼 尚国敏 译　唐磊 校

115. 美国的中国形象（1931—1949）　［美］T. 克里斯托弗·杰斯普森 著　姜智芹 译

116. 技术与性别：晚期帝制中国的权力经纬　［英］白馥兰 著　江湄 邓京力 译